BESTSELLER

Rosa Ribas (1963) reside desde 1991 en Frankfurt, donde ha desarrollado una intensa labor investigadora en el campo de la didáctica de las lenguas. Tras doctorarse en filología hispánica en la Universidad de Barcelona, Rosa fue lectora de español en la Universidad Johann Wolfgang Goethe y profesora de estudios hispánicos aplicados en la Universidad de Heilbronn. Ha publicado *El pintor de Flandes*, *La detective miope*, la novela por entregas *Miss Fifty* y dos series de novelas policíacas: la protagonizada por la comisaria hispano-alemana Cornelia Weber-Tejedor, formada por *Entre dos aguas*, *Con anuncio*, *En caída libre* y *Si no, lo matamos*, y la escrita en colaboración con Sabine Hofmann, que inaugura *Don de lenguas* y continúa con *El gran frío* y *Azul marino*.

Sabine Hofmann nació en 1964 en Bochum, Alemania, y actualmente vive en la pequeña ciudad de Michelstadt. Estudió filología románica y germánica, y trabajó varios años como docente en la Universidad de Frankfurt. Allí conoció a Rosa y empezó una larga amistad que la escritura conjunta de *Don de lenguas*, *El gran frío* y *Azul marino*, lejos de destruir, ha afianzado.

Biblioteca
ROSA RIBAS
SABINE HOFMANN

Azul marino

DEBOLS!LLO

Papel certificado por el Forest Stewardship Council®

Primera edición en Debolsillo: septiembre de 2017
Segunda reimpresión: junio de 2023

© 2016, Rosa Ribas y Sabine Hofmann
Autoras representadas por The Ella Sher Literary Agency
© 2016, Ediciones Siruela, S. A.
© 2017, Penguin Random House Grupo Editorial, S. A. U.
Travessera de Gràcia, 47-49. 08021 Barcelona
Diseño de la cubierta: Penguin Random House Grupo Editorial / Andreu Barberan
Fotografía de la cubierta: © Nat Farbman / Getty Images

Penguin Random House Grupo Editorial apoya la protección del *copyright*.
El *copyright* estimula la creatividad, defiende la diversidad en el ámbito de las ideas y el conocimiento,
promueve la libre expresión y favorece una cultura viva. Gracias por comprar una edición autorizada
de este libro y por respetar las leyes del *copyright* al no reproducir, escanear ni distribuir ninguna
parte de esta obra por ningún medio sin permiso. Al hacerlo está respaldando a los autores
y permitiendo que PRHGE continúe publicando libros para todos los lectores.
Diríjase a CEDRO (Centro Español de Derechos Reprográficos, http://www.cedro.org)
si necesita fotocopiar o escanear algún fragmento de esta obra.

Printed in Spain – Impreso en España

ISBN: 978-84-663-4170-7
Depósito legal: B-14.323-2017

Impreso en QP Print
Molins de Rei (Barcelona)

P 3 4 1 7 0 A

A Juan Ribas, por los recuerdos, por las historias.
Por todo.

1

—Hay que joderse.

Un exabrupto no sería la mejor manera de empezar el día, pero en los últimos tiempos era tan habitual para el inspector de primera Isidro Castro como el café cargado que tomaba antes de salir de casa o el saludo mudo a los dos policías que flanqueaban la entrada del edificio de la Jefatura de Policía.

Ese lunes necesitó repetirlo al volver a su despacho. Abrió la ventana. El tráfico en la Vía Layetana llenó la pequeña estancia de ruidos de motores y voces. Isidro contempló los vehículos y a las personas que subían y bajaban la calle. El azul incierto de la mañana había cedido al contundente gris de las nubes que cubrían el cielo. Isidro las miró con suficiencia. Es que ni llover sabía allí. Tantos años y aún no había visto una lluvia como las de Galicia. Eso era llover y no lo que ofrecía Barcelona, o trombas de agua o un goteo feo, indeciso; pusilánime, como la gente que habitaba una ciudad a la que se negaba a querer por más que sus dos hijos hubieran nacido en ella. Encendió otro cigarrillo y lanzó una densa humareda a la calle, como si quisiera perderla de vista. A pesar de que a su mujer le disgustaba el aliento a tabaco, volvía a fumar desde hacía varios meses. Tampoco es que se besaran mucho, a decir verdad.

—Hay que joderse.

El comisario Goyanes, su jefe, acababa de encomendarle un nuevo caso. Eso, en principio, estaba bien, si no fuera por dos inconvenientes. En primer lugar, que en ese momento estaba ocupado en otra investigación; modesta, tal vez, pero inconclusa, y si algo le fastidiaba a Isidro era dejar las cosas a medias. Más incluso que la probabilidad de que otros se llevaran ahora los frutos de su trabajo en el caso del falso nieto. Lo peor, sin embargo, era que el asunto del que acababa de hablarle el comisario Goyanes era con extranjeros, con americanos. Desde el momento en que los barcos de la Sexta Flota empezaron a atracar en el puerto de Barcelona, allá por el 51, le desagradaron esas hordas de marineros grandullones irrumpiendo en las calles de la ciudad, con el paso zambo, las voces altas y esas ridículas gorritas ladeadas. No le gustaban los americanos. No era tanto el que fueran protestantes, allá ellos, sino las ínfulas que se daban de ser los paladines de la libertad, como si eso fuera algo importante o necesario. Era esa soberbia con la que miraban a los españoles, como si fueran medio pigmeos. Era su manera de andar tirando dólares para que la gente los recogiera como las focas en el circo. Era su idioma, era su música, era esa maldita goma de mascar que los hacía parecer rumiantes. Eso sí, el tabaco era excelente. Pero él seguía fumando picadura española. Dio una larga calada al cigarrillo.

Y ahora un americano muerto. Un marinero de uno de los barcos de la Sexta Flota anclados en el puerto. Un marinero americano muerto. Acuchillado.

—¡Hay que joderse! —dijo una vez más al recordar su conversación con el comisario Goyanes.

—Se dieron cuenta de que había un muerto en el local cuando se presentó la Policía Militar.

Aunque atendía al relato de Goyanes, los ojos de Isidro estaban pendientes del temblor nervioso de la comisura derecha en la boca del comisario. Su jefe llevaba varias semanas especialmente tenso. Quedaba sumido durante horas en un estado de murria letárgica de la que despertaba con frenéticos ataques de actividad en los que bramaba, daba puñetazos en la mesa, se repetían los portazos y sus intromisiones más bien entorpecían el trabajo de sus subordinados. A Isidro nunca le interesaron los politiqueos y se había mantenido siempre apartado de los corrillos, pero era imposible sustraerse por completo a los rumores, sobre todo cuando algo había detrás de ellos.

—Las aguas están turbias arriba —le había comentado un compañero, señalando hacia el techo con el pulgar, tras la última diatriba furibunda del comisario.

Isidro le había recordado que el barro siempre viene de abajo; el otro, a despecho del patente desinterés que denotaba esa corrección metafórica, había añadido además que soplaban nuevos vientos en el país, que la vieja guardia estaba perdiendo cada vez más terreno y con ella sus acólitos, como Goyanes, falangista acérrimo.

A ello suponía Isidro que se debía el permanente tic de Goyanes y cierta urgencia histérica en su presentación del caso.

—El marinero estaba en un reservado, caído boca abajo sobre una mesa. Al incorporarlo vieron que tenía un tajo en la garganta. Parece ser que hubo una pelea de órdago. Todavía no se sabe ni cuántos participaron...

—Pero eso es cosa de la Policía Militar de los americanos. Son ellos los que se encargan de sus peleas. —Isidro se recostó en el respaldo de la silla frente a su superior. Desde hacía varias semanas una punzada en las lumbares profetizaba un ataque de ciática. «Los años», se dijo. En agosto había cumplido los cincuenta y siete. Sabía, con todo, que ese dolor en los riñones se debía seguramente a las tribulaciones que le causaban los hijos, sobre todo Cristóbal, el mayor.

—Sí, pero ahora tenemos un muerto en suelo español y, por lo visto, no solo hubo norteamericanos en la pelea, por lo que los militares americanos han pedido nuestra colaboración y al Gobierno Militar y al Civil les ha faltado el tiempo para decir que sí. —Goyanes hizo una pausa y fijó la vista en algún punto detrás de Isidro—. Si tenían que matarse, ya podrían haberlo hecho en sus barcos, la madre que los parió. No traen más que problemas. Les vendimos el país, Isidro. Asesoraron mal al Generalísimo. Por muy anticomunistas que sean, no pueden ser nuestros aliados, no comparten nuestros principios, no comparten nuestra moral... Y ahora esto.

Se quedó callado.

Los falangistas como Goyanes eran los que más oposición habían presentado a los pactos con los norteamericanos. Isidro esperó en silencio. Aunque compartiera con Goyanes la antipatía por los americanos, no iba a tener con él ningún gesto de connivencia. La cabeza de Goyanes, un cuadrado casi perfecto partido en dos por un fino bigotito, quedaba enmarcada entre los retratos de Franco y de José Antonio; el rostro, casi tan inmóvil como el de los retratados, de no ser por el leve tic. Finalmente, un parpadeo pareció devolverlo a la realidad desde donde fuera que hubiera estado.

—Arriba dicen que es una excelente oportunidad para demostrar la buena relación entre nuestras naciones. Curiosamente, el que más interesado está es el gobernador civil. Bien pensado, tan curioso no es, creo que su silla cojea bastante y le conviene hacer algunos méritos. Más ahora que, por lo visto, en diciembre va a venir el presidente de los Estados Unidos, ese Eisenhower, a visitar al Caudillo. Bueno, da igual. Lo que cuenta es que ahora es asunto nuestro, Isidro. Concretamente tuyo.

—Tengo otra cosa en este momento...

El comisario lo ignoró. Hablaba con la mirada perdida.

—Es un caso envenenado, Isidro. Es un caso con evidentes implicaciones políticas. Mis enemigos están al acecho para pedir mi cabeza. Este asunto les puede dar la ocasión, porque cualquier error puede pagarse muy caro. Por eso me lo han dado a mí. Tratan de hacerme caer.

«Así que tu silla también cojea lo suyo», pensó Isidro, y preguntó:

—¿Y por qué me lo pasa a mí?

El comisario dio un puñetazo en la mesa, algo rutinario, le pareció.

—¿Qué? Te gusta que te digan que tienes que ser tú porque eres el mejor de la brigada, ¿no? —La voz de Goyanes sonaba, en cambio, tan irritada que perfectamente podría haberlo insultado.

—Hombre...

—Mira, Isidro, tenemos que trabajar con ellos, tenemos que hacerlo más que bien y demostrarles que no somos los patanes por los que nos tienen. Tenemos que...

Goyanes todavía enumeró dos cosas más que «tenían que», hasta que necesitó tomar aire.

—Está bien, comisario. Solo que pensé que...

—No me pienses tanto, Isidro, y obedece más.

El comentario de su superior lo molestó, pero no se lo dejó notar. Se levantó.

—Bueno, pues entonces me pongo a ello.

—Te toca esperar un poco. Ya te he dicho que tenemos que coordinarnos con los americanos. Mañana tendrás todo el material y podrás empezar a trabajar.

A Goyanes no debió de escapársele su mirada de extrañeza.

—Sí, ya lo sé, el muerto estará más que frío, pero así lo ordena la superioridad. De modo que hoy nos quedamos quietecitos. Mañana te esperan a las diez de la mañana en el consulado americano. No tendrás que caminar mucho, subes la calle hasta Junqueras y ya está. Te da el tiempo justo para un cigarrillo. Allí conocerás al policía americano que trabajará contigo.

—Pues vaya. —Isidro se quedó en el centro de la habitación con los brazos pegados al cuerpo, tan inexpresivo como su voz al preguntar—: ¿Y cómo se supone que vamos a trabajar el americano y yo?

—Juntos.

—Juntos.

El «juntos» de Goyanes había sido un imperativo, el suyo, una pregunta sin entonación.

—Ya sabes lo que quiero decir, hacéis todas las pesquisas juntos, colaborando el uno con el otro. Ellos te pasarán la información que tienen sobre el muerto, sobre la pelea y lo que necesites.

—Yo no hablo inglés.

El comisario se encogió de hombros.

—Ni falta que te hace. Habrá traductor.

Como Isidro no mostró reacción alguna, Goyanes pareció sentirse impelido a ofrecerle algo parecido a un consuelo:

—No te preocupes, ya verás que al final será un asunto más bien trivial. Con tantas peleas que arman los marineros era de esperar que alguna vez pasara algo así.

Le habría replicado que, si tan claro lo veía, por qué lo apartaba a él de su trabajo por una nimiedad, pero sabía que le habría dado la misma respuesta que a su primera objeción. No valía la pena perder el tiempo.

Se disponía a abrir la puerta, cuando la voz de su superior lo detuvo.

—Una última cosa: ni una palabra a nadie de momento, sobre todo no lo hables con Segura ni con Rovira. Puedes irte.

Salió. El recordatorio no habría sido necesario. Segura y Rovira eran hombres del comisario Montesdeoca, un nuevo mando recién llegado de Madrid que venía pisando fuerte y del que se hablaba como futuro jefe de la Brigada de Investigación Criminal. En otro momento había sido precisamente Goyanes quien, tras ascender de manera fulminante, había desbancado a su predecesor. Había salvado el puesto con astucia, incluso cuando algunos de sus protectores políticos cayeron víctimas de luchas de poder de las que Isidro, para su gusto, sabía demasiado. Ahora Goyanes temía que hubiera llegado su turno.

—Hay que joderse.

Se sentó frente a su escritorio. Dio un vistazo a las notas del asunto del falso nieto. Un tipo que se presentaba en casas de ancianas que vivían solas pero tenían parientes rojos que habían salido huyendo del país durante la guerra y se hacía pasar por el nieto retornado del exilio, que ahora, después de años en América y una larga búsqueda de familiares, había logrado por fin dar con ellas. «Querida abuelita, por fin se cumple mi sueño». Con acento argentino o mexicano, seguramente fingido, engañaba a esas mujeres, que le entregaban su confianza, las llaves de su casa y su dinero, y quedaban después de nuevo solas y, encima, esquilmadas. Estaban muy cerca de atraparlo. Era cuestión de días, de pocos días. Y justo en ese punto le venía Goyanes con ese otro asunto. Se levantó, abrió la puerta del despacho y gritó en el pasillo:

—¡Sevilla!

Su subordinado, su único hombre de confianza, apareció casi al momento.

—¿Has hablado ya con la última víctima?

—A eso iba.

—¡Qué casualidad! No me digas que te interrumpí.

Sevilla se limitó a pestañear. Llevaban bastantes años trabajando juntos y sabía cuándo era mejor callar. Ante ese comportamiento, Isidro sentía a veces el orgullo del domador que controla a la fiera solo con la voz y amagando el látigo. También un conato de algo parecido a la tristeza, porque nunca podrían ser amigos a pesar de cuánto lo apreciaba en el fondo. Pero las jerarquías obligaban a mantener la distancia. Y las jerarquías, como la columna vertebral, no podían quebrarse; las consecuencias eran la parálisis o la muerte.

Sevilla seguía de pie frente a él con el cuerpo enjuto muy rígido, las manos a los costados golpeaban levemente los muslos con impaciencia. Castro lo invitó a sentarse y le contó su conversación con Goyanes.

—¿En qué local lo encontraron? —preguntó Sevilla al final.

—En el Metropolitano, en la calle Conde del Asalto.

—De lo más fino —ironizó Sevilla—. ¿Me voy para allá?

—No. Tenemos que esperar a los americanos.

—Entonces, ¿a qué venía toda esta prisa? Ya le dije que estaba a punto de...

—Sevilla, no te pongas farruco. Cuando yo te pido que vengas, vienes. Y punto.

—Lo que usted mande, jefe, pero no es razonable.

—Razonable, razonable —rezongó Isidro mientras buscaba otro cigarrillo—. No me pienses tanto y obedece más.

Le desagradó sorprenderse a sí mismo repitiéndole a Sevilla la frase del comisario. En nada quería parecerse a Goyanes. Era su superior, acataba sus órdenes y punto. Varias veces había tanteado la posibilidad de pedir el traslado a otro departamento, pero temía que le preguntasen por qué quería abandonar el equipo más prestigioso de la BIC, y que entonces el rencor y la repulsión hacia las maniobras sucias de su jefe, que llevaba tragándose desde hacía años, se le escapasen a borbotones, como un forúnculo de pus y odio al contacto con un bisturí. Prefería seguir callando, no por Goyanes, sino por la institución a la que servía con orgullo y devoción.

«Que hablen los otros». Él prefería escuchar y lanzar el anzuelo en bocas ya abiertas.

Ahora, a su pesar, había citado a Goyanes y, aunque Sevilla no podía saberlo, su desliz lo aplacó, y le contó en tono cómplice que trabajarían con un policía militar americano.

—Pues a ver cómo vamos a entendernos.

—Nos pondrán un traductor.

—¿Y usted se va a fiar de lo que le traduzca uno de ellos? —Sevilla cruzó los largos y flacos brazos sobre el pecho.

—A ver, qué remedio.

Sus palabras ocultaron el desasosiego que le había despertado esa objeción. En el consulado jugaba en campo contrario. Además, dependería de una persona que traduciría lo que dijera, mientras que él no podría entender lo que los americanos hablaran entre ellos, si, por ejemplo, se burlaban de él o trataban de engañarlo. No le gustaba imaginarse tan desvalido, no era su posición natural y habitual. No solo era, pues, jugar en campo contrario, sino con un árbitro del otro equipo.

Sevilla esperaba instrucciones.

—Pero bueno, vamos a la cosa por la que te he llamado. Si no he entendido mal, trabajaré yo solo con los americanos y un par de agentes nuestros para las minucias. De todos modos, como no me acabo de fiar tampoco, tú vas a investigar paralelamente para mí, aunque no de manera oficial. Así que ni una palabra de esto a nadie, ¿entiendes?

—Por supuesto.

—A nadie significa a nadie.

—Jefe, me está usted ofendiendo. —Giró la cara en señal de enojo.

—Disculpa, Sevilla. Nuestro caso del falso nieto se lo tenemos que pasar a otros. —Como su subordinado se volvió a mirarlo con expresión atónita, añadió—: ¿Te crees que a mí me gusta tener que hacerlo? El asunto lo hemos resuelto nosotros y ahora se lo regalamos. Solo faltaría ponerle un lacito. Pero... órdenes son órdenes. Prepara la documentación del caso.

—¿Para quién lo envuelvo?

Isidro reflexionó unos segundos. Recordó entonces la advertencia de Goyanes:

—Para Rovira y Segura.

—¡Jefe! ¡Que esos son de Montesdeoca!

—Sevilla, no me cuentes lo que ya sé.

—Entonces explíqueme usted por qué precisamente a esos dos.

Isidro lo miró con fijeza, hasta que logró que se echara algo hacia atrás en la silla. Después, sin levantar la voz, sin siquiera cambiar de expresión, le respondió:

—Yo a ti no tengo que explicarte nada.

Bajo ningún concepto iba a reconocer que detrás de ese gesto se ocultaba un intento de aproximarse al comisario Montesdeoca. Si Sevilla lo hubiera adivinado, y se hubiera atrevido a formularlo, Isidro lo habría echado del despacho con cajas destempladas. De modo que quedaron ambos unos segundos en silencio hasta que Isidro vio aparecer un brillo de astucia en los ojos de su subordinado.

—Segura y Rovira, un regalo, entiendo. Como cuando te traían un juguete usado y faltaba una pieza, ¿no? —preguntó, bajando la voz conspirativo.

—¿Por qué no? —concedió el inspector más displicente que magnánimo.

Lo que Sevilla no se podía imaginar era que en ese momento Isidro acababa de recordar que hacía un par de meses, cuando había necesitado que alguien le tradujera una carta escrita en inglés, la casualidad, la buena suerte o el destino, o quien fuera que gobernara el azar, había hecho que se encontrara por allí cubriendo un asunto la periodista Ana Martí de *El Caso*. Ella le tradujo sin dificultades esa carta. Los americanos ponían un traductor, pues él llevaría una traductora. Si ella accedía. Y estaba casi seguro de que Ana Martí aceptaría, ya que él le brindaba algo que solía resultarle irresistible: una buena historia. Sí, seguramente aceptaría.

En su cara apareció una expresión poco habitual, una sonrisa.

—¿Se encuentra bien, jefe?

2

Mientras subía las escaleras hasta su piso, Beatriz Noguer pensaba que ese tiempo que vivían, en que los cotilleos derivaban pronto en delaciones, representaba una edad de oro para los porteros de los edificios.

—¡Qué buen paso lleva hoy, doña Beatriz! —le había dicho Jesús al verla acercarse, y había detenido el movimiento de la escoba que justificaba su presencia en la calle para apoyar ambas manos en el mango a la espera de conversación.

Retiró lo de la edad de oro: los de ahora eran correveidiles sin lustre, mezquinos, usufructuarios de un nimio poder. Nada que ver con la grandeza de los mentideros madrileños del Siglo de Oro. Hasta para el chismorreo hay que tener categoría, algo de lo que carecía Jesús. Esa frasecilla pronunciada con una sonrisa de cabeza ladeada, buitresca, quería decirle que se había dado cuenta de que, tras semanas sin apenas abandonar la casa, ella había vuelto a salir.

Lo había saludado con un movimiento de la cabeza y había pasado de largo.

Tal vez creyera que ella no sabía que, a pesar de los años transcurridos, el portero aún explicaba a quien se le pusiera a tiro que en esa casa mataron a una criada, «la muchacha de la señora Beatriz Noguer, muerta en la cocina. A-se-si-na-da». Ese espía de astracanada, de vodevil de teatrucho del Paralelo se lo había contado también a las chicas que se habían presentado para servir en su casa y seguramente más de una no se habría atrevido ni a pisar el primer escalón, y menos aún a subir al espacioso principal en la parte alta de la rambla de Cataluña.

Entró. La recibieron el olor a café y el sonido de la radio de Luisa en la cocina.

Luisa, la muchacha que no se dejó amedrentar por las historias del portero y que se había presentado en su casa con el anuncio del periódico perfectamente recortado y doblado. Luisa, más sonido que presencia física. Su voz cantando mientras acompañaba a Joselito, a Sara Montiel, a Concha Piquer, su risa y sus exclamaciones cuando escuchaba los seriales y los concursos. Luisa era golpecitos en la puerta y avisos para desayunar, comer o cenar, una voz lejana que contestaba al teléfono y se acercaba para dar los recados.

Pero la voz que le dio la bienvenida no fue la de Luisa, sino la de su prima Ana, que salía a su encuentro desde la biblioteca.

—¡Perfecto! Llegas a tiempo. *It's tea time.*

Su prima Ana vivía con ella desde hacía algo más de un año. Beatriz se lo había ofrecido después de que se hubiera quedado dos semanas cuidándola cuando una bronquitis mal curada amenazó con convertirse en una pulmonía. Su piso, el viejo piso familiar de los Noguer, tenía espacio más que suficiente para que cada una de ellas pudiera vivir con comodidad, incluso con independencia. Para alegría de Beatriz, a quien a veces le pesaba la soledad, Ana había aceptado su propuesta y se había mudado allí. Ahora ocupaba la parte trasera de la vivienda y había hecho suyo el dormitorio de los padres de Beatriz. La amplia galería acristalada que daba al patio interior de la manzana se había convertido en su estudio. A ella, que cultivaba un orden de bibliotecaria en sus estanterías, le divertía y horrorizaba el desorden de Ana. Los libros llenaban las baldas en una distribución entre casual y circunstancial, los periódicos se apilaban en el suelo y sobre las mesitas, había notitas esparcidas por la mesa de trabajo, como un puzle desbaratado por un niño rabioso.

Luisa hacía valer su condición etérea al hacer la limpieza allí. Era capaz de pasar el plumero y barrer sin que uno solo de los papeles cambiara de posición.

—Cierra bien la puerta —le recordaba cada vez Beatriz. No fuera a escaparse el desorden hacia su despacho al otro lado de la casa, con vistas a la bulliciosa rambla de Cataluña. De haberlo querido, habrían podido pasar días sin verse. Ana, más amiga de los rituales que ella, insistía en que, si el trabajo lo permitía, a las cinco se reunieran en el estudio de Beatriz para tomar el café, si bien Ana se había pasado al té desde que participaba en un club de conversación en inglés en una academia. A veces traía paquetes de té inglés que le regalaba su profesor, un tal Lawrence, por el que su prima parecía especialmente interesada.

Se puso cómoda. En la biblioteca la esperaba Ana ante la mesita baja sobre la que había una tetera y para ella, por más que su prima insistiera en las bondades de la infusión inglesa, una cafetera. Al lado, una pequeña bandeja con pastas.

—¿Qué tal en casa de los Palau? —le preguntó Ana.

—Los herederos no entienden qué es lo que ha llegado a sus manos, pero el instinto depredador, mejor dicho carroñero, les hace oler que hay piezas valiosas. Y para eso me necesitan, para desbrozar.

—¿Te pagan?

—Me pagan bien y puedo quedarme los papeles que no tengan valor económico pero tal vez sí científico.

Esperaba que su prima le preguntara cuánto para poder darle la jugosa cifra con un deje de displicencia. Pero Ana parecía entender esa conversación como una charla de café. En realidad, se dijo sin poder evitar una punzada de amargura, la escuchaba con la sonrisa de alivio que se dirige a los convalecientes, contenta de verla ocupada en algo que la sacara de casa. De modo que no pudo reprimir un comentario irónico:

—Bien mirado, soy la asesora de las hienas, el último escalón en la jerarquía.

—¡Bah! Esas jerarquías son meras convenciones. ¿Por qué el león es el rey? ¿Solo porque tiene una melena?

—No me perdones la vida, Aneta.

—No lo hago, si no, te hubiera dejado a ti la última pasta de mantequilla. —Se la llevó a la boca y cerró los ojos con fruición—. ¡Qué cicateros son con ellas en la pastelería! ¿Y? ¿Has encontrado buenas piezas en la biblioteca del viejo Palau?

—Un par de incunables por los que me imagino que les van a pagar bien. También bastantes libros dedicados por sus autores. Estos quizá se puedan vender a algún coleccionista. En realidad, toda su biblioteca es un pequeño tesoro. ¡Qué lástima que sus hijos no sepan apreciarla! No tienen ni idea de que esos libros son la biografía de su padre.

Del mismo modo los libros que las rodeaban contaban la vida de Beatriz. Desde los que le habían regalado sus padres o los que había heredado de ellos, hasta los libros que había leído y estudiado con pasión, los que había compartido, los que ella misma había escrito, incluso los que faltaban, los que había tenido que vender en tiempos de penurias. Su historia estaba en esa biblioteca, sus filias y fobias. También sus amores, pensó mirando con tristeza cinco libros que había hecho encuadernar en piel granate.

En ese momento sonó el teléfono desde el recibidor. Se oyeron los pasos de la muchacha y su voz al responder. Después el roce de sus zapatillas acercándose a la biblioteca.

—Señorita Ana, es para usted. El señor Rubio.

Si el jefe la llamaba solía ser por dos razones: o bien había que arreglar algún texto para que pasara la censura o bien tenía un nuevo encargo. El día anterior Ana le había hecho llegar el último artículo a su casa, que era a la vez la redacción barcelonesa del semanario *El Caso*.

Llevaba casi cinco años trabajando para él. Al principio le había avergonzado escribir para una publicación popular de sucesos. Ella, hija y nieta de periodistas de renombre vinculados al prestigio de *La Vanguardia*, redactando notas sobre asesinatos, accidentes y estafas de todo tipo. Empezó publicando bajo seudónimo. Pero hacía dos años había aceptado quitarse la careta, lo que le había deparado cierta fama. Era «la chica de *El Caso*» en Barcelona. En Madrid estaba Margarita Landi. Eran muy distintas: Landi cultivaba la extravagancia, conducía un descapotable y fumaba en pipa; Ana prefería la discreción, aunque, como su colega madrileña, había empezado a llevar pantalones cuando tenía que investigar en lugares de difícil acceso, por más que algunos la miraran mal.

Cogió el pesado auricular.

—Muy bien el artículo sobre el taxista asesino. En cuanto nos revelen las fotos, lo dejo preparado para mandarlo a Madrid.

—¿Tienes alguna cosa más? Este mes parece que la ciudad está demasiado tranquila.

Y su monedero, demasiado vacío. Pocos encargos tanto de *El Caso* como de *Mujer Actual*, la otra publicación para la que trabajaba.

—¡Qué va! Lo que pasa es que hay historias a las que no vale la pena que ni nos acerquemos. Es gastar tinta para nada. Pero haberlas, las hay.

La pausa de su jefe, por más que se tratara de un truco simplón y manido, no dejaba de ser efectiva:

—Me vas a contar alguna, ¿verdad?

—Es bastante desagradable. Pero es que fui a la morgue para ver si había alguna novedad sobre la identidad del ahogado que apareció en los Baños San Sebastián y dio la casualidad de que tenían allí el cuerpo del industrial Rodrigálvarez y de que el forense tenía ganas de hablar.

Él también, pero se refrenaba. Ana creyó entender la razón.

—¿Se trata de algo escabroso, quizá?

Rubio carraspeó. A su jefe, a pesar de los años, de todo lo visto y de todo lo escrito, aún le costaba hablar de determinados temas con una mujer.

—Parece ser que el señor Rodrigálvarez era... bueno, que le gustaban los... los señores. La autopsia dice que el asesino lo estranguló desde atrás.

—¿En plena faena?

—Sí. —Al otro lado de la línea un breve silencio antes de que Rubio volviera a hablar—: Le encontraron todavía la goma en... en... el pompis.

Ana lo repitió y se rio del eufemismo infantil al que había recurrido su jefe.

Sabía que Beatriz podía oírla desde la biblioteca y se preguntó qué cara estaría poniendo.

—Y en la esquela pusieron que Rodrigálvarez murió cristianamente —respondió Ana riendo.

—¿Qué iban a poner, Aneta?

—¿Se sabe algo de quién fue?

—No. Pero dadas las influencias de la familia Rodrigálvarez, si los pillan les harán como a los que mataron a Masana.

Masana... Masana. Sí, recordaba el asunto del constructor Antonio Masana, al que asesinaron hacía unos años unos maquis, liderados por Facerías, en un asalto al famoso *meublé* de Pedralbes La Casita Blanca, donde por lo visto estaba en la cama con una menor. Detuvieron a tres, si no recordaba mal, y se les hizo un juicio militar en el que en ningún momento se citó el nombre de la víctima...

Rubio lo resumió aún más rápido:

—Juicio, garrote y fosa común. Mejor cambiemos de tema. Tengo una noticia para una nota breve y te agradecería mucho que fueras a cubrir la información.

—¿De qué se trata?

—Algo triste.

—Ya me dirás cuándo hemos escrito algo alegre.

—Es verdad, pero esto es especialmente lamentable, un caso de suicidio. Una joven costurera que se ha ahorcado en su casa.

—¿Un suicidio? —le interrumpió Ana de nuevo—. No nos lo dejarán pasar... ¿No tienes nada más sólido?

Los artículos escritos pero no publicados no se pagaban. Últimamente la censura le estaba saliendo cara.

—Depende de cómo pillemos al censor. La historia tiene moral, parece que la chica se quedó en estado y que por eso lo hizo. Ya sé que no es gran cosa, pero igual nos sirve para cubrir un hueco. Te paso la dirección.

Apretó el pesado auricular entre la oreja y el hombro izquierdos y cogió la libreta de notas que tenía siempre al lado del teléfono. Rubio parecía estar viéndola, porque esperó el tiempo justo para que encontrara la primera página en blanco.

—Es una obra benéfica que patrocinan las señoras de la Congregación de las Adoratrices de María Magdalena.

Reprimió cualquier comentario sobre el nombre, se limitó a un «sí» para indicarle que podía seguir.

—Esta institución acoge a jóvenes caídas.

—¿Y de dónde se cayeron?

—Ana, no seas cáustica, ya sabes. —Rubio prosiguió, si bien menos solemne—: Lo que decía, jóvenes caídas que no tienen adónde ir y a las que les ofrecen cobijo, no solo a ellas, sino también a sus hijos...

—¡Ah! Esa fue la caída.

Rubio ignoró la interrupción.

—... también les dan un oficio para que puedan salir adelante. Concretamente aprenden costura.

No quería irritar a Rubio. Trabajo es trabajo, de modo que le preguntó:

—Entonces, se trata de ir al taller y no a la casa de la muerta, ¿no?

—Es lo mismo. Las chicas viven en el piso que queda justo encima del taller de costura.

—¿La dirección?

—Valencia, entre las calles Bailén y Gerona.

—Eso está tocando el paseo de San Juan. Buena zona. —Lo sabía perfectamente. Allí había vivido con su familia antes de que su padre fuera depurado y tuvieran que mudarse a barrios bastante más humildes.

—Y, además, te queda cerquita. Te esperan hacia las once. La señora que se ocupa del taller se llama Aurora Peiró.

—Peiró... Peiró. No me suena.

—No pertenece a los círculos en los que te sueles mover para *Mujer Actual*. Sus benefactoras, sí.

Conversaron todavía un par de minutos, más del caso escabroso impublicable que de la notita trivial que Rubio acababa de encomendarle. Después volvió a la biblioteca, donde la esperaba Beatriz.

—Por lo que he captado de tu llamada, creo que en este momento necesito limpiar un poco mi mente.

Se levantó y se dirigió con paso decidido hacia una estantería. Regresó con un volumen de poemas de Quevedo.

—Pero ese también tiene poemas bien cochinos. ¿No tenía una oda al pedo?

Beatriz levantó el libro como si fuera un escudo que pudiera repeler sus palabras y empezó a recitar entre risas uno de los sonetos de amor:

—Cerrar podrá mis ojos la postrera sombra que me llevare el blanco día, y podrá desatar esta alma mía...

3

El taller de costura Aurora Boreal ocupaba los bajos de un edificio modernista de la calle Valencia. La amplia puerta acristalada estaba cubierta por visillos blancos que dejaban entrar luz a la vez que garantizaban discreción. Desde la calle se oía el ritmo frenético de las máquinas de coser. La puerta quedaba enmarcada entre dos escaparates ocupados por sendos maniquíes de medio cuerpo, sin brazos ni cabeza. El de la derecha era un torso de hombre vestido con una camisa blanca de historiadas chorreras y una elegante chaqueta de frac; el de la izquierda, una figura femenina cubierta por una blusa de raso en la que las mangas acuchilladas, los encajes en el cuello y los fruncidos en el talle daban como resultado, a ojos de Ana, un despropósito de pieza que, sin embargo, exhibía con orgullo las habilidades de las costureras.

Cerró el paraguas y entró. Una campanilla en el quicio de la puerta anunció su presencia y enmudeció el sonido de las máquinas de coser. Tras un mostradorcito de madera oscura, perfectamente dispuestas como en un aula, una fila de tres máquinas de coser a la izquierda, y dos a la derecha. Detrás de las máquinas, cuatro cabezas que se habían levantado para mirarla y que después, como tiradas por un hilo invisible, se dirigieron hacia la primera máquina de la fila izquierda, abandonada y desnuda.

Con las máquinas calladas y la campanilla de la entrada de nuevo en reposo, Ana se enfrentó al silencio de las cuatro muchachas de luto riguroso. También iba vestida por completo de negro la mujer que en ese momento abría la puerta de lo que debía de ser la trastienda. Su taconeo decidido era el eco tardío de las máquinas que seguían inmóviles. Con la cabeza aureolada por una densa cabellera castaña peinada en ondas, la mujer pasó entre las muchachas. Rozó con suavidad el hombro de la que estaba sentada justo detrás de la plaza vacía, una joven de pómulos altos y ojos oscuros, quien al notar el tacto de la mano ya no pudo contener las lágrimas.

—Es que... —la muchacha pareció querer disculparse.

—No pasa nada, Mila —le respondió la mujer enlutada, sin detener el paso. Llegó al otro lado del mostrador y le tendió a Ana una mano suave y fuerte.

—Soy Aurora Peiró, la directora de este taller de costura. Usted es Ana Martí, ¿verdad? —Tenía una voz grave y cálida, que le recordó el timbre reconfortante, algo maternal, de la locutora de Radio Barcelona que leía los consejos del consultorio sentimental de doña Elena Francis—. La conozco por sus artículos en *Mujer Actual*.

—Pero hoy vengo para *El Caso* —rectificó Ana.

—Lo sé, lo sé. —Aurora Peiró sonrió cómplice y bajó la voz—: También la leo ahí.

Ana recordó el dicho popular, «*El Caso* lo compran las criadas y lo leen las señoras».

—Lamento que tengamos que conocernos en estas circunstancias.

—Más lo lamento yo. Queríamos mucho a Elenita. —La mención del nombre de la muerta provocó varios gemidos, como en los velatorios—. No solo tenía muy buenas manos para la costura, es que era tan dócil, tan buena...

Aurora Peiró hablaba mientras la conducía entre las máquinas de coser de las que colgaban lacias las piezas en las que estaban trabajando las muchachas. Todas las cabezas la seguían. La muchacha pelirroja que ocupaba la máquina de coser más próxima al mostrador cubría la tela con los brazos, como si temiera ensuciarla con las lágrimas que le resbalaban por la cara.

—Venga, chicas, a la tarea. No hay nada mejor contra el dolor que el trabajo.

Las máquinas se pusieron de nuevo en movimiento una tras otra, excepto la de Mila, que lloraba con la cara oculta entre las manos. Aurora sacó un pañuelo del bolsillo de su chaqueta, se agachó y se lo tendió.

—A las doce, rosario. —Mientras la muchacha cogía el pañuelo con manos temblorosas, Aurora se volvió hacia Ana—. Es que eran muy amigas.

—Yo no sabía nada, doña Aurora, no sabía nada —dijo Mila secándose los ojos. Se irguió y empezó a mover el pedal de la máquina.

A la izquierda, sobre una repisa, vio un gran aparato de radio. El duelo lo mantendría mudo varios días. Entraron en lo que resultó no ser la trastienda, sino una sala destinada a los clientes del taller. A un lado, dos espaciosos probadores con espejos de cuerpo entero; enfrente, a la izquierda de la puerta, tres silloncitos azules, de patas cónicas, alrededor de una mesita de cristal sobre la que vio varias revistas francesas de moda; en las paredes, bocetos enmarcados de modistos famosos. Sus años en *Mujer Actual* le permitieron reconocer un vestido de Balenciaga y un modelo de Coco Chanel para Marlene Dietrich. Aurora Peiró regentaba, pues, un taller de costura de cierto nivel. La dueña abrió otra puerta y pasaron al almacén. En los estantes de madera se apilaban las piezas de tela ordenadas por colores y estampados; a su derecha, un órgano multicolor de tubos llenos de botones, flanqueados por cajones con cremalleras y cajoncitos con remaches, agujas, imperdibles y alfileres, jaboncillos, cintas, hilos y varias cajas de retales. Al fondo, a través de la cristalera podía ver un patio interior con varias sillas de enea alineadas contra las paredes blancas. En el centro y en las esquinas, grandes macetas con relucientes aspidistras.

—Aquí las muchachas toman el aire y descansan la vista en los recreos.

Aunque los ojos se le habían iluminado ante la opulencia del almacén, Ana recordó que estaba allí para escribir la crónica de un suceso.

—¿Qué es lo que esa muchacha, Mila, no sabía?

El rostro de Aurora se ensombreció. Pareció buscar las palabras.

—Que había tenido una recaída. —Ana no se habría atrevido a manifestar ni por asomo la ironía que había mostrado en su conversación con Rubio—. Estaba embarazada. La recogimos de una casa para chicas descarriadas, un reformatorio, en realidad. Aquí le ofrecimos la oportunidad de rehacer su vida y, por desgracia, la desaprovechó. Volvió a caer. Como si no hubiera aprendido la lección. Y ahora ha dejado un hijo huérfano.

Aunque Rubio ya le había proporcionado alguna información, Ana quería que Aurora se la diera de primera mano.

—¿Cómo fue?

—Se ahorcó. En su cuarto. Con una bufanda. De una viga —la descripción salía a trompicones de su boca, mientras cambiaba los retales de una pila a otra—. Antes, por lo visto, se emborrachó. Para darse valor, supongo.

—¿Podría ver su habitación?

—¿Por qué? —Detuvo el movimiento y se quedó sosteniendo en el aire un trozo de tela en el que el fondo negro daba a las rosas del estampado un halo luctuoso.

—Para que mi nota tenga un carácter más personal. Aunque no demos el nombre completo de la persona, solo las iniciales de los apellidos, un pequeño detalle deja algo parecido a una constancia de su existencia, discúlpeme el patetismo.

Aurora devolvió la tela a su lugar y empezó a juguetear con una cinta métrica enrollada sobre sí misma como una cochinilla dormida.

—Por supuesto, solo si a usted le parece bien —añadió Ana.

—Pues si quiere, vamos ahora mismo. —Metió la cinta métrica en el bolsillo de la chaqueta y sacó unas llaves. Le indicó a Ana que la acompañara al final del almacén—. Se puede acceder al piso desde la calle o desde el mismo taller.

Al lado de la puerta, en el nicho que quedaba debajo de la escalera, había un velador con un panzudo teléfono negro en el centro de un mantelito de encaje de bolillos. Siguió a Aurora por la angosta escalera y entraron en una vivienda de techos altos, un largo pasillo y muchas puertas, como es habitual en el Ensanche barcelonés. Apenas llegó a ver más del piso, porque la habitación de Elena era la primera.

Ana había entrado ya en muchas ocasiones en los cuartos en los que se había encontrado a alguien muerto. A pesar de los años en la profesión, era algo a lo que no acababa de acostumbrarse; más que las imágenes que pudieran esperarla detrás de la puerta cerrada, le costaba estar preparada para los olores. Parecía que su mente estaba más desamparada ante los choques que sufría el sentido más simple y primitivo del olfato.

Esta vez no hubo choque de ningún tipo. La habitación, en realidad una especie de cuarto trastero sin ventana, estaba amueblada con sencillez de celda monacal, perfectamente ordenada y limpia; olía a jabón para suelos, olía también, como tantos pisos de Barcelona en otoño, ligeramente a humedad. La cama, estrecha, estaba cubierta solo por una sábana blanca. Encima, apoyada en la almohada, una muñeca vieja de tirabuzones rubios con un vestidito de volantes. «Tengo una muñeca vestida de azul, con su camisita y su canesú», empezó a canturrear la mente de Ana.

—Por si nos dejan velarla aquí —le explicó Aurora, invitándola a entrar.

—¿Duermen en habitaciones individuales?

—Sí. Es importante que por la noche estén a solas con sus pensamientos y reflexionen sobre su vida.

Ana pensó que Elena Sánchez, por desgracia, había pensado demasiado en ello. «La saqué a paseo se me constipó, la tengo en la cama con mucho dolor», seguía la vocecita en su cabeza.

—¿Tenía familia?

—Como si no la hubiera tenido. Era de un pueblo de Extremadura, de Madroñera. —Aurora hablaba con la mirada puesta en la foto del niño—. Los padres la mandaron muy jovencita a servir, primero en Cáceres y después aquí. El dueño de la casa en la que servía la preñó y, cuando ya se le empezó a notar el embarazo, la dueña la metió en una casa de descarriadas porque los padres la repudiaron, no la quisieron de vuelta. De allí la recogimos, como le dije. Y ya ve.

Aurora se frotó las manos como si tuviera frío y miró por primera vez a un punto en el techo. Ana siguió su mirada hasta una viga de madera que con los años se había deformado y en el centro de la estancia se separaba del techo dejando un hueco.

—¿Quién la encontró?

—Fue Mila, porque tardaba en aparecer por el comedor a la hora del desayuno. Después bajó a llamarme a mí, que ya estaba en el taller. —La cabeza de Aurora se movía como si estuviera viendo las diferentes escenas—. Hicimos algo que tal vez no fuera muy correcto, por lo menos el policía que vino estaba muy enfadado: la descolgamos. Y Mila le cambió el camisón, porque se lo había hecho todo encima.

La mujer estaba tan compungida que Ana sintió una fuerte necesidad de confortarla.

—Es muy comprensible, aunque las fuerzas del orden lo vean de otro modo.

La voz de Aurora recuperó la firmeza:

—Ya que no se podía hacer nada más por ella, por lo menos salvaguardamos un poco su dignidad.

El asunto la acongojaba menos por la historia que le contaba que porque se daba cuenta de que con los años de trabajo como periodista de sucesos se había habituado a ese tipo de dramas.

La periodista de sucesos no olvidaba el motivo por el que estaba allí.

—¿Dejó alguna nota?

—No. ¿Qué iba a dejar, la pobrecilla? Si saben leer y escribir lo justito y las cuatro reglas.

Ana echó un último vistazo a la habitación: el pequeño ropero, la cajonera con la imagen de una virgen y la foto enmarcada de un niño mostrando orgulloso a la cámara una medallita rectangular, la mesita de noche con una lamparita de pantalla amarillenta y un librito de oraciones al lado, la cama de madera esperando a la muerta. Y la muñeca de tirabuzones y vestido azul sobre la cama. «Dos y dos son cuatro, cuatro y dos son seis, seis y dos son ocho y ocho dieciséis. Ya me sé la tabla de multiplicar y el año que viene me podré casar».

—Es todo. No necesito más.

Volvieron al taller sin cruzar palabra. Las máquinas de coser trabajaban acompañadas del silencio de las costureras. Aurora, que seguía a Ana, se detuvo un momento para controlar la labor de una muchacha cuyo pelo rubio rizado recogido en un moño suelto le recordó al de la muñeca de Elena.

—Ten cuidado, María Jesús, ese dobladillo te está quedando un poco torcido.

La campanilla de la puerta distrajo la atención de Aurora. Una mujer de la edad de Ana, envuelta en un abrigo Loden, entró sacudiendo el paraguas.

—Señora Pladevall —la saludó Aurora, y salió a su encuentro—. ¿Viene a probarse el vestido? Pase a los probadores. ¿Un café? —La acompañó por el pasillo hasta la sala con los silloncitos.

En ese momento Ana notó que alguien le cogía la mano izquierda. Era la chica pelirroja.

—Señorita... quería decirle que los niños... —dijo en susurros.

—¿Qué niños? —preguntó ella, agachándose para poder oírla mejor.

—Nuestros niños. Están en un internado y...

La voz de Aurora la interrumpió:

—Jacinta, no molestes a la señorita Martí.

—No, si no... —empezó Ana.

—Sí, doña Aurora. —Con los ojos enrojecidos por el llanto, quiso volver a la labor.

—Jacinta, ¿por qué no le sirves un cafetito a la señora Pladevall mientras despido a la señorita Martí?

La muchacha se levantó y pasó por su lado sin mirarla. El pelo flameaba sobre la ropa negra de luto. Jacinta la Pelirroja. «Oh, Jacinta, pelirroja, peli-peli-roja, pel-pel-peli-pelirrojiza». Le vinieron a la mente los versos de José Moreno Villa que tanto la divertían.

Aurora se acercó a Ana con gesto serio. Pasaron al otro lado del mostradorcito.

—¿Le podría pedir una cosa, señorita Martí? —le dijo en voz baja mientras le hacía un gesto para que fueran a la calle.

Ana se despidió de las tres costureras que quedaban en el taller. Solo la que se llamaba Mila le respondió. Las otras dos parecían absortas en la labor. Salieron.

Delante del escaparate con el maniquí masculino Aurora le habló en voz baja, ya que en el interior del taller las máquinas de coser habían enmudecido súbitamente:

—¿Sería posible que en su nota no mencionara el nombre de este taller? La institución benéfica que lo mantiene podría verse muy perjudicada. Mire, Elena echó a perder su vida, pero si ahora nos quedamos sin los donativos echará a perder también la de sus compañeras.

—No se preocupe, señora Peiró. No mencionaré el nombre de su taller.

La noticia, además, no tenía gran relevancia. Unas líneas para rellenar alguna columna que quizá le faltara a Rubio.

El balanceo de uno de los visillos delataba que alguna de las costureras las estaba observando. Aurora Peiró lo captó también de reojo. Se volvió hacia la puerta. Antes de que diera un paso, esta se abrió y apareció Mila con el paraguas de Ana.

—La señorita lo dejó olvidado —explicó mirando a Aurora.

Ana le dio las gracias. Mila desapareció en el interior.

Aurora Peiró se despidió de ella con un firme apretón de manos.

Dejó las llaves de casa dentro de un cuenquito de cerámica celeste. Al lado del cuenco la esperaban cuatro papelitos. Luisa, la muchacha, le había dejado las notas: «Inspector Castro. Ha llamado a las diez y media», «Inspector Castro. Ha llamado a las once. Volverá a llamar», «Inspector Castro, a las once y media», «Castro, que llame usted, señorita Ana». Beatriz, por lo visto, había echado un vistazo a las notas y había corregido las faltas de ortografía de Luisa, había añadido las haches al verbo «haber», había añadido la ene a la palabra «ispector» y cambiado una i griega por una elle en «yame». Seguramente la puntuación también era suya.

Al oírla, la muchacha salió de la cocina perseguida por los gorgoritos de Juanito Valderrama, que caracoleaban transportados por el olor a comida que se extendió por toda la casa.

—El inspector Castro ha llamado cuatro veces, señorita Ana.

—¿No le ha dicho qué quería?

—Hablar con usted. —Mientras se secaba las manos en el delantal, Luisa la miraba con cierta aprensión. No acababa de acostumbrarse a las llamadas de la policía cada vez que tenían un asunto que podía ser interesante para *El Caso*.

La primera vez que recibió una dejó incluso caer el teléfono y las buscó alarmada, previniéndolas, preparándolas tal vez para la huida que tenía que ser inminente. Solo la autoridad natural que se desprendía de Beatriz logró convencerla de que no había nada que temer, de que era parte del trabajo de la señorita Ana, que la llamaban porque tenían una noticia para ella. Después, Beatriz siguió siendo la señora, la señora principal, y Ana la señorita, pero la señorita a la que miraba con ese conato de examen de conciencia, con la pizca de culpabilidad que provocaba en tantos la mención de la policía.

También ahora detectó Ana esa intranquilidad en el movimiento incesante de las manos de Luisa. Para serenarla, hizo un gesto displicente con la mano y, mientras se dirigía a su cuarto, dijo:

—Ya volverá a llamar si es importante. ¿Está la señora Beatriz en casa?

La muchacha dejó de secarse las manos en el delantal.

—Ha salido hará una hora, pero ha dicho que no tardaba mucho.

No le quiso preguntar a Luisa si sabía adónde había ido, no quería parecer curiosa. Estaría en la biblioteca, o tal vez ocupada de nuevo con esa gente que le había pedido que desbrozara su herencia. Lo importante era que volvía a la actividad, que salía de casa después de unos meses en los que la había visto extrañamente postrada, envuelta en una tristeza de duelo para la que Ana no encontraba explicación.

Se metió en su cuarto, se envolvió en un grueso chal de lana que había sido de la madre de Beatriz y se sentó a releer sus notas.

Una hora más tarde ni Beatriz había vuelto ni ella había escrito la notita sobre el suicidio para Rubio. Desde la cocina le llegaba el sonido amortiguado de la radio. Por los cambios de voces y de ritmos, Luisa debía de estar escuchando un serial. Eso le recordó las llamadas de Castro. Miró su máquina de escribir con la hoja en blanco en la que se negaba a aparecer la historia de la muchacha muerta. Salió de la habitación, fue al recibidor, levantó el auricular del teléfono y llamó a la Jefatura.

—Con el inspector Castro. De parte de Ana Martí.

4

Isidro se sentía cansado.

La noche anterior había esperado despierto en la cama hasta que Cristóbal, su hijo mayor, entró en casa pasadas las dos.

—Déjalo, Isi —le había dicho su mujer al notar que quería levantarse—. Es joven, deja que se divierta.

Él la había mirado con ojos de reproche que ocultó la oscuridad. No así su voz:

—¿A qué madre le parece bien que su hijo vuelva a estas horas?

Araceli ni se dio la vuelta para responderle.

—Ya es mayor, ya va a la universidad.

Isidro se quedó sentado en la cama, indeciso. Los esfuerzos de Cristóbal por no hacer ruido lo llevaban a tropezar con todos los muebles, como si no conociera el piso. Isidro dirigió una expresión indulgente a las sombras y volvió a acostarse.

Con todo, le había costado dormirse.

Por la mañana, mientras Araceli trajinaba en la cocina para preparar el café y el desayuno, se metió en el dormitorio que compartían sus hijos. Cristóbal había salido a su madre y dormía profundamente. Como cuando era pequeño, amanecía medio destapado, con las mantas y las sábanas enroscándose entre sus largas piernas. Su mujer ya no sabía cómo sujetar la ropa de cama para evitarlo. Se sentó en el borde de la cama y lo sacudió un par de veces, pero solo logró despertar a Daniel, el pequeño.

—Es que llegó algo tarde, padre. —Daniel, a pesar de su sueño ligero, dormía muy quieto, ensobrado entre las sábanas prietas.

—No lo disculpes. —Siguió sacudiendo al mayor hasta que logró que los ojos lo miraran a través de dos ranuras—. Cristóbal, hijo, ¿qué horas son esas de volver a casa?

—Salí con unos amigos, padre —logró decir, somnoliento.

—¿De la universidad?

Su hijo asintió y trató de darse la vuelta, pero él lo impidió sujetándolo por un brazo. Cristóbal se incorporó como si hubiera sentido un fuerte calambre.

—¿Me va a interrogar, padre? —lo miró desafiante—. Dígame, ¿qué quiere saber?

Aturdido por la inesperada reacción, no supo qué responder.

—Lo que no quiero es que pierdas los estudios. Eres el primero en nuestra familia que va a la universidad. Es un privilegio, no lo olvides.

—Ni aunque quisiera, usted ya me lo recuerda lo bastante.

Notó a su espalda, en la cama paralela, que Daniel daba una sacudida asustada a las sábanas. Eso le disuadió de darle a Cristóbal la bofetada que le estaba pidiendo. El pequeño siempre había tenido ese efecto sobre él. Pero tampoco iba a tolerar esa impertinencia.

—Ya te estás levantando y te pones a estudiar.

Le arrancó la ropa de cama de un tirón y se quedó de pie al lado hasta que Cristóbal se incorporó y salió de la habitación para ir al baño.

No lo vio salir de ahí antes de marcharse al trabajo.

—Se habrá quedado dormido en la taza —dijo Araceli bromeando.

Él no rio e hizo desaparecer el amago de sonrisa de su mujer.

Ahora, en la Jefatura, notaba la falta de horas de sueño, si bien Sevilla no pareció apreciarlo cuando entró en su despacho.

—¡Qué elegante, jefe! Hoy toca visitar a los americanos, ¿verdad?

Isidro le dedicó un gruñido.

—¿Has preparado ya el material de las estafas para nuestros compañeros?

—Aquí lo tengo —dijo, mostrándole dos gruesas carpetas unidas con unas toscas gomas—. Solo que, por desgracia, se me olvidó incluir esta ficha... —Se la mostró conspirativo y divertido.

—Métela en la carpeta.

—Pero, jefe... ayer me dijo usted que... es que se lo damos casi resuelto.

—Para que lo cierren, como es su obligación. Y la nuestra.

Sevilla lo miraba entre escéptico y desconcertado.

El instinto de supervivencia, no la ética, lo movía a entregarles la pesquisa casi resuelta. Que Montesdeoca también supiera quién era el mejor. El mejor investigador, el mejor camarada. ¿Qué había dicho el compañero? Que las aguas estaban turbias, que soplaban nuevos vientos en el país, que la vieja guardia estaba perdiendo cada vez más terreno... Había visto ir y venir a varios jefes en sus años en el cuerpo. Le interesaba congraciarse con el nuevo hombre fuerte. Y a Goyanes le debía obediencia, no lealtad.

Sevilla mascullaba mientras devolvía el papel a su lugar.

—¿Qué estás diciendo?

—Nada. Que se me olvidó que la señorita Martí ya está aquí. ¿La hago pasar?

—Pues claro.

Mientras Sevilla iba a buscarla, Isidro revisó el traje gris, la camisa blanca y la corbata que Araceli le había anudado esa mañana.

Ana Martí entró seguida por Sevilla, quien, antes de cerrar la puerta tras ella, dirigió a Isidro una mirada lúbrica mientras le olía el cabello a la periodista sin que ella se diera cuenta. Después se marchó. Cuando Ana Martí se acercó, Isidro comprobó que realmente olía bien, a perfume. Su nariz, acostumbrada al olor que desprendían los cuerpos de tantos hombres metidos durante horas en las dependencias de la Jefatura, lo aspiró con discreción mientras le estrechaba la mano. Que ella saludara con fuerza, como un hombre, le había disgustado en su primer encuentro; ahora le agradaba. Lo que seguía molestándole, e irremediablemente lo haría siempre, era que, a pesar de que llevaba calzado casi plano, era más alta que él. Ambos rasgos fueron lo primero que le había llamado la atención de ella cuando, recordaba, la conoció hacía ya siete años, durante la investigación del feo asunto de la viuda Sobrerroca. La mujer que estaba ahora frente a él poseía, según Sevilla, «una calavera perfecta», pero los rasgos que la cubrían, los grandes ojos castaños, la boca carnosa sobre la barbilla algo ancha, la nariz recta mostraban ahora una expresión de aplomo y confianza.

—Pues aquí me tiene, inspector Castro —lo saludó mientras se sentaba en la silla que él le había ofrecido.

—Estupendo, estupendo.

—¿Ya me puede contar algo más? Ayer no me explicó gran cosa.

Historias, información, eso era todo lo que ella quería de él, no se hacía ilusiones. El día anterior, cuando le había pedido que lo ayudara haciendo de intérprete en el consulado de los Estados Unidos, notó su creciente entusiasmo a medida que el asunto devenía más prometedor. Y sí, en ese momento tenía nuevos datos que ofrecerle. Un mensajero del ejército americano les había hecho llegar a primera hora de la mañana una carpeta con datos sobre el caso.

—En inglés, por la falta de tiempo —dijo con fastidio mientras le tendía unas hojas—. Algunas cosas las entiendo, pero el resto me lo tendrá que traducir.

Ana Martí tomó los papeles y abrió su bloc de notas.

—Le recuerdo que sobre el tema solo podrá escribir, si es que lo autorizan, cuando yo se lo indique.

—Como siempre —respondió ella.

Por más que la desconfianza fuera su más fiel acompañante, Isidro no detectó ni un atisbo de ironía en la voz de la periodista.

—Bien, voy leyendo. El marinero muerto se llamaba Antonio Vázquez Claudio...

—Eso ya lo había podido sacar yo solo.

Ella levantó la vista del papel algo picada.

—Será más rápido si se lo traduzco todo seguido, pero si usted prefiere marcar antes lo que ya ha entendido para que me lo salte, pues tenga. —Hizo el gesto de devolverle los papeles.

—Está bien —concedió azorado—. Siga, siga. —Miró su reloj de pulsera para remarcar que no había tiempo que perder.

Ana volvió a empezar:

—El marinero muerto se llamaba Antonio Vázquez Claudio, era natural de Vieques, en Puerto Rico. Tenía veinticuatro años y era oficial de telégrafos en el portaviones *USS Saratoga* de la Sexta Flota, que llegó al puerto el 17...

—El sábado pasado.

—... junto con el *USS Saratoga*, están también atracados el *USS Fiske* y el *USS Hawkins*. Proceden de Nápoles. —Ana Martí levantó la vista—. ¿Sigo?

—Claro. ¿Por qué lo pregunta?

—Porque no está escribiendo nada.

—Los nombres de los barcos no me interesan. Siga, siga.

—Bien. Antonio Vázquez fue encontrado muerto en un *séparé* del bar Metropolitano en la calle Conde del Asalto.

—¿Separé? ¿Pone que estaba en un separé?

Ella le señaló la palabra en una de las hojas. Era evidente que no entendía qué le hacía tanta gracia.

—¡Qué cursis! —exclamó Isidro.

—Veo que no le caen muy bien.

—No me gustan ni los americanos ni lo americano, no me gusta la gente que no habla normal, ni la que mete palabras en francés, ¡ni la gente que habla en francés!

La periodista se echó a reír mientras negaba con la cabeza. Él la imitó, aunque, a pesar del tono exageradamente feroz de su diatriba, le había dicho la verdad. Volvieron a los papeles.

—Se lo traduzco sin galicismos: lo encontraron los policías militares que aparecieron para poner fin a la pelea en el bar Metropolitano en la calle Conde del Asalto. Sobre los motivos y los participantes en la pelea todavía no tienen informaciones precisas. El muerto se encontraba en un reservado. El muerto estaba sentado en una de las sillas con el torso caído sobre la mesa del *sépa...* reservado. Aquí dice que adjuntan una foto.

Castro negó con la cabeza.

—La habrán olvidado.

—Al examinar el cuerpo —prosiguió Ana—, observaron que presentaba un corte profundo en la garganta.

—Ni tiempo de quejarse le quedaría.

—Aquí dice que el muerto llevaba encima su chapa de identificación, algunos billetes de dólar, un paquete de cigarrillos y una cajita de cartón de una joyería.

—¿Había algo dentro? —preguntó Isidro.

—No, estaba vacía, pero anotan que era de la joyería El Regulador, en las Ramblas.

Isidro dibujó el asterisco con el que señalaba los lugares a los que había que ir, cuatro palos trazados con tanta dureza que quedaban grabados en el papel y en las hojas siguientes.

—¿Dicen algo de dónde tienen el cuerpo?

La periodista pasó las hojas leyendo con rapidez hasta que encontró la información.

—Por lo visto, en uno de los barcos hay una morgue.

—En las cocinas sé que tienen buenas neveras. Una vez fui a visitar uno de los barcos con mi hijo pequeño.

Ella emitió un murmullo sin apartar la vista de los papeles. Isidro sintió cierto malestar por haber metido a Daniel en la conversación, mezclado con el resquemor de que ella no hubiera mostrado interés alguno por su hijo. El arranque emocional le duró poco, Isidro a las emociones les concedía como mucho el tiempo de asomar la cabeza tímidamente para que él se la aplastara, como si llevara el ánimo calzado con los mismos zapatones que le cubrían los pies.

—Uno de los médicos de la flota ha ejercido como forense —le explicaba ella siguiendo unas líneas con el dedo.

—Pues que no se vayan a creer que esto será un caso de yo me lo guiso, yo me lo como.

—Por eso me necesita, ¿verdad?

Antes de seguir hablando, Isidro comprobó que la puerta del despacho estuviera cerrada.

—No me fío de los traductores que puedan poner ellos.

—¿Sabe quiénes estarán en la reunión? —le preguntó.

—Creo que el cónsul, un representante del Ejército y un policía militar americano.

—¿Trabajará con él?

Isidro no pudo contenerse:

—Mucho me temo, señorita.

5

—A ver... la cita era a las once, ¿no?

Isidro Castro se lo preguntó a ella en voz alta antes de levantarse de la silla y acercarse de nuevo a la mujer de torso atlético que, tras una mesa con dimensiones de mostrador, velaba la antesala del despacho del cónsul de los Estados Unidos.

—Señorita, son más de las once y media. Aunque les hayan dicho lo contrario, aquí cuando se convoca a las once, se recibe a las once.

—Pero es que el señor cónsul está reunido... —La secretaria del cónsul hablaba un español muy correcto, aunque con un marcado acento, que retorcía las erres y las dejaba escurridas de cualquier vibración, pesadas como ropa mojada.

Las puertas macizas no habían impedido que durante la espera les hubieran llegado con frecuencia voces airadas desde el interior del despacho del cónsul.

—Con quien debería estar reunido es conmigo —dijo él señalando el interfono—. Dele al botoncito y dígale que el inspector de primera Isidro Castro de la BIC tenía cita a las once y que dentro de dos minutos se volverá a la Jefatura y que, si quiere verlo, que venga él mismo.

Se quedó plantado con las manos metidas en los bolsillos del pantalón y la cabeza inclinada, dándole tiempo a que por fin se decidiera a apretar el botón.

Ana observaba la escena como si tuviera lugar en un plató de cine, con la mujer de sonrisa congelada bajo los ojos duros aguardando las órdenes de un director algo despistado que le indicara si tenía que hacer lo que le pedía el hombre malcarado del traje gris, si era mejor darle una excusa amable o tal vez, como en los musicales, era mejor esperar a que sonara alguna melodía y comenzar a cantar.

Ana sabía bien que la diplomacia es en buena parte impostación. Todo allí tenía un aire de decorado. Como en cualquier consulado, no faltaban banderas ni escudos en la escenografía, todo lo contrario. Allí los acompañaban fotos de rascacielos de Nueva York y Chicago colgadas de las paredes, plantas enormes que surgían de maceteros absurdamente pequeños, sillones de estructura metálica, lámparas estilizadas de formas futuristas, una mesa de formica con revistas ordenadas en abanico con precisión casi maniaca. Desde una de las portadas asomaba un ojo de Elvis, adormilado, tal vez seductor. Ante los españoles, los americanos alardeaban de modernidad.

Como la mujer no hacía nada, Castro se volvió y le hizo un gesto a Ana:

—Vámonos.

Ella se levantó, pero no llegó a seguirlo. La secretaria del cónsul los frenó.

—Un momento. —De un salto sacó su cuerpo de nadadora de detrás de la mesa y se dirigió a la puerta del cónsul.

Tocó, pero los hombres, enzarzados en una discusión, no parecieron oír la llamada. Abrió y se quedó de pie en el umbral, dejando salir un barullo de voces que hablaban a la vez.

—... y siempre hemos resuelto entre nosotros los problemas de la tropa.

—... no es un problema de la tropa...

—... es un asesinato, le repito que...

Tres hombres. ¿Qué le había dicho el inspector? El cónsul, un representante del ejército estadounidense y un policía militar. Solo captaba fragmentos de lo que decían, porque se quitaban la palabra el uno al otro.

—... que exige una investigación...

—... pensaba que todo esto ya lo habíamos aclarado...

Castro se volvió hacia ella. Ana entendió que le iba a pedir que tradujera, pero ella le hizo un gesto discreto con la mano para que la dejara escuchar un poco más.

—... pero insisto en que...

—... una investigación...

—... lo podemos hacer solos...

—... necesitamos la ayuda de los locales...

La secretaria del cónsul, haciendo gala de una potente voz, les gritó:

—¡Disculpen, señores! ¡Disculpen!

—¿Qué quiere? —La misma acritud de la discusión cayó sobre la persona que la interrumpía.

—Es que no estamos solos.

—¿Quién está ahí?

—El policía español.

—Pero ¿a qué hora estaba citado?

—A las once, señor cónsul. Y son las once y media.

—Encima parece que nos han mandado al único español puntual en este... —dijo otro, con voz de bajo profundo.

—Ha venido con una intérprete —lo interrumpió ella.

—¡Cierre la puerta! —ordenó la voz que ya sabía que pertenecía al cónsul.

La mujer obedeció y los dejó solos en la antesala.

Castro se sentó al lado de Ana, quien le resumió rápidamente lo que había podido captar.

Poco después se abrieron las dos hojas de la puerta del despacho para enmarcar al cónsul de los Estados Unidos en persona. Era un hombre alto y delgado, en la mitad de la cincuentena, con las manos huesudas y el cuello flaco; parecía más un mártir de Zurbarán que un ufano protestante americano. Ella lo conocía solo de vista, de alguna de las fiestas de sociedad a las que la invitaban como reportera de *Mujer Actual*; nunca había hablado con él, por lo que no temía que pudiera reconocerla como periodista. Y en caso de que así fuera, tampoco le preocuparía al cónsul la presencia de una reportera de sociedad. Dada la razón de ese encuentro, sería muy distinto si supiera que escribía también para *El Caso*. Pero ¿cómo lo iba a saber, si ni siquiera estaba anunciada su presencia?

Ahora el cónsul le dirigía a Castro una sonrisa cordial, como si todo lo anterior no hubiera sucedido, mientras la secretaria se escurría a su espalda y desaparecía por un pasillo lateral. El cónsul se acercó con dos zancadas ágiles al inspector. Mirando de reojo hacia el lugar por donde se había ido la secretaria, se presentó en un español precario pero comprensible y le estrechó la mano efusivamente. No se la soltó hasta que la mujer reapareció seguida por un hombre joven, que se abotonaba la chaqueta de un traje del mismo color que el de Castro pero cortado por un sastre bastante mejor. El hombre se acercó a ellos y se quedó a un paso por detrás del cónsul, quien empezó a hablar de nuevo, esta vez en inglés. Con las manos unidas a la espalda, el intérprete empezó a traducir al español:

—El señor cónsul le pide dobles disculpas, en primer lugar por la espera. Y en segundo lugar por la escena anterior.

La sonrisa del diplomático acompañó la traducción. Desde su asiento, Ana no podía ver la cara de Castro.

—Perdone nuestra salida de tono, inspector. Se ha tratado de un pequeño malentendido interno...

—Esas cosas pasan —respondió Castro haciendo alarde de diplomacia, aunque Ana sabía que la paciencia se le había acabado hacía un rato.

En el interior del despacho del cónsul las otras dos voces cuchicheaban.

—La muerte del marinero Vázquez nos ha conmocionado a todos.

El cónsul invitó a Castro a entrar. Este se volvió hacia su acompañante.

—La señorita es Ana Martí, mi traductora.

Ana se levantó. El cónsul clavó la mirada en ella. Tal vez sí que le sonara su cara y trataba de recordar dónde la había visto antes.

Entraron en el despacho. Dos hombres de uniforme los esperaban fumando de pie al lado de la ventana. Ambos ignoraron al policía y se quedaron mirándola. Ella contuvo el impulso de revisar su ropa por si algún botón se había abierto y levantó la barbilla. Imitó al otro traductor y se colocó a un paso de distancia detrás del inspector. Así saludaron primero al mando de la Marina, un contralmirante cuyo uniforme almidonado lo cubría como una armadura de tela que mantenía la hechura atlética en un hombre que pasaba de la sesentena. Este era el que tenía la voz de bajo. Después llegó el turno del policía militar.

—Thomas Wilson.

Castro y él se miraron, se saludaron con un apretón de manos y no se sonrieron.

Thomas Wilson cumplía con todas las expectativas sobre un policía militar: era alto, fornido, rubio, si bien el pelo cortísimo apenas dejara intuirlo, de piel y ojos claros, dientes grandes soportados por una mandíbula poderosa. La diferencia respecto a los miembros de la Policía Militar que se solía ver patrullando por las calles de la ciudad era la edad. Los policías, habituales sobre todo en el Barrio Chino, las Ramblas y las inmediaciones del puerto, eran tan jóvenes como los marineros que recogían borrachos de bancos y portales, o los que sacaban a empujones y porrazos de bares, cavas de jazz, tablaos o clubes nocturnos. Thomas Wilson, en cambio, estaba ya en mitad de la cuarentena. Sus ademanes tenían el ritmo abrupto de los músculos acostumbrados a moverse a golpe de órdenes.

El cónsul les indicó una mesa ovalada. Las sillas desplazadas marcaban dónde habían estado discutiendo antes de ser interrumpidos. Ignorando la tendencia ritual a ocupar el mismo lugar en que se estuvo sentado, Castro escogió una de las sillas movidas y obligó a los demás a recolocarse. Ana ocupó el asiento a la izquierda del inspector; al otro lado quedó el intérprete consular. El policía militar se sentó frente al policía español.

No habían terminado de acomodarse cuando entró una empleada empujando un carrito con bebidas y sándwiches de pan inglés, con una miga tan blanca que parecía brillar. Los dejó sobre la mesa. Ana se hubiera servido muy gustosamente uno de los triángulos esponjosos, sin importarle qué hubiera entre las dos rebanadas, solo por notarlo entre los dientes. También miró golosa los botellines panzudos de Coca-Cola, pero las manos de Castro estaban férreamente unidas sobre la mesa y no se movieron hacia las viandas cuando el cónsul se las ofreció a los presentes, de modo que ella las rechazó también.

Los otros, en cambio, se sirvieron, y Ana constató con desagrado que tanto Wilson como el otro militar masticaban ruidosamente.

Los dedos de Castro tamborileaban inquietos. El cónsul empezó por fin a hablar. El traductor llegó a decir dos palabras antes de que Castro lo hiciera callar con un gesto imperativo de la mano derecha, mientras que con la izquierda le daba unos golpecitos en el brazo a Ana para que fuera ella quien le tradujera las palabras. El cónsul se encogió de hombros, el traductor lo imitó. Los dos militares permanecieron impasibles. Ana empezó.

Sabiendo que el intérprete del cónsul también atendería a la fidelidad de sus palabras, transmitió incluso las fórmulas de cortesía y una ristra de alabanzas al país, propias de una guía de viajes, con lo que logró impacientar aún más al inspector.

Después el cónsul pasó a resumirle lo que constaba en el informe que le había traducido Ana.

—Dígale —le indicó Castro— que eso ya lo sabemos, que también hemos leído ese texto, aunque nos lo entregaran en inglés.

Ana no lo hizo, sino que le dio las gracias por la información. El traductor del cónsul la miró y le dirigió una leve sonrisa, que hizo desaparecer antes de que los otros hombres pudieran captarla. Si el escaso español del diplomático le permitía apreciar la discordancia, no lo dejó entrever.

Ana siguió traduciendo. El intérprete del consulado se limitaba a asentir. Por más que le mostrara simpatía, la hacía sentirse examinada, sobre todo cuando estuvo a punto de intervenir ante algunos titubeos.

—El cónsul dice que, en su opinión, se trata de un caso trivial, trágico pero trivial.

—¿Y qué quiere decir con eso? —Castro parecía incluso algo aburrido del asunto.

Ella formuló la pregunta en tono más amable.

—Quiere decir —le explicó— que se trata del desenlace trágico de un suceso que se da con cierta frecuencia entre los marineros, una pelea de bar. Por ello, en un principio le pareció que no era necesario molestar a la policía española.

Castro dejó escapar un leve gruñido. Indescifrable para los demás. No tanto para Ana, que sabía que el inspector también lo hubiera preferido así.

—Sin embargo —prosiguió traduciendo las palabras del cónsul—, en pos de un esclarecimiento sin fisuras del asunto el cónsul considera muy útil la cooperación —al traducir esta parte, Ana repitió el movimiento de los ojos del diplomático y miró a los dos militares, firmes en su silla—. Pero pide también que seamos comprensivos con estos valientes muchachos que pasan muchos días en las naves, trabajando duro, y que necesitan desbravarse cuando llegan a puerto.

Lo que Castro opinaba acerca de «estos valientes muchachos» Ana no lo tradujo, sino que formuló de manera más circunstanciada la pregunta del inspector, «¿A qué se debió la pelea?», para que los americanos no echaran a faltar texto. El intérprete no la delató, sino que aprovechó para coger un sándwich.

—Según averiguaron los miembros de la patrulla de la Policía Militar que se presentaron allí, en el local se encontraba un grupo de marineros, la mayoría de ellos en estado de embriaguez. La mayor parte eran blancos, pero había algunos negros. Y en algún momento saltó alguna chispa y se enzarzaron en una pelea.

—¿Y la razón de la pelea? —insistió Castro—. La razón concreta, digo.

Los tres americanos intercambiaron miradas. Finalmente, el cónsul dijo:

—Algo de mujeres. Más no se sabe.

—¿La pelea fue solo entre marineros o había también españoles?

—Había españoles, pero parece ser que se limitaban a mirar.

Tras un carraspeo seco, se oyó la voz del contralmirante. Como si la gruesa tela de la casaca cargada de medallas amortiguara la caja de resonancia, la voz sonó lejana y a la vez potente, como un oso despertando al fondo de una cueva.

—Una cosa les puedo asegurar. —Ana se dio cuenta de que inconscientemente imitaba el tono oscuro de la voz al traducir—: Tiene que haber sido uno de los locales. Nuestros muchachos son jóvenes y, a veces, alocados, pero son hombres de honor, que tal vez resuelvan las cosas con los puños, pero, como buenos soldados, nunca con las armas. Nunca entre civiles. Si quieren, les puedo mostrar unos estudios estadísticos (señaló un delgado maletín de cuero negro que reposaba ante él sobre la mesa) que muestran que los casos de homicidios perpetrados por soldados en entornos civiles son pocos y que, además, en estos casos, los propios compañeros se encargan de detener o denunciar al delincuente. En cambio, los individuos —Ana eliminó los adjetivos «despreciables» y «viciosos»— que regentan esos locales —«degenerados» y «repugnantes» desaparecieron también— son capaces de cualquier crimen.

Castro esperó un momento con la mirada clavada en Ana, como si hubiera notado que le escamoteaba palabras y esperara que aparecieran rezagadas y arrepentidas, pero ella aguantó la expresión de desconfianza del inspector y, sin inmutarse, pasó su réplica al inglés, mientras captaba de reojo el movimiento asertivo del otro traductor:

—Admito que la gente con la que se encuentran sus «valientes muchachos» es de la peor calaña y que algunos venderían a su madre por dos duros, pero esas modernidades de las estadísticas, sintiéndolo mucho, no me convencen. Más bien tengo la impresión de que usted quiere apuntar que el culpable tiene que ser español. ¿O me equivoco?

Carraspeos, miradas, movimientos nerviosos en las sillas. Wilson se disponía a replicar, pero Castro se le adelantó:

—No hace falta entender de esas ciencias para saber que, aunque la mayoría sean buenos chicos, como ustedes dicen, en todas partes hay ovejas negras, de modo que por mí las estadísticas las puede dejar bien guardadas en el maletín. Hay que investigar a todos los que estuvieron en esa pelea: españoles, americanos, blancos, negros o del color que sean.

Todos los ojos quedaron clavados en Castro después de que Ana pronunciara su última frase. El cónsul le pidió a su intérprete que le confirmara que la traducción de Ana era correcta. Este engulló el bocado que estaba masticando.

—Todo correcto, señor.

Tras una breve reflexión, el diplomático le respondió:

—Sepan ustedes que pondremos todo nuestro empeño en aclarar este asunto. Yo, por mi parte, repito que creo, que estoy convencido de que fue una pelea con un trágico final.

Los dos militares se removían inquietos, con ganas de intervenir, si bien se refrenaban.

—Sería un duro golpe para las relaciones entre nuestros países que el asesino resultara ser español... —trató de seguir el cónsul.

Wilson golpeó la mesa con el botellín de Coca-Cola. Pidió disculpas con un gesto por la interrupción.

—*Esou*, no podémoslo saber —dijo Thomas Wilson en un español lleno de tropiezos.

—¡Vaya! Así que habla nuestro idioma —Castro no pudo reprimir el sarcasmo.

—Un *poquitou*.

Tal vez Castro hubiera añadido otro comentario. No llegó a hacerlo, pues el cónsul se dirigió a ellos en el tono tajante de una conciliación que se impone desde la autoridad:

—El teniente Wilson es uno de nuestros mejores hombres. Y agradecemos sobremanera que usted, inspector Castro, participe en la investigación. La consigna es colaborar en la resolución de este crimen. Las autoridades españolas nos han ofrecido todo el apoyo necesario y, además, la garantía de discreción. De eso se trata.

—Por supuesto —respondió Castro—. Y por eso creo que deberíamos empezar a trabajar ya. El fiambre lleva más de un día en la nevera. El tiempo apremia. Traduzca, señorita, traduzca. Quite y ponga lo que quiera, como tengo la sensación de que está haciendo todo el rato.

La sonrisa cómplice del intérprete les valió a ambos miradas suspicaces de los americanos. Pero Castro seguía hablando y empezaba a pedir:

—Dígales que se olvidaron de adjuntar la foto del muerto. Y que, ya que estamos, no solo necesitaría la foto del cadáver sino también una foto del señor Antonio Vázquez —al pronunciar el nombre del marinero, Castro se volvió hacia Thomas Wilson— cuando estaba vivo, para mostrársela a posibles testigos.

—Ahora mismo ordenaré que le den copias —la voz del cónsul sonaba forzadamente servicial—. Bien, ya estamos en marcha. Justamente para eso necesitamos la colaboración de la policía española.

—Para buscar e interrogar a los testigos, entiendo —concluyó Castro—. Los testigos, como dicen ustedes, locales. Está bien, siempre y cuando se me permita a mí hablar con los testigos visitantes.

El juego de palabras que aludía a los encuentros deportivos se les escapó a los americanos y necesitó la explicación del intérprete.

Los dos militares miraron a Ana, cuya presencia les impedía discutir entre ellos. La contrariedad se apreciaba en el ceño fruncido del militar y en la boca prieta del policía. Era evidente que no querían que Castro hablase con los marineros, pero no podían decirlo abiertamente ni, en ese momento, encontrar ningún argumento para evitarlo. El cónsul supo aprovechar esta circunstancia:

—En mi opinión, es una petición legítima.

Wilson miró al techo. Dejó claro que él no podía tomar esa decisión.

—Está bien, inspector Castro —dijo, finalmente, el contralmirante—. Mañana podrá usted acceder a uno de los barcos para hablar con los marineros que participaron en la pelea.

—¿No puede ser hoy?

—No. Mañana. A las diez los esperará una lancha en el muelle para llevarlos hasta el portaviones *USS Saratoga*, en el que habremos acondicionado una sala para que ustedes hablen con los marineros.

—De acuerdo —se limitó a decir el inspector—. ¿Los han detenido? —preguntó después, mientras alargaba la mano para coger un sándwich.

—¿A quiénes?

—A los que participaron en la pelea. Son sospechosos, ¿no les parece? —Se acercó el bocadillo a la nariz y lo olisqueó antes de darle un mordisco.

Wilson, tras intercambiar una mirada con el contralmirante, respondió:

—Sí, por supuesto.

—¿Pero los han detenido o no?

—Están en el barco. Bajo vigilancia.

La reunión todavía se prolongó unos minutos más en los que se repitieron los detalles del encuentro del día siguiente y también las fórmulas de cortesía diplomática, que sonaron aún más vacuas que al principio de la reunión. Frases salpicadas de expresiones como «gran amistad», «excelente cooperación», «ayuda inestimable»... El aire que las transportaba era gélido. Ana tomaba notas en su libreta para no olvidarlas al traducir, a la vez que ya veía cómo las citaría en su artículo si escribía sobre el caso.

Finalmente, tras recibir por fin las fotos del muerto, Castro se despidió.

—Disculpe, inspector, una última pregunta —le dijo el cónsul mientras los acompañaba a la puerta—: ¿la señorita vendrá también mañana?

—Por supuesto.

—Entonces avisaré de su presencia.

Era extraño, incómodo, estar traduciendo una conversación que giraba en torno a ella y en la que se tomaban decisiones sin consultárselas. Le molestaba que Castro dispusiera de ese modo de su tiempo; con todo, por nada del mundo estaba dispuesta a perderse la posibilidad de participar en un interrogatorio en un portaviones.

—Además, tiene que firmar el documento de confidencialidad —intervino desde su mesa la secretaria.

—¿Qué tengo que firmar?

—Este formulario por el que se compromete a mantener el secreto sobre todo lo que se ha hablado en esta reunión y en todas las que participe en espacios oficiales de los Estados Unidos.

La mujer le mostraba el papel con una mano y con la otra le tendía una pluma, como quien pasa un cuchillo, con la punta hacia adentro. Ana firmó mientras se despedía de su artículo.

Cuando salieron a la calle, Castro empezó a imitar burlón las palabras y el acento de Thomas Wilson

—Un *poquitou*, un poquito... ¿Qué se habrán creído? ¿Que somos tontos?

Ana se dio un golpe con la mano en la frente.

—¡He olvidado el paraguas!

Salió corriendo mientras Castro esperaba encendiendo un cigarrillo. El vigilante la dejó pasar sin problemas cuando le explicó la razón. Sin cruzarse con nadie más, llegó a la antesala del despacho. La secretaria no estaba en su lugar. El paraguas seguía dentro del paragüero donde lo había olvidado. Mientras lo cogía, la misma empleada de antes salió del despacho con el carrito de los sándwiches, empujada por una voz agria que salía por la puerta que olvidó cerrar.

—¿Quién se habrá creído que es ese Castro? —bramaba Wilson.

—Tranquilícese —le decía el contralmirante—. Es un patán maleducado, pero necesitamos su colaboración para que, por más que le pese, señor cónsul, dé con algún culpable en los barrios bajos —completó el militar.

—Eso también podría hacerlo sin él —intervino Wilson—, hablo el idioma y conozco algunas personas que son de mi confianza...

—Habla el idioma, pero no es de aquí. —La voz del cónsul parecía cargada con toda la acritud que había contenido en la conversación delante de Castro—. No se deje engañar por las apariencias, Wilson. Todas esas zalamerías, todas esas declaraciones de amistad, tanto cortejo se deben solo a que les dejamos un buen dinero. Como las putas. ¿O es usted de los que creen que las putas lo hacen por amor?

Esa última frase habría sido una buena cita. Tal vez podría escribir un texto sobre la importancia de cerrar bien las puertas en el mundo diplomático. El silencio que siguió avisó a Ana de que sería mejor alejarse. Se marchó a buen paso. Se cruzó con la secretaria del cónsul. A su mirada interrogante respondió mostrándole el paraguas.

A pesar de que con ello no haría más que acrecentar la irritación de Castro, le contó lo que los americanos habían dicho. El inspector cabeceó satisfecho.

—Ya me quedó claro durante la reunión —dijo inquietantemente sosegado—. El cónsul prefiere que haya sido una cosa entre ellos. De ahí que quiera que vaya al barco, a ver si lo pillo. Vamos a ver qué cuentan los «valientes muchachos». Y recuerde, señorita Martí, que no solo por lo que respecta a los americanos, también lo que hable conmigo es confidencial.

—Por supuesto. ¿Ha podido aclarar lo de mi pago por traducir?

—Estoy en ello.

Se despidieron.

A Rubio no le iba a mencionar de momento el tema. Una historia con marineros americanos habría sido muy golosa, pero se interponía la maldita cláusula de confidencialidad.

Tal vez le contaría algo a Lawrence, su profesor de inglés, pero solo un *poquitou*. Sonrió.

Isidro no sonrió durante el breve camino desde el consulado en la calle Junqueras hasta la sede de la Jefatura, tampoco lo hizo al cruzar el umbral, ni al subir la escalera, ni al entrar en su despacho.

Le reconcomían tanto la arrogancia de los americanos como su condescendencia. Estaba claro que no les tenían ningún respeto. Y encima, la consigna por parte de las autoridades españolas de colaborar con ellos. Pero una cosa era colaborar y la otra era servirles el culpable a la carta. Había que tener más pundonor y no agachar la cerviz porque esos se presentaran como ganadores de una guerra. También la habían ganado ellos. Y no tenían que tolerar que los americanos los miraran por encima del hombro, esos profetas de la democracia. Como si la gente supiera lo que es bueno para ella. Lo que la gente necesitaba era una mano que la guiara, una mano dura para evitar que las personas se torcieran, una mano firme que enderezara a los desviados, una mano que repartiera castigos o recompensas según los méritos, la mano de un padre, la mano de un Caudillo.

Después de encenderse un cigarrillo, contempló sus propias manos, las palmas pálidas, el dorso velludo. Un temblor ligero en la mano derecha delataba que seguía enrabiado.

Antes de ponerse a trabajar le hizo un resumen al comisario Goyanes.

—Nos quieren endosar el muerto a nosotros. Para eso nos necesitan, para encontrar un culpable español.

—¡Ni hablar! Eso es una cosa de ellos.

—Bueno, eso habrá que verlo.

—Lo que te digo, Isidro.

Le aseguró a Goyanes que no se dejaría manipular. No le dijo que tampoco por él. Entre unos y otros habían logrado interesarlo realmente en ese caso.

Si los americanos creían que se la iban a dar, iban listos. Como si el contralmirante ese de las medallitas no hubiera podido lograr que accediera hoy mismo al barco y a los marineros. Se creían que los engañaban, que ganaban un día de ventaja. Pues bien, ellos también lo harían. Con los «locales».

Buscó a Sevilla.

—Ven a mi despacho.

Su subordinado, quien, al contrario que él, era un admirador de todo lo americano, seguía molesto porque no lo había llevado con él al consulado. Isidro lo compensó con su relato del encuentro, pobre en las descripciones y, por otra parte, excesivamente salpimentado de improperios.

—Ahora te vas al bar Metropolitano —le ordenó al final— y empiezas a hacer preguntas: ¿quién estaba ahí la noche de la pelea? ¿Qué vieron? ¿Cómo y cuándo empezó la pelea? ¿Cuántos marineros había? ¿Cuántos blancos? ¿Cuántos negros?

Sevilla, sentado frente a él en el escritorio, tomaba nota en una hoja de papel.

—¿Voy solo?

—Llévate a Ruipérez y a Salas. Son de fiar.

Y, además, eran muy temidos en el Chino.

—Los americanos dicen que se trata de un asunto de faldas. Entérate de qué fulanas rondaban por ahí y de qué amo tienen.

Sevilla levantó la vista de sus notas.

—Jefe, ¿el muerto era blanco o negro?

Era una buena pregunta. Isidro cogió la foto que mostraba a Antonio Vázquez vestido de uniforme. Anthony Vázquez, estaba escrito en el reverso. Examinó el rostro. Había sido un tipo bien parecido, seguro que gustaba a las mujeres. Tal vez demasiado. Los labios eran gruesos; la nariz, fina en el nacimiento, se ensanchaba ligeramente; los pómulos eran altos; sobre los ojos almendrados se perfilaban unas cejas oscuras y espesas. ¿La piel?

—Blanco. Blanco oscuro, pero blanco.

Sevilla parecía algo contrariado.

—Lástima —dijo—, si fuera negro, sería un poco más fácil. La gente se fija más en los negros, también las *meucas*.

—Cierto. Pero este también llamaba la atención porque, como era de Puerto Rico, hablaba español. Y ahora, vete y péiname bien el barrio. Si ves alguno a quien le puedan entrar ganas de salir por piernas, me lo empaquetas en el calabozo. Haz una lista de los que valgan la pena. Mañana iré yo a repasar la zona con el policía militar americano y no quiero perder el tiempo con gente que no sirva.

—¿Podría acompañarlos?

—Puede que sí. Tal vez no.

No lo sabía. Quizá necesitaría que su subordinado anduviera siempre por delante allanando el terreno.

—Ahora busca a Ruipérez y Salas y ponte a trabajar. Te espero aquí a las seis. Buena pesca, Sevilla.

En ello confiaba antes de tener que hacerse a la mar al día siguiente para hablar con los americanos.

Después de la comida, se acercó a una farmacia a comprar un tubo de Biodramina. Lo apretó con fuerza en la mano.

—Hay que joderse.

6

La lluvia, uno de los enemigos naturales de los barceloneses, se alió con Ana y arreció poco antes de la hora del club de conversación, convenciendo a los otros tres participantes de quedarse en casa. Tras esperar un rato en el aula de la academia donde se reunían, a Ana no le costó mucho convencer a Lawrence Roberts, el profesor del grupo, de que sería más agradable si se trasladaban a la cercana confitería Mauri.

Cuando salieron a la calle ya amainaba. La lluvia, inconstante y caprichosa, había dejado las aceras impregnadas de una humedad que ascendía por las piernas y reptaba por la piel imperceptiblemente hasta que llegaba el primer escalofrío. Ana agradeció el calor envolvente de la confitería, bastante llena a esa hora, y el dulce olor a crema pastelera que, mientras pisaban el suelo ajedrezado buscando una mesa libre, a veces armonizaba agradablemente con el del café, otras discordaba con algún perfume demasiado intenso. Encontraron un velador libre en un rincón que Ana calificó enseguida de «recogido» para ahuyentar la palabra «íntimo» de su cabeza. Se sentaron frente a frente.

Desde hacía cuatro meses participaba dos veces a la semana en ese club de conversación en inglés. También sintonizaba por las noches la BBC en el aparato de radio que tenía en su dormitorio. Beatriz, más francófila, parodiaba a veces la dicción saltarina de algunos locutores.

La misma que tenía su profesor, Lawrence Roberts. Ana se abochornaba todavía al recordar lo ufana que se había presentado a sí misma como *journalist* el primer día de clase. Él se había disculpado cortésmente por no conocer ni *El Caso* ni *Mujer Actual* porque llevaba poco tiempo en el país. Después les había contado que se había tomado medio año para trabajar en un libro sobre el modernismo catalán, que sus abuelos maternos eran de Barcelona, razón por la que hablaba un español fluido pero con carencias sorprendentes, un idioma forjado fuera, que él a veces comparaba con una planta de invernadero a la que trasplantan a su entorno natural y lucha por sobrevivir. Les dijo también que era fotógrafo de prensa y que colaboraba en *Paris Match* —publicación para la cual había ilustrado las crónicas de la guerra de Ifni—, *Newsweek, The Manchester Guardian* y la agencia Magnum. El contraste entre *Newsweek* y *Mujer Actual* le había provocado a Ana un ataque de risa floja del que esperaba que solo se acordara ella. Por lo menos él no lo había vuelto a mencionar.

Una vez más volvió a sorprenderla el contraste entre el físico desgarbado de Lawrence y el brío de sus movimientos; su cuerpo, que en reposo le recordaba a los muñecos rellenos de arroz, adquiría una gran energía en cuanto la tensión se apoderaba de sus músculos. Ahora se había dejado caer desmadejado sobre la silla. Mientras esperaban que la camarera les trajera los cafés con leche, las dos señoras de la mesa contigua los observaban con indisimulada curiosidad porque hablaban en inglés, como si la barrera lingüística las hiciera a ellas invisibles.

—¿Vives por aquí? —preguntó Ana, confiando en que la respuesta también le indicara si vivía solo.

—No, en Gracia, en la calle Verdi. Estoy de realquilado en la casa de una señora. Una viuda.

La forma en que Lawrence pronunció la palabra «viuda», dejando escapar una risita por la nariz, la obligó a preguntar:
—¿Por qué te ríes?
—Es que es una viuda muy peculiar.

En la cabeza de Ana empezó a sonar el vals de *La viuda alegre*, pero a los pocos compases la interrumpió la voz risueña de Lawrence.

—Es que es una viuda, no sabría cómo decirlo... imaginaria. Sí, una viuda imaginaria.
—¿Y eso?
—El marido está vivo y reside en la misma casa. —Lawrence hizo una pausa.

Ana notó cuánto le complacía saberla atrapada en la historia. Le hizo un gesto de exagerada impaciencia para que siguiera.

—Su marido, Anselmo, fue uno de los voluntarios de la División Azul. Se alistó en el 42 y lo mandaron al frente ruso. Lo cogieron prisionero y estuvo internado en un campo de trabajo en la Unión Soviética. —Mientras hablaba movía los objetos sobre la mesa. Por lo visto, la taza era España y el azucarero hacia el que marchaban el índice y el corazón imitando el paso de la oca, Rusia—. Ella lo creyó muerto, porque después de unas pocas cartas no volvió a saber nada de él y en el Ejército tampoco supieron darle noticias de dónde se encontraba.

—Pero... —Ana ralentizó el movimiento de remover el café.

—Pero volvió. Era uno de los supervivientes del campo de trabajo que regresaron en barco a Barcelona.

—El *Semíramis*. —Ana recordaba la llegada del barco al puerto de Barcelona en abril de 1954. No había escrito sobre el hecho, pero recordaba las exaltadas crónicas de algunos de sus compañeros—. Así que el marido de tu patrona era uno de los que regresaron.

—Sí, pero ella ya no lo esperaba. Un día me contó que había llevado once años de luto por él y que se había acostumbrado tanto a su ausencia como al luto. Así que lo dejó entrar en casa, pero ella se sigue considerando viuda y duermen en habitaciones separadas.

—¿Y él? —Tomó un sorbo de café que le supo algo amargo.

—Anselmo, el marido, volvió bastante enfermo y parece haber aceptado de buen grado su condición de «fantasma» mientras ella le ponga un plato caliente sobre la mesa dos veces al día. Pobre hombre.

—Pobre ella también. Me imagino que, una vez asumida la pérdida de su marido, no se siente capaz de volver a vivir ese dolor si lo perdiera otra vez.

La historia, que había prometido ser graciosa, los había dejado entristecidos y cabizbajos, los había vuelto grises ante el fondo dorado y carmesí del papel pintado, los marcos brillantes de los espejos, los grandes ramos de flores y las tulipas que alumbraban el café. Lawrence, británico, seguramente habría sorteado el mutismo que siguió con un poco de café; ella, víctima de la fobia meridional al silencio, se sintió impelida a hablar y no se le ocurrió nada mejor que añadir una nueva anécdota luctuosa:

—¿Sabes que un famoso fotógrafo de prensa, Pérez de Rozas, murió de un ataque al corazón mientras cubría el evento de la llegada del barco *Semíramis*? Dicen que fue por la emoción.

—Desde luego, Ana, tú sí que sabes cómo levantar el ánimo —dijo Lawrence con ironía.

Ana se echó a reír de su propia torpeza y al instante a él se le contagió la risa.

—¿Ves cómo sí que sé?

Cogieron a la vez las tazas y se las llevaron a los labios sin dejar de sonreír. Entonces Ana apreció que Lawrence tenía el ojo derecho algo más oscuro que el izquierdo. Tal vez era ese el rasgo que hacía su rostro tan interesante. No era un hombre guapo en el sentido tradicional. La nariz, si bien recta, era algo prominente; tenía la boca ancha y la cabeza cubierta por una cabellera oscura de ondas rebeldes que el fijador lograba a duras penas domar; a esa hora de la tarde era ya una batalla perdida.

—¿Estás escribiendo una nueva crónica?

Tenía dos textos entre manos, pero no iba a contarle la historia de la costurera que se había suicidado porque estaba embarazada, dos historias tristes eran suficientes para esa tarde. Además, sentía la necesidad de impresionarlo. Por más que *El Caso* no fuera *Paris Match*, y fuera más que dudoso que llegara a escribir sobre el asunto del americano, era una historia más interesante y, sobre todo, sin el tufo pueblerino, provinciano de muchos de los casos que cubría. A riesgo de que, como tantos, pensara que no eran temas para una mujer, le habló del asesinato del marinero Antonio Vázquez.

Lawrence la escuchaba atento, con las manos juntas sobre la mesita mientras ella desgranaba el suceso sin escatimarle detalles escabrosos. Las dos señoras de la mesa contigua ya se habían aburrido de mirarlos y clavaban sus ojos de lechuzas en un hombre trajeado que compartía mesa con una jovencita visiblemente anonadada por la decoración del local; una pareja mucho más jugosa que ellos, sin lugar a dudas.

—¿Y durante toda la reunión tradujiste tú? —preguntó él al final.

Ella asintió.

—Realmente tienes don de lenguas.

—Me viene de familia —respondió sin querer reprimir el orgullo—. Vamos a ver si después puedo publicar algo...

—¿Por qué?

—He firmado una cláusula de confidencialidad. Todo lo que escribimos sobre los americanos pasa primero por sus manos.

Ya había escrito sobre ellos en ocasiones anteriores, con ilusión al principio, cuando llegaron y muchos los veían como una señal de que algo iba a cambiar en el país, como una cuña que lo abriría a una mayor libertad. Después todo quedó en nada, en bailes nuevos, bebidas nuevas, comidas nuevas, fiestas de San Valentín y obras de caridad para entretener a las esposas de los mandos.

—Y sobre lo que suceda después —siguió—, si se resuelve el caso, hay que pasar la censura.

—¿Por qué no se puede hablar mal de los americanos? —Lawrence levantó las cejas.

Aunque seguían hablando en inglés y el ruido de las conversaciones también los protegía, Ana bajó la voz al responder:

—Aquí no se puede hablar mal de nada ni de nadie. Con los americanos hay un pacto de silencio informativo, solo buenas noticias. —Se echó hacia delante. Notó de reojo que una de las mujeres seguía atenta su movimiento de aproximación a Lawrence, la otra continuaba más concentrada en la pareja desigual—. No se pueden decir las cosas que están mal, que son muchas. Es todo tan absurdo... Estamos en manos de enfermos mentales con manía persecutoria. ¿Te puedes creer que el gobernador civil, Acedo Colunga, prohibió en *El Correo Catalán* las inocentes historietas de un personaje que se llamaba don Felipe de Muntañola porque él se llama Felipe y el personaje era calvo y bajito? Y todo lo que no les conviene se oculta. A ti que te interesa el fútbol español, ¿sabías que hace unos años hubo muertos en un encuentro entre el Barcelona y el Español porque vendieron demasiadas entradas? No se enteró nadie. Orden de silencio, como en los cuarteles. Y lo tenemos tan asumido que la mayoría de las veces nosotros mismos sacamos la tijera y amputamos nuestros textos, a veces incluso nuestro pensamiento.

—Como si quisiera demostrárselo, a medida que su discurso

se enardecía, bajaba aún más el volumen de su voz. Al darse cuenta, se interrumpió y le preguntó —: Tú, que vienes de un país libre, ¿cómo aguantas la vida aquí?

—Es que yo puedo marcharme cuando quiera.

Ambos bajaron la vista, aunque por diferentes motivos.

Ana regresó a casa sintiendo una desazón que quería atribuir al hecho de que todavía tenía que escribir esa triste nota sobre el suicidio de la modista. «Yo puedo marcharme cuando quiera» resonaba en su cabeza.

El perchero modernista de brazos sinuosos le dio la bienvenida reflejando su rostro en un espejo oval aviruelado. Ana hubiera preferido un mueble menos anticuado; también menos siniestro: las ramas que sostenían las perchas parecían cortadas en algún bosque de los hermanos Grimm. Si bien Beatriz insistía en lo contrario, ella se consideraba huésped en esa casa. Solo había hecho cambios en los dos cuartos que le correspondían, en el resto de la casa nunca dejaba objetos fuera de su lugar.

Al meter en el paragüero de cerámica el paraguas que estuvo a punto de volver a olvidar en la pastelería, vio que asomaba la empuñadura de uno desconocido al lado de los de Beatriz y Luisa. Aguzó el oído. A pesar de la radio y los ruidos de la muchacha en la cocina, percibió voces que venían del despacho de Beatriz. Se dirigió a la habitación de su prima. Enseguida reconoció la voz de Salvador, el hermano de Beatriz. Llegó a la puerta entreabierta. Desde la oscuridad del pasillo observó a los dos hermanos sentados uno al lado del otro en la mesa de Beatriz leyendo absortos el mismo papel. A pesar de los cambios en las fisonomías causados por el paso de los años, se dio cuenta de cuánto se parecían. Por un momento se borraron de su vista la erudita de casi cincuenta años, cuyo pelo rubio ya mechaban las canas, y el exitoso abogado algo entrado en kilos, y los imaginó de pequeños, jugando en esa misma casa familiar, con la complicidad que les otorgaba que entre Beatriz y su hermano menor solo mediara un año de diferencia.

Su hermano Ángel, en cambio, era casi diez años mayor que ella. Lo habían fusilado con veintisiete años. Pero para ella Ángel no tenía edad; a veces, en sus recuerdos más remotos, era un chaval de doce o trece años en pantalones cortos; otras veces era el muchacho que la llevaba de paseo por el parque de la Ciudadela o por Montjuïc, también el que hacía payasadas en la mesa durante las comidas para hacerla reír. Ángel era su hermano mayor y, aunque ella ahora tuviera cuatro años más que él en la fecha de su muerte, lo sería para siempre.

—Ana, ¿qué haces ahí parada en la puerta? Pasa, pasa —Beatriz la invitaba a entrar mientras Salvador metía los papeles que habían estado leyendo en una carpeta y la cerraba.

En el despacho había dos adultos, pero la sonrisa de Beatriz y la mirada de Salvador eran las de dos niños que han sido sorprendidos infraganti. No se podía imaginar tramando qué.

7

La habría abofeteado con la misma violencia con la que las olas agitaban la lancha en esa mañana desapacible. Por la sonrisa que se le escapó al verlo escupir en el pañuelo. La habría abofeteado sin perder la expresión de asco que le había dejado el sabor amargo del vómito que amenazaba de nuevo con ascender y que solo refrenaban su fuerza de voluntad y las dos tabletas de Biodramina que había tomado poco antes de zarpar. Habría borrado de una bofetada su sonrisa, fuera burlona o compasiva. Una buena bofetada y después la agarraría con fuerza por los brazos para zarandearla y acercarla a él y ver cómo una gota de sangre, solo una, le brotaba de los labios y le resbalaba por la barbilla y... Se lamió los suyos, resecos. Estaban salados. Dirigió de nuevo la mirada hacia la periodista. Ella la tenía clavada en la silueta del portaviones al que se dirigían y que, ola a ola, salto a salto, iba cubriendo el horizonte. Ana Martí, sentada con las manos en los bolsillos y el cuello del abrigo levantado como si estuviera en una plácida excursión en las golondrinas, las barquitas turísticas que recorrían el puerto de Barcelona, seguía sonriendo mientras se acercaban al monstruo. Isidro recordó que su mujer rara vez sonreía.

El mar dio entonces un fuerte embate a la lancha y el estómago de Isidro claudicó. Vomitó abalanzado sobre la barandilla a la que se aferraba con fuerza mientras una mano le oprimía el brazo derecho para sostenerlo. Mientras vaciaba sus entrañas, una parte de su mente seguía incubando el rencor porque ella lo estuviera viendo tan vulnerable. Se desasió de la mano que lo sujetaba con un gesto brusco y descubrió entonces que se trataba de Sevilla, quien se apartó obediente.

—¿Todo bien? —le preguntó su subordinado.

Los demás lo miraban con cortés atención. También ella, si bien enseguida volvió a contemplar con admiración la mole del portaviones, que les cerraba la vista como si hubieran levantado una calle entera, con todos sus edificios, en pleno mar.

—Todo bien. —Se limpió la boca con el pañuelo y después lo tiró al mar.

—¿Cuánta gente dice que había? —preguntó Castro.

Wilson no necesitaba la traducción de Ana. Abrió un cuaderno de tapas duras, pasó hojas hasta que encontró la información.

—Entre *ochou* y diez de nuestros, seis clientes y varios chicas.

—¿Varias chicas? ¿Cuántas?

—Los muchachos no recuerdan. Varias —respondió Wilson, recorriendo con el dedo las notas del cuaderno como si escondieran una ecuación de la que esperara extraer algún resultado.

—Pero ¿varias muchas o varias pocas?

Les habían habilitado una estancia para que hablaran con los marineros implicados en la pelea y también con los compañeros de camarote del muerto. Sentados uno al lado del otro, los dos hombres se habían apropiado de diferente manera de una parte de la mesa que tenían que compartir. El americano, que había llegado con un maletín, la había llenado de objetos: un magnetófono, informes, el cuaderno, una pluma estilográfica, la cajetilla de cigarrillos, un encendedor Zippo. Castro, a su derecha, había marcado su territorio con los brazos.

Ana estaba sentada a la derecha del inspector y hojeaba un ejemplar de la revista *Time* que le había ofrecido Wilson para la espera.

—Se la puede quedar, si lo desea —le había dicho.

Ella le había dado las gracias con el sonido de fondo de un gruñido de Castro.

Su trabajo empezaría en cuanto comenzaran los interrogatorios. De momento, la silla frente a los policías permanecía vacía. Los marineros tenían ejercicios en la cubierta del portaviones, no sabía a cuántos pisos de distancia sobre ellos, lo que le causó una aprensiva sensación de claustrofobia. En algún momento había perdido la orientación. Habían ascendido trabajosamente al *USS Saratoga* y después habían entrado en un ascensor que los había dejado en una zona de largos pasillos pintados de un color que tal vez fuera blanco, pero que amarilleaba con las luces repartidas al lado de cada puerta como en un hotel de metal. Tras girar un par de veces al final de los corredores, les habían franqueado la puerta de esa habitación.

Distrajo la sensación de ahogo preguntándose si ese espacio se llamaba camarote o la palabra solo se usaba cuando era un lugar en el barco en el que se dormía. Anotó la pregunta con parsimonia, trazando cada letra con concentración de calígrafa aplicada. Aunque el término contenía la palabra «cama», se convenció de que era necesario verificarlo. La opresión cedió cuando se imaginó a Beatriz ofreciéndole una larga explicación de su etimología.

Aguardaban a los marineros desde hacía por lo menos media hora. Parecía que a los americanos les gustaba hacerse esperar. Ana se preguntaba si Castro veía ese retraso como una afrenta o valoraba, por el contrario, que nada perturbara la disciplina y la rutina de los militares. Mientras tanto, él y Wilson mataban el tiempo demostrándose el poco aprecio que se tenían.

—¿Cuánto es muchas y cuánto es pocas? —quiso saber el policía militar. Hablaba sin apenas separar los dientes.

Ana aprovechó que no la veían para poner los ojos en blanco. Llevaban así desde que se habían saludado en el interior del portaviones. El enfrentamiento con el policía militar americano le había hecho recobrar el color a Castro, pálido y desencajado tras el viaje en la lancha. Al recordar la corta travesía desde el muelle volvían a su mente las miradas de Castro. No sabía cómo interpretarlas, pero por si acaso se había guardado el comentario sobre el hecho de que, siendo gallego, el inspector llevara tan mal la mar. Tal vez fuera del interior, de Orense; aunque no, creía recordar que era coruñés. Daba igual, fuera de donde fuera, estaba bastante segura de que el chascarrillo no habría sido bien recibido.

—A ver... —Castro levantó las manos y le enseñó los dedos extendidos al americano—. Esto serían muchas en un local como el Metropolitano. —Cerró la mano izquierda y dejó solo cinco dedos—. Así serían bastantes, aunque escasas, ya que los muchachos eran entre ocho y diez, ¿no? Vamos bien si no sabe ni siquiera cuántos estuvieron allí zurrándose.

El tono burlón de Castro no contribuía a mejorar la cooperación. Wilson dejó de mirarlo y encendió un cigarrillo. Echó una bocanada de humo hacia el techo antes de empezar a hablar en un tono cansino, con su fuerte acento:

—Había entre *ochou* y diez, ya lo he dicho a usted.

—Ummm.

—Había mucha *gentei* y los muchachos habían bebido *demasiadou*.

—Entonces, ¿usted ya los ha interrogado?

La mirada de Wilson no dejó lugar a dudas.

—En tal caso, se va a aburrir —dijo sarcástico Castro—. Debería haberme esperado, hombre.

El inspector, pensó Ana, parecía querer hacerle pagar al americano el mal rato en la lancha.

—Ya hemos identificado a seis, *perou* había unos más.

—¿Solo seis?

Wilson pasó por alto el tono burlón de Castro.

—A todos que estuvieron en la pelea se ha aplicado correspondientes medidas disciplinarias —le explicó.

—¿Y eso qué significa?

—No pueden ir a ciudad y tenemos vigilancia constante.

—¿Han registrado sus pertenencias? ¿Han encontrado algún cuchillo?

Wilson miró a Castro suspicaz, como si se preguntara si le estaba tomando la lección a un principiante.

—Si nosotros encontrarlo, usted ya sabería, inspector.

—¿Alguno de ellos tiene antecedentes? De peleas me imagino que más de uno, eso no, me refiero a si hay alguno aficionado a sacar el cuchillo.

—No los que estuvieron en el Metropolitano. Tenemos unos muchachos algo compli... complicados, *perou* —le enseñó unos papeles que parecían fichas policiales— no eran de permiso esa noche.

Wilson había hecho los deberes.

Ambos se callaron, como si los hubiera acometido el cansancio súbito de las peleas infantiles.

Pasos y voces en el exterior llenaron el silencio. Un cabo de la Marina entreabrió la puerta para anunciar que ya habían llegado los marineros citados.

—¿Cuántos nos han traído? —preguntó Castro.

—Nueve —respondió Wilson—. Seis que estuvieron en la pelea y los tres que compartían camarote con Anthony Vázquez.

La puerta se abrió y apareció Sevilla acompañado por el intérprete de los americanos, que le había mostrado el navío. Por el hueco de la puerta Ana vislumbró espaldas, piernas, brazos uniformados. Nueve interrogatorios. Pidió una jarra de agua. Sevilla se sentó en un extremo de la mesa, con un bloc de notas apoyado en el canto. Wilson dio unas palmaditas satisfechas al magnetófono, como si fuera un perrito fiel.

—Que pase el primero.

De uno en uno fueron pasando por la sala. En primer lugar los marineros que habían participado en la pelea. Cuatro blancos y dos negros.

Unos entraron amedrentados, otros con cierta bravuconería, alguno con expresión de desconfianza, otro como si no supiera muy bien dónde estaba, otro como si le diera igual dónde estuviera, otro de ellos como si se alegrase de estar ahí. Unos hablaban fuerte, otros más flojo; unos tenían una dicción clara, otros farfullaban algo que se suponía que era inglés. Todos se sentaron muy erguidos frente a los dos policías y sus traductores. Todos adoptaron la misma posición, dejando las manos sobre la mesa perfectamente paralelas.

—Pregúnteles quién empezó la pelea —pidió el inspector Castro.

—Nosotros no, alguno de los españoles que estaban ahí —respondió uno.

—Creo que uno de los españoles, pero no me acuerdo muy bien —fue la respuesta de otro.

—Uno de los españoles. Nos provocaría, digo yo —dijo un tercero.

—Hay españoles que se dedican a buscar bronca —respondió otro a la misma pregunta.

—La verdad es que no me acuerdo —fue lo que declaró otro.

La voz de Castro dejó entrever cierta suspicacia cuando esa declaración se repitió por enésima vez.

—Pregúnteles cuál era el motivo de la pelea —pidió entonces.

—Mujeres.

—Mujeres.

—Mujeres.

—No me acuerdo. Es que era muy tarde y todos habíamos bebido bastante.

—Vino tinto.

—Cerveza.

—Cerveza, vino y whisky. Bueno, ellos dicen que es whisky, a saber qué será.

—Coñac. Coñac nacional, lo llaman.

—¿Qué hicieron las mujeres durante la pelea? —prosiguió el inspector.

—Gritaban. Como si vieran un combate de boxeo. Nos animaban.

—Aplaudir. Olé, olé.

—Mirar.

—Reírse.

—No me acuerdo.

—Pregúnteles qué hizo Antonio Vázquez —ordenó Castro.

—¿Anthony Vázquez? ¿El muerto? No lo sé, no lo conocía.

—No era de mi barco.

—¿Anthony? Sí, sí que sé quién es, pero yo no lo vi.

—No lo recuerdo, pero eso no quiere decir nada. Bebí mucho. Tampoco recuerdo que estuviera Reed. Bebí demasiado.

—Esto —el tal Reed se señaló el ojo morado y los puntos que le cosían una herida en el pómulo— me lo hizo el desgraciado de Freeman. Negro de mierda —dijo entre dientes, mirando hacia la puerta detrás de la que esperaba Freeman, antes de que Wilson lo ordenara callar con un golpe de la mano en la mesa que hizo saltar el mechero y el magnetófono, y que sobresaltó a Sevilla, que tomaba notas concentrado.

—Me pareció verlo cuando fui a los lavabos, en el pasillo que lleva a los reservados. Pero igual no era él. Como ponen esas bombillas tan flojas y encima las cubren con pantallas oscuras, creo que no hubiera reconocido a mi propio padre —declaró Luther Freeman. El párpado izquierdo le colgaba todavía tumefacto.

—No entró con nosotros —dijo otro de los blancos al que la pelea le había costado varios dedos entablillados—. Yo entré en el local con Reed y Kowalski. Pero dentro ya había otros de nuestro barco y nos juntamos. A Vázquez no lo vi, pero tampoco a Fraser hasta que me partió los dedos con su cara —se echó a reír.

Wilson lo hizo parar en seco con una orden que le salió como un ladrido de perro grande.

—¿Que cómo era Vázquez? —respondió Reed a la pregunta del inspector—. Un buen tipo. Para ser puertorriqueño, un buen tipo.

—No quería que lo llamaran por su nombre español, como si se avergonzara de su origen —dijo Freeman despectivamente.

—En el barco nos pidió que lo llamáramos Anthony, que no usáramos nunca su nombre español —había dicho Fraser, el otro marinero negro.

Antonio Vázquez, o Anthony, no parecía ser muy popular entre los marineros negros.

—Renegó de su mejor amigo. Varias veces. Porque es mulato —les explicó también Fraser—. No, no está aquí. Ocurrió durante la formación... En Vieques... Sí, yo también la hice allí.

Con desgana, Wilson completaba las informaciones que Castro necesitaba para entender lo que decían los marineros:

—Vieques es una de las islas de Puerto Rico. El fallecido era precisamente de allí. En Vieques tenemos una base naval de formación y ejercicios. —Hablaba en el tono de prepotente displicencia de quien tiene que explicar algo que su interlocutor debería conocer sobradamente.

La misma que había mostrado al aclarar que la segregación racial se aplicaba también en el barco y que los puertorriqueños, que como miembros de un estado asociado tenían que cumplir con el servicio militar obligatorio de los Estados Unidos, les causaban problemas por su «gama de colores».

—Pero Vázquez era preeminentemente blanco y así lo asignamos a su grupo —concluyó Wilson.

—Creo que se hizo telegrafista para estar todo el día metido en una cabina donde no le diera el sol, no fuera a oscurecerse y lo pusieran con los negros —comentó Aldrin, uno de los marineros que había compartido camarote con Vázquez.

—Buen compañero, un amigo. —El que decía esto era un tipo fornido, de ojos pequeños, hundidos en la cara como botones en un muñeco de nieve. El cuello era tan ancho que visto de frente no se distinguía dónde empezaba la cabeza.

Se llamaba Chuck Kingsley, y también había compartido camarote con Antonio Vázquez, al que siempre llamaba Anthony. Su acento le causó bastantes dificultades a Ana, por lo que tuvo que pedir ayuda al traductor americano.

También era difícil entender lo que mascullaba el marinero llamado Kowalski. Pero a Ana no le cabía la menor duda de que había mencionado varias veces la palabra «cigarrillos» unida al nombre de Anthony Vázquez. Cuando pidió al intérprete americano que le tradujera lo que había dicho, este miró a Wilson. Ana, y seguramente Castro y Sevilla también, apreciaron el leve gesto de negación de la cabeza del policía militar. El traductor replicó entonces que no conocía las palabras en español.

—Pues repítamelas en inglés, su acento lo entiendo perfectamente.

Ni el intérprete ni el policía militar, y mucho menos el marinero Kowalski, que les dirigía una mirada desconfiada y obtusa, dijeron una palabra.

Castro se echó hacia atrás en la silla, sacó de la chaqueta su bolsita de picadura y el sobrecito de papel de fumar, y lio con parsimonia un cigarrillo sin mirar a los americanos, quienes observaban expectantes sus movimientos. Sin preguntar, cogió el mechero del americano, encendió el cigarrillo y, tras darle dos cortas caladas, lo dejó oprimido entre dos dedos mientras se volvía hacia Wilson.

—No me venga ahora con secretos. Ya que no por respeto, hágalo porque, como a mí, a usted le han dado orden de cooperar. Hágame el favor de traducir lo que ha dicho este muchacho.

Ana, que asomaba la cabeza detrás del inspector, sintió que los ojos de Wilson la desenfocaban mientras se clavaban en Castro. A Sevilla se le escapó una tosecita nerviosa.

—Está bien —refunfuñó Wilson—. El marinero Kowalski —le dirigió a este una mirada rencorosa— ha comentado que, por lo visto, Anthony Vázquez se ganaba algún extra con la venta de cigarrillos porque tenía novia y necesitaba dinero.

—Eso es contrabando.

—Yo no he dicho eso.

—Ni falta que hace. Es contrabando.

Confrontaron a Chuck Kingsley, el que parecía ser un buen amigo del muerto, con esa información. Lo negó con vehemencia.

—¿Quién ha dicho eso? —quiso saber.

—Aquí las preguntas las hacemos nosotros —respondió Wilson.

—¿Ha sido Kowalski? ¿Freeman?

Kingsley se encontró frente a dos rostros pétreos. La primera vez que Castro y Wilson actuaron a la par. También casi de forma simultánea encendieron sendos cigarrillos. El marinero miró goloso las volutas de humo.

Castro, tal vez porque tenía el tabaco peor, fue quien retomó la palabra.

—Pregúntele qué sabe de la novia.

—¿Qué novia?

—Kingsley, no nos toque demasiado las narices —espetó Wilson—. ¿Qué novia va a ser? La de Vázquez. ¿Qué sabe de ella?

—Poco.

—Kingsley —le bastó decir al policía militar, y lo amenazó con un índice largo, que lo hubiera sido aún más de no haberle faltado una falange; un dedo sin uña, como un puntero de maestro.

—Poco, de verdad. Que la conoció en otro viaje y que es española.

—¿Española?

—Se quería incluso casar con ella.

—¡Bah! —dijo Wilson—, eso se lo dicen a todas para llevárselas a la cama.

—No. Iba en serio.

—Y vivirían para siempre juntitos y felices en una casita en Puerto Rico, seguro. —Wilson chasqueó la lengua.

—Según el informe —intervino Castro—, al muerto se le encontró el estuche de una joyería de aquí.

Wilson levantó el maletín que había dejado apoyado contra la pata de la mesa, lo abrió y sacó un estuche rojo de la joyería El Regulador.

—Apuesto lo que quiera a que aquí solo había quincalla. Cuentas brillantes para hacerla creer lo que ella quería oír y, discúlpeme, señorita, conseguir que se abriera de piernas.

—No, no —interrumpió Kingsley—, le aseguro que iba muy en serio.

Wilson le dijo que sí con cara de fastidio.

—¿Estaba la novia con él en ese reservado? —preguntó Castro.

—¿Cómo quiere que lo sepa, si yo no estuve en el Metropolitano? —respondió Kingsley.

—Tal vez estuviera con otra allí. Para eso están los reservados, ¿no? —apuntó Wilson.

Kingsley pareció ofendido ante esa insinuación.

—Anthony iba muy en serio con su novia —insistió.

—Un santo varón. —Wilson no se molestaba en ocultar su hastío.

Poco más sacaron de los interrogatorios. Los otros dos compañeros de camarote recordaban vagamente que Vázquez había mencionado a una novia.

—Era muy reservado —dijo Aldrin.

—Poco hablador, la verdad —les explicó el otro.

Dieron por terminada la sesión de interrogatorios.

—Acompáñenme, les hemos preparado un pequeño piscolabis —les propuso Wilson.

—¿Me podría llevar el estuchito de la joyería? —preguntó Castro mientras se levantaba.

—Claro. ¿Por qué no? —Se lo dejó sobre la mesa.

Salieron y se dirigieron a una sala cercana donde dos camareros vestidos de blanco les sirvieron sándwiches y bebidas. Ana y Sevilla les hicieron enseguida los honores. Castro lo miraba todo con recelo, hasta que su subordinado se le acercó masticando a dos carrillos y le dijo:

—Coma, jefe, que tiene usted el estómago vacío.

Ana tuvo que volverse deprisa para que Castro no viera que se reía de la cara de absoluto desconcierto ante la frescura de su subordinado. Sevilla, obnubilado por un sándwich de mantequilla de cacahuete, ni se dio cuenta: estaba ocupado envolviendo dos sándwiches más en una servilleta y metiéndoselos con la velocidad y el disimulo de un prestidigitador en el bolsillo de la americana.

En ese momento se abrió la puerta del cuarto y tanto Wilson como el traductor y los camareros se pusieron en posición de firmes. Acababa de entrar el comandante del portaviones acompañado de otros cargos militares. Parecía una visita protocolaria y Castro, que por lo visto notaba el cansancio de Ana tras tanto tiempo traduciendo, le dijo que podía descansar.

—Si quiere, la señorita puede visitar el barco —propuso el policía militar.

—Vale la pena —dijo Sevilla.

Ana rechazó la oferta. Aunque tenía mucha curiosidad por recorrer el barco, dos motivos la frenaban. Por un lado, temía que la opresión claustrofóbica regresara si volvía a tomar conciencia de las dimensiones del lugar en que se encontraba. Por otro, quería saber qué le decía el comandante a Castro. Wilson se encargaría de traducir. También dejaban descansar al intérprete americano.

Un marinero, cuyo rostro aniñado lo hacía parecer vestido de primera comunión, le sirvió bebida y comida. Ana pretendía espiar con discreción la conversación de Castro, pero el intérprete se le acercó con ganas de charlar.

—Habla usted muy bien.

Ana le dio las gracias, mientras captaba algunas palabras sueltas del comandante de las que deducía que quería saber qué conclusiones había sacado el inspector de los interrogatorios.

—Pero veo que es usted más proclive a la variante británica...

—Sí, sí, pero porque se ha dado así... —respondió distraída mientras escuchaba a Castro decirle al comandante que era demasiado pronto para extraer conclusiones, que había mucho que investigar.

—Yo aprendí español en Puerto Rico, en la base —le explicaba el intérprete.

—Entonces, ¿no es usted nativo?

El comandante le «sugería» a Castro que centrara sus investigaciones en los españoles que participaron en la pelea. Castro, para alivio de Ana, que temía una salida de tono, se limitó a agradecer la sugerencia.

Por ello, sonrió en el momento oportuno del relato de su interlocutor, al que no estaba prestando la menor atención, ya que este le devolvió la sonrisa muy halagado.

—Sorprendente, ¿verdad?

Ella se limitó a sonreír de nuevo y no le quedó más remedio que terminar de escuchar la historia más bien tediosa de su aprendizaje del español. Tal vez a fuerza de traducir palabras ajenas el hombre había perdido la capacidad de narrar con un mínimo de interés su propia historia.

La liberó al final de la conversación entre Castro y el comandante. El militar, con todo, no parecía por completo satisfecho del resultado, como le reveló una mirada de reproche que le lanzó a Wilson antes de salir de la estancia.

Castro hizo caso a Sevilla y cogió uno de los sándwiches. Al terminárselo se dirigió a Wilson.

—Todavía no he hablado con los dos policías militares que disolvieron la pelea. Pensaba que también estarían aquí.

—Están en tierra.

—Entonces hablaré con ellos en tierra. Tal vez, si no están muy ocupados —añadió en un tono irónico—, podrían acercarse esta tarde por Jefatura.

—Los enviaré yo mismo. ¿A qué hora?

—Que vengan a las cinco. Ahora me gustaría inspeccionar el cuerpo.

Con media sonrisa torva Wilson le respondió:

—Por supuesto. Pero no lo tenemos en este barco, sino

en el *USS Fiske*. Le podemos acercar hasta allí con una de las lanchas rápidas.

Isidro lo miró con frialdad.

—No será necesario. Háganme más fotos. Ya que tienen tantos aparatejos, úsenlos.

En el viaje de regreso al muelle el mar seguía algo picado, pero esta vez no pareció afectarle en absoluto al inspector, quien viajaba contemplando la silueta decreciente del portaviones con la mandíbula ligeramente adelantada en una expresión de superioridad. Ana sospechaba que esa satisfacción no se debía a la información que había obtenido gracias a los interrogatorios de los marineros americanos. Había algo más.

Y no andaba errada. En cuanto Sevilla, el inspector y ella pusieron pie en tierra y la lancha volvió a alejarse, Castro exclamó:

—El Wilson ese aprovechó bien el día de ventaja para instruir a los marineros. ¡Qué bien preparaditos venían!

—Como niños de catecismo —corroboró Sevilla.

—Y ya tenemos el cuadro algo más completo en el Metropolitano. De momento, siete marineros, contando el muerto, dos camareros, tres clientes habituales, cuatro mujeres, todas de la vida: Francisca Gómez la Paca, Dolores Canals, más conocida como Loli la Mallorquina, Julia Giralt y Josefina Bermudo, que frecuenta mucho a los americanos, sobre todo a los negros, y por eso la llaman la Moreneta.

—O sea que usted también anduvo investigando por su cuenta —dijo Ana.

Castro no contestó, pero no hacía falta, la mirada que dirigió a su subalterno fue suficiente.

—Y toda esta información no se la ha proporcionado a su colega americano.

—No soy tan fanfarrón como el pollo ese. —El inspector no apreció o bien prefirió ignorar el ligero tono de reproche en las palabras de Ana—. A todo el mundo le gusta presumir de lo que sabe. La fanfarronería le ha costado a más de uno la celda por jactarse de algún golpe muy logrado.

—Estoy segura de ello —respondió con la esperanza de que el policía tal vez la hiciera partícipe de su plan.

Pero Castro cayó en un mutismo ausente. Sevilla caminaba a la izquierda de su jefe; ella, a la derecha, sin saber si despedirse ya. La curiosidad le decía que era mejor seguir acompañándolo. Cerca de las Ramblas, Castro mandó a Sevilla a la Jefatura. Obedeció sin rechistar. Cuando ya se había alejado unos pasos, sacó uno de los sándwiches de mantequilla de cacahuete del bolsillo y le dio un buen bocado. Al verlo, el inspector lo llamó. Sevilla se acercó masticando.

—Dígame, jefe.

—¡Debería caérsete la cara de vergüenza! No he querido decirte nada en el barco porque habría sido como ponérselo en bandeja de plata.

Sevilla, con los ojos muy abiertos, respondió con la boca llena:

—¿Ponerles qué?

—La certeza de que somos unos palurdos. ¿Tú te crees que un miembro de la Brigada de Investigación Criminal se tiene que llenar los bolsillos de bocadillos robados delante de las autoridades americanas? ¡Somos policías, no músicos muertos de hambre! Representamos a España. ¿O es que no te llega el sueldo?

Sevilla se tragó el bocado como única respuesta.

—El comandante americano explicándome cómo quiere que resuelva el caso, el policía militar fanfarroneando con sus aparatitos, los marineros medio amnésicos y ahora este haciendo el ridículo.

—Hombre, jefe... —logró decir por fin Sevilla.

—Que no vuelva a pasar. Lárgate.

Castro le dio la espalda y empezó a caminar. Sevilla se alejó en la dirección contraria. Ana se giró para mirarlo, apenada por el rapapolvo que acababa de recibir. A los pocos pasos, Sevilla repitió el mismo movimiento, metió la mano en el bolsillo del abrigo, sacó el resto del sándwich y le dio un bocado.

—Está comiendo tan tranquilo, ¿verdad? —le preguntó Castro sin volver la cabeza.

—Sí.

Castro chasqueó la lengua.

Continuaron caminando en silencio. Al llegar al monumento a Colón, el inspector se detuvo en seco. Ana siguió la dirección de su mirada. El Minuteros, el fotógrafo callejero habitual al pie del monumento, ya preparaba su atrezo, trajes de toreros y flamencos para que los marineros se disfrazaran en cuanto pisaran tierra y pudieran mandar esas imágenes a casa.

—¿Se está usted preguntando si va a pasar algo más hoy?

La pregunta de Castro la sorprendió tanto que no le quedó más remedio que reconocer que sí y preguntar a su vez:

—¿Cómo lo sabe?

—Hace un tiempo le habría contestado que es porque soy gallego. Pero lo que es cierto es que ya nos conocemos desde hace algunos años. Y sé que se muere de curiosidad. Y ya que me ha ayudado tanto con la traducción, he pensado que le gustaría acompañarme a un sitio.

Ana le sonrió. Para su desconcierto, Castro reaccionó con cierta brusquedad:

—Entonces, ¿qué? ¿Quiere o no quiere venir?

—Sssí... sí. ¡Claro!

Castro empezó a andar de nuevo, esta vez a paso más rápido.

—Vamos a la joyería El Regulador.

El Regulador estaba en los bajos de un palacete en la esquina de la Rambla de las Flores con la calle del Carmen. Empezaron a subir el paseo.

—Es curioso —aventuró Ana— que muchos de los hombres no recordaran haber visto a Vázquez, ¿verdad?

—Sí. Me llamó la atención también. No sé si es parte de la farsa o un error en el guion.

—¿Farsa?

—Bueno, nos han contado lo que más les conviene.

—Diciendo que los españoles empezaron la pelea y por eso el asesino puede ser un español.

—Pero algo hemos sacado en claro. Parece que el señor Antonio se sacaba un dinero extra vendiendo tabaco. Lo que nos lleva a esta cajita.

Se metió la mano en el bolsillo de la gabardina y sacó el estuche de joyería que llevaba el muerto. Sin dejar de caminar, se lo puso en la palma de la mano derecha y se lo mostró a Ana.

El estuche de cartón de color rojo oscuro con bordes dorados parecía más frágil en la manaza de Castro. Ana trató de imaginárselo con una cajita similar pidiéndole matrimonio a su mujer. Levantó la vista y sus ojos chocaron contra el perfil del policía, la nariz aplastada en la base, los labios finos, casi sin color. No, no conseguía formar esa imagen, pero de algún modo tenía que haberlo hecho. ¿Cómo se llamaría su mujer?

El viento frío que subía del puerto los empujaba a caminar deprisa Ramblas arriba. Se cruzaban con gente que avanzaba con los hombros alzados. Castro, en cambio, andaba muy erguido, con la cabeza pequeña muy levantada sobre las hombreras de la gabardina.

Al pasar delante del puesto de una castañera la envolvió un olor reconfortante. Lástima que no le gustaran las castañas. Eran tiempos de bonanza; no hacía tanto habría sido impensable permitirse que algo no le gustara.

Una mujer estaba pesando a sus hijos en la báscula gratuita que se encontraba en la entrada de la calle del Carmen.

—¡Quítate los zapatos! —le ordenaba la mujer a un chavalín escuálido, todo orejas.

Después le sacó el abrigo y se lo pasó a otro de los niños para tener las manos libres y arrancarle el jersey por la cabeza como si fuera una cebolla rebelde. El niño quedó en pantalón y una fina camiseta de tirantes.

—¡Venga, que es para hoy!

Por la forma en que el niño subía a la plataforma y miraba con miedo el enorme disco cifrado de la báscula roja de metal entendió que había una meta que debía alcanzar.

—¡Treinta! —gritó el niño eufórico.

La madre le dio un pescozón cariñoso y lo bajó para que el siguiente pudiera pesarse también.

Entraron en la joyería. Parecía que el interior hubiera absorbido toda la luz que faltaba en las calles en ese día de otoño. Las altas cristaleras la dejaban entrar para que se reflejara en las lámparas del techo y en el suelo de mármol y se multiplicara en los vidrios de las vitrinas, en las joyas de oro, de plata, en las esferas de los relojes, en las piedras preciosas de los anillos, las pulseras, las gargantillas, las diademas.

Detrás del mostrador, el dependiente que estaba libre les dirigió una de esas miradas esperanzadas y a la vez recelosas de los joyeros a los clientes que no parecen lo suficientemente adinerados. Su desconfianza se topó de frente con la de Castro. La del vendedor era profesional, la del policía, natural, de modo que fue el joyero el que, vencido, bajó la cabeza y se les acercó en una actitud atenta, que se volvió servicial cuando Castro se identificó.

El inspector empezó a buscar en el bolsillo de la gabardina. El vendedor observaba las manos de Castro como si fueran las de un mago. Dejó escapar una exclamación aprobatoria al reconocer el estuche de la casa. Los ojos se le escaparon un segundo hacia Ana, pero descartó enseguida la idea mientras decía:

—Una cajita de anillo de compromiso.

Castro la abrió.

El vendedor pareció quedar desencantado al ver que estaba vacía. Miró al policía.

—Se encontraba entre las pertenencias de un marinero americano —le dijo el inspector.

—Pues, si no me equivoco, lo vendí precisamente yo. Si es así, se llevó una bonita pieza. Un solitario de oro blanco con una esmeralda. Muy limpio, muy puro.

—¿Caro?

Les dio el precio.

—¡Eso es mucho dinero! —dijo Ana.

—Bueno, esos chicos de la Marina son muy gastadores. Aunque por aquí se dejan caer poco. —Con un amplio gesto de la mano indicó las altas bóvedas de la joyería y logró apartar las miradas del pequeño estuche vacío—. Y como mucho compran una cadenita o pulseras que me imagino que, en cuanto se vuelven al barco, acaban en la casa de empeño más próxima.

—Pero este compró un anillo de pedida —replicó Ana.

—Sí. Era diferente. De entrada, hablaba español porque era sudamericano. Pero el gesto arrogante que gastan todos estos lo tenía también. Entró como si pudiera comprar la tienda entera con lo que llevaba en el bolsillo del pantalón. —El vendedor miró la puerta que daba a las Ramblas como si el marinero estuviera en ese momento allí—. Pero se le bajaron pronto los humos cuando le fui dando los precios. Y al final apechugó, aunque me dio la impresión de que se dejaba en la compra hasta el último centavo.

—¿Le dijo algo sobre la mujer a la que se lo quería regalar? —preguntó Castro.

—Algo, pero ya se sabe, en esta situación los hombres o

van medio obligados y entonces no dicen ni pío o cuando vienen convencidos parece que reciten boleros.

—¿Y este?

—Peor aún. Como les dije, era sudamericano.

—Pero ¿qué dijo? —Castro se impacientaba.

—Pues ¿qué va a haber dicho? Que la chica es guapísima, que es muy buena, que se van a casar, que vivirán juntos...

—¿No podría ser usted un poco más textual? —intervino Ana, antes de que Castro lo hiciera con mayor brusquedad.

—Pues lo mismo pero más cursi: que el anillo tenía que ser de oro blanco porque era una persona de tal pureza que no se ensuciaba ni en el fango, o algo así. Que la esmeralda era porque se irían a vivir a su isla verde...

—Lo recuerda bastante bien, entonces —comentó Castro.

—Bueno, fue hace pocos días y no deja de ser sorprendente que un hombretón uniformado como ese se ponga a hablar así.

—Ya se sabe, tanto los mejores como los peores poemas de amor han sido escritos por hombres —comentó Ana.

—Y parece que a las mujeres les da lo mismo con tal de que rimen —replicó el joyero.

—¿Qué día fue? —Castro volvió al caso.

—Tengo que mirar en los libros. Acompáñenme.

Aunque los otros clientes y vendedores que se encontraban en la joyería trataban de disimular, seguían con interés la conversación. El vendedor los guio hasta la trastienda y abrió una gran libreta de hojas apaisadas. Pasó varias páginas hacia atrás hasta encontrar la línea que buscaba. A Ana le asombró cuántas ventas de joyas habían realizado en esos pocos días.

—Aquí lo tenemos. El anillo fue vendido el pasado sábado, el día 16.

—¿Tiene alguna foto de la joya? —preguntó Castro.

—Foto no. Pero tengo un dibujo. —Se volvió hacia el interior, donde estaban los talleres, y gritó—: Ramonet, ¿puedes acercarte?

Un muchacho, seguramente un aprendiz, salió parpadeando. El vendedor le pidió que les trajera el dibujo del anillo.

Pocos minutos después volvían a estar en la calle. Subían las Ramblas en dirección a la plaza de Cataluña. Castro miraba la pequeña lámina con la imagen del anillo y rumiaba. Ana observó a dos tipos que al ver al inspector se calaban las gorras y abandonaban el paseo central para desaparecer en la primera bocacalle. Él ni reparó en ellos.

—Parece que lo de la novia iba en serio —dijo finalmente el inspector.

—O era un auténtico fanfarrón.

—Para eso, como dijo el joyero, bastaba con una pulserita. —Sacó del bolsillo de la americana un cigarrillo que ya llevaba liado y lo encendió—. Tabaco español, para quitarme el tufo de perfume del tipo de la joyería. No, el anillo, el estuche, lo que dijo al comprarlo, todo habla de que el hombre iba en serio. Tal vez demasiado en serio y a alguien no le gustó.

—¿A quién?

—A muchas chicas les gustan los americanos, pero no tanto a sus familias...

—¿Presupone usted que lo mató alguien de la familia de la novia? ¿El padre? ¿El hermano? —Ana no pudo evitar cierto tono burlón.

—No se ría, señorita Martí, usted es la primera que debería saber lo comunes que son este tipo de crímenes.

Habían llegado a la plaza de Cataluña. Ahí se separaban, pero Castro todavía seguía dándole vueltas al tema.

—Tal vez andaba detrás de una chica que ya tenía novio.

—No olvide, inspector, que el marinero Vázquez murió durante una reyerta con otros marineros.

—Quizá la chica no tenía un novio español, sino un novio americano.

—Lo veo a usted muy empeñado en darle una explicación, digamos, romántica.

Castro no pareció encajar bien la broma. Le recordó que estaban citados a las cinco en la Jefatura para hablar con los dos policías militares que habían encontrado a Vázquez.

—Sea puntual, aunque ellos no lo sean.

«No hay mayor superioridad que la moral», se dijo Ana.

Cruzó la plaza de Cataluña. Rodeó un charco de palomas atraídas por las migas que les arrojaba una niña de unos seis años de anticuados tirabuzones e institutriz vigilante. Desde un banco, dos chavales desarrapados la miraban mientras mordían alternándose un bocadillo compartido. Las palomas, por astutas o experimentadas, ni se acercaban a ese trozo de pan, del que se iban a escapar pocas migas.

8

Beatriz cerró los ojos fatigados y apoyó la cabeza sobre las manos unidas, presionando con los pulgares el nacimiento de la nariz. Ese gesto le aliviaba un poco el cansancio. Aspiró el olor de sus manos: tinta, grafito y un rastro de jabón. Un día de trabajo. Había pasado varias horas leyendo y corrigiendo el texto. El penúltimo capítulo.

Levantó la cabeza y la volvió hacia la ventana. Ya había anochecido, las farolas de la rambla de Cataluña iluminaban las aceras y las copas amarillentas de los árboles. Percibió entonces las voces de la calle, que hasta ese momento había cubierto con las de su propio texto. Tal vez eran las de la gente que salía del cercano Cine Alexandra, excitada al volver, como ella, de nuevo a la realidad. Imaginaba que también, como ella, a disgusto.

Con los años había aprendido que el trabajo no la consolaba, pero la distraía. El olvido absorto era un analgésico que atenuaba el dolor de la herida, aunque no la curase.

Como si los oídos solo pudieran atender a lo que los ojos ordenaban, captó los sonidos de la casa cuando dejó vagar la vista por la habitación casi a oscuras y llegó a la puerta cerrada. Al otro lado, amortiguada, la actividad de Luisa, un rumor constante incluso cuando no hacía nada, porque entonces estaba pegada a la radio. Tanto como la posibilidad de tener un cuarto para ella sola y salir de la hacinación familiar de la casucha del Carmelo, la había convencido de quedarse con ellas saber que tendría también su propio aparato de radio, en el que podría escuchar lo que quisiera y cuando quisiera. El runrún de la criada hacía menos inhóspita la casa que la esperaba fuera de su estudio.

Y, sobre todo, la compañía de Ana.

Aunque no la había oído entrar, sabía que estaba en casa. Su presencia inquieta removía todo el aire. Ana no podía, como ella, pasar horas delante del escritorio. Necesitaba moverse, escribir en su estudio, leer en el salón, entrar en el cuarto de planchar para charlar con Luisa, volver al estudio, entrar otra vez en la cocina para beber un vaso de agua, llamar a alguien por teléfono. Ahora la escuchaba hablando con Luisa en la cocina, seguramente sobre la cena. Pronto sería la hora.

Se levantó y recogió su escritorio. Mientras cenaban le preguntaría por ese tal Lawrence, el profesor de inglés por el que su prima parecía vivamente interesada. Le preocupaba que fuera un extranjero, un ave de paso. Por otro lado, quién era ella para opinar sobre relaciones sin esperanzas.

Quizá esta vez saldría bien. En los últimos años la suerte no le había sonreído a Ana.

—Los asusto, Beatriz.

Sí, los atraía y los amedrentaba al mismo tiempo.

Quizá esta vez no.

Y quizá hoy ella se decidiera por fin a hablar con su prima, tenía mucho que contarle. Sobre el pasado y sobre el futuro. Solo le faltaba reunir suficiente valor para hacerlo. «Parece mentira que precisamente a mí me falten las palabras», se dijo, y sonrió. Miró los estantes de la biblioteca que cubría las paredes de la habitación. Quizá dentro de alguno de los volúmenes podría encontrar las palabras justas, por más que fueran prestadas. Pero, en la estancia iluminada únicamente por la lámpara de mesa, los libros parecían esconderse en las sombras para eludir esa misión.

Un timbre estridente la sobresaltó. Era el teléfono.

No salió.

Rara vez sonaba para ella.

Oyó los pasos raudos de Ana.

—Aneta, cariño, ¡qué bien que te encuentro en casa!

La voz cantarina de Joaquín Muñárriz aún lo era más cuando hablaba por teléfono, como si se embriagara con las curvas del cable. A Muñárriz le encantaba hablar por teléfono. Tenía dos aparatos en su despacho de la redacción de la revista *Mujer Actual*. Uno negro para las llamadas nacionales y otro blanco, comprado en París, para las internacionales, para hablar, cuando lo permitían las pésimas conexiones, con Alain, Sofia o Tony, como se refería a Delon, Loren o Curtis. El número que hacía sonar el teléfono blanco lo tenían solo sus amigos extranjeros y un puñado de elegidos en España.

Cosmopolita por herencia, pues era hijo de diplomático; culto y políglota en un país en que el conocimiento de lenguas extranjeras, cuando no era considerado sospechoso, se despreciaba; y, lo que lo mantenía en la cuerda floja, homosexual. Había sido detenido en varias ocasiones por «conductas deshonestas» o «actos contra natura». Lo habían sacado de la celda sus buenos contactos que, con todo, no le habían podido ahorrar humillaciones de las que no daba detalles pero que lo dejaban maltrecho varios días. Trataba de lamerse las heridas dando alguna fiesta en el Rigat, una de las salas más elegantes de la ciudad; pero Ana tenía la impresión de que ni la opulencia de la decoración ni el resplandor de las joyas de los invitados ni el brillo de las trompetas de la orquesta o las copas llenas del mejor champán lograban limpiarlo por completo de la mugre de las ignominias padecidas, que le iban dejando un poso de melancolía.

Ahora Muñárriz le contaba emocionado su encuentro con la actriz Amparo Rivelles, a quien había entrevistado en persona para la revista. Hacía dos semanas que Ana le había entregado su último trabajo y esperaba que la llamada se debiera a que tenía un nuevo encargo para ella. El mes estaba resultando algo magro.

Muñárriz llegó al final de su relato. Ana preparó el bloc para anotar el encargo y acabó asombrada pasando páginas hacia atrás, porque lo que Muñárriz le pedía era un pequeño reportaje sobre la Congregación de las Adoratrices de María Magdalena y la labor de acogida del taller de costura Aurora Boreal.

—¿Y eso?

—No te sorprendas tanto, ya sé que escribirás sobre el triste suceso de la muerte de una de sus pupilas en ese espantoso inventario de la miseria humana para el que también trabajas. —Muñárriz exageró el tono de desagrado.

Ana podía imaginarlo acariciando el auricular del teléfono blanco, como el lomo de un gato desdeñoso, invocando una llamada del extranjero, alguien que lo llamara *darling*, *mon chéri*, *carissimo* y no el tedioso «señor Muñárriz» que llegaba desde el auricular negro de baquelita. Pero en ese momento le tocaba hablar al teléfono negro y hacerlo de una sombría figura:

—Precisamente porque las habladurías serán inevitables, a doña Engracia le ha parecido conveniente que aparezca un reportaje que ilumine positivamente la labor de la Congregación.

—¿Doña Engracia? ¿No será Engracia Gómez de Urquiza?

Ana no sabía qué había aparecido antes, si el tono de desagrado o la mueca de disgusto al pronunciar el nombre que evocaba la figura adusta de esa mujer, el cuerpo amojamado por la sequedad del carácter de una de las señoras más influyentes en la alta sociedad barcelonesa.

—Es la presidenta de la Congregación de las Adoratrices de etcétera, etcétera, cariño. Me ha llamado hoy y me ha comentado que estaría muy interesada en este artículo.

«Te lo ha ordenado, mejor dicho», pensó Ana. La señora Gómez de Urquiza no pedía, decretaba, como llevaba haciéndolo su familia, una vieja estirpe de nobles santanderinos, desde tiempos inmemoriales; y como lo hacía también la de su marido, el poderoso industrial Pedro Deulofeu, desde hacía varias generaciones. No se engañaba: si se lo había ordenado a Muñárriz, también se lo había ordenado a ella.

—¿Cuándo lo necesitarías?

—Me gustaría publicarlo en el próximo número...

—Veo que te ha hecho bastante presión.

—Aneta, no seas cruel. Ya sabes cómo se las gasta la buena señora. A ella le gustaría ser la Carmen Primo de Rivera de Barcelona.

—O la Carmen Polo, si no fuera casi una blasfemia querer emular a la esposa de Franco.

Muñárriz soltó una risita malvada. Se cortó de golpe antes de añadir, serio de nuevo:

—Y la señora quiere que hablemos también de los niños.

—¿De qué niños?

—Los hijos de esas muchachas. El fruto de sus tropiezos, mujer. Los tienen internos en un colegio.

¡Qué distinto era hablar con Muñárriz y con Rubio! Su jefe en *Mujer Actual* le transmitía una distancia irónica de la que en realidad tenía que guardarse, tanto, como del pragmático conformismo de Rubio si quería escribir textos que pudiera considerar mínimamente suyos. Como otros compañeros, en esos tiempos de censura había hecho del estilo su refugio, ya que no podía hablar de lo que quería. Sublimaban la represión en la caza de faltas de ortografía, en la fobia al estilo ampuloso y a los epítetos, en la persecución obsesiva de la precisión lingüística.

—¿Qué colegio es?

—Un internado. El Sagrado Corazón, en Esplugas de Llobregat. Bueno, fuera del pueblo, en la montaña.

Ana anotó la descripción del camino.

—¿Puedo llevarme tu coche?

No le apetecía tener que hacer el trayecto en autobús. Tendría que coger el de Cornellá que salía de la plaza de Cataluña, cruzar todo el norte de la ciudad, los campos hasta Esplugas de Llobregat y, una vez allí, buscar el medio para llegar a la escuela.

—Bueno. Pero prométeme que no dejarás que se suba esa mojama de la Gómez de Urquiza.

—Es lo último que querría, tenerla al lado en el viaje.

—Eso seguro que no. La señora Gómez de Urquiza solo se sienta detrás —rio Muñárriz—. Muy tiesa, con la vista al frente.

Así la conocía también Ana. Envarada. Consumida por seis embarazos. Embarazos duros, se decía. Embarazos isabelinos, de mala noche y parir hembras. Los cinco primeros cinco hijas, a las que se quitó de encima en cuanto tuvieron suficiente edad para meterlas en un internado para así poder dedicar toda su atención al varón, el sexto hijo, el heredero que por fin había podido darle a su marido.

—Así él ya no la toca ni ella tiene que aguantar que la toque. Su marido tiene una querida con piso en Sarriá y ella una congregación que presidir y cinco hijas en Suiza que vuelven en Navidad y otras fiestas hasta que las va casando —le recordaba, malévolo, Muñárriz—. Y tráeme fotos. Fotos de niños alegres, jugando y estudiando. O rezando, si quieren.

Ana sabía bien cómo solía ser el trato en las instituciones de acogida.

—Niños aseados y bien peinados —respondió.

Muñárriz y ella hablaban de lo mismo, pero no lo formulaban.

—¿Te mando a uno de los fotógrafos? ¿O prefieres hacerlas tú?

Ni una cosa ni la otra. Lawrence era fotógrafo. Iba a pedirle que la acompañara. Ya tenía copiloto.

9

—¿Y no podría haber venido de civil? —Isidro había visto venir de lejos a Wilson, pero no lo saludó hasta que llegó a su altura.

El policía militar negó con la cabeza.

—Es *obligatoriou*. Para todos.

—Sí, sí —murmuró Sevilla con un palillo entre los dientes.

Isidro y él venían de tomar un café en un bar de la calle Escudellers, el eje de los movimientos de los marineros americanos en Barcelona. Esperaban a Wilson delante de la cafetería Cosmos, donde todos sabían que se alquilaban armarios para que los marineros pudieran dejar los uniformes y vestirse de civil. A muchas chicas les gustaban los marineros americanos, pero no querían que todo el mundo supiera a primera vista que salían con uno de ellos. Sobre todo porque tenían fama de puteros. Los uniformes eran muy llamativos, de color blanco en primavera y verano, de color azul en otoño e invierno. Azul marino.

Wilson llevaba además el brazalete que lo identificaba como policía militar de la Marina de los Estados Unidos.

—Cantamos más que un perro verde —añadió Sevilla cambiando el palillo de lado. La lluvia incipiente le moteaba el sombrero gris claro.

Isidro se caló el suyo para protegerse los ojos. Las gotas frías golpeaban la gorra del americano. Los policías de servicio no llevaban paraguas, nunca se podía saber cuándo serían necesarias las manos.

Se pusieron en camino hacia la calle Conde del Asalto, al otro lado de las Ramblas. Isidro, entre los otros dos, observó con satisfacción que algunas personas se envaraban y apartaban al divisarlos, como al paso de un rompehielos.

—¿Me ha traído las fotos? —le preguntó a Wilson.

—¿Qué fotos?

—Todavía estoy esperando las fotos del cuerpo de Vázquez. ¿O es que tienen el laboratorio ocupado revelando fotos de los tablaos?

Wilson tal vez no captó el sarcasmo.

—No sé por qué se atrasan. Reclamaré los fotos. ¿Cómo estaban sus charlas con mis compañeros? —quiso saber.

—Muy puntuales, sus muchachos.

Wilson lo miró sin saber cómo interpretar esa frase.

—Son obedientes, cumplen el deber.

—¡Y que usted lo diga!

Como, por lo visto, el policía militar no conocía esa expresión, tuvo que preguntar:

—Entonces, ¿todo bueno?

Isidro le gruñó algo que era un sí. No tenía ganas de decirle que sus dos hombres le habían parecido una pérdida de tiempo. Ambos le habían contado que, mientras patrullaban con el *jeep* por las Ramblas, los había alertado un sereno del barrio que había visto la pelea. Cuando ellos llegaron, quedaban pocos «muchachos» en el local, pero seguían pegándose, con más esfuerzo que efecto, debido al alcohol. Detuvieron la pelea. Cuando llegaron los refuerzos, habían llevado a los marineros al «área de descanso» de la calle Hospital, que era como ellos denominaban a su cuartelillo. Registraron después el local, por si alguno se había escondido. Fue entonces cuando encontraron el cuerpo de Anthony Vázquez. Los españoles presentes habían salido por piernas en cuanto ellos hicieron acto de presencia en el local.

Ahora los participantes o testigos de la pelea estaban convocados en el Metropolitano. Siguiendo las instrucciones de su jefe, Sevilla había amenazado con detener a quien faltara y declararlo directamente culpable si tenían que ir a buscarlo. Un procedimiento habitual que Wilson desconocía, no así la gente que los esperaba en el Metropolitano y que contuvo la respiración cuando abrieron la puerta. Cuatro mujeres soñolientas apretujadas alrededor de una de las mesas a la derecha. Tres hombres sentados en los taburetes altos de la barra, copias en diferentes tamaños de una misma postura: el torso vuelto hacia la puerta, el brazo derecho apoyado en la barra de cinc, el pie izquierdo en el suelo, el otro apoyado en el reposapiés del taburete, la mano izquierda sobre el muslo.

El trío en la barra semejaba una delegación de los gremios de los bajos fondos. El más próximo a la puerta, Josep Vendrell, proxeneta, cincuenta años y, calculó Isidro, setenta kilos de mala leche. El segundo, con apenas treinta años, el más joven, Ladislao Sostres, el Kubala, un timador de poca monta que se convertía en guía turístico cuando desembarcaban los muchachos de la Sexta Flota, *come in, come on, my friend, beer, girls*. Cerraba la fila ordenada por alturas como los tubos de un órgano escuálido Lucio Barreiro, traficante de todo lo que no se adquiriera en comercios. Un grandullón calvo, bastante entrado en carnes. Hubiera podido pasar por un oficinista gris de no ser por un temperamento colérico que lo encendía literalmente a la más mínima alusión a un defecto que ocultaba su posición: tenía la pierna derecha atrofiada a causa de la polio sufrida en la infancia. Mirarla, señalarla o mencionarla convertía a ese hombre de aspecto blando en un monstruo vociferante y violento. Ahora, sentado al final de la barra, sonreía a los tres policías entre beatífico y burlón.

—Aquí los tenemos. —Tras comprobar que no faltaba nadie, Isidro le mostró a Wilson sus trofeos con un gesto del brazo—. Lo más granado del Barrio Chino.

A alguien se le escapó una risita.

Detrás de la barra, un camarero mal afeitado pulía un vaso con un trapo de color indefinido. El dueño del local se mostraba como tal con su inactividad. Fue el único que saludó a Isidro, como los veteranos que eran tras años de detenciones e interrogatorios.

En la pared enfrente de la barra alguien había pintado con tan poca destreza como sentido del color unas olas sobre las que más que flotar caían a plomo dos barcos con los nombres *USS Metro* y *USS Politano*. El segundo le sacó media sonrisa, ¿qué pensaría el «artista» que era un «politano»? Los desconchones debidos a los golpes de las mesas arrimadas a la pared y a los respaldos de las sillas habían añadido crestas blancas a las olas.

El torpe mural se duplicaba en el espejo detrás de la barra, interrumpido por las hileras de botellas que cubrían las estanterías de cristal, traslúcidas por los añejos cercos viscosos. En los barcos seguía vigente la Ley Seca y, antes de la llegada de la flota, los dueños de los locales hacían gran acopio de alcohol y rellenaban sin piedad botellas de marcas con el garrafón más infame, que les servían a los marineros cuando el estado de embriaguez les impedía darse cuenta de qué les ponían en el vaso.

Dieron un paso hacia el interior del local y cerraron la puerta a su espalda, pero la humedad y el frío ya se habían adueñado del espacio. Las chicas se encogieron y arrebujaron en las chaquetas, excepto la más veterana, Francisca Gómez, conocida como la Paca, cuarenta y muchos y la piel endurecida por las horas a la intemperie, que irguió el torso, tal vez altiva, tal vez provocadora.

En el breve preámbulo en el que les explicó lo que ya sabían, por qué estaban allí, Isidro observó los rostros de los presentes. Indiferencia y fastidio. Estaban todos acostumbrados a esas situaciones. Incluso dos de las mujeres que por edad eran apenas muchachas llevaban ya demasiados años en el arroyo para dejarse impresionar. Pero Isidro acumulaba ya muchas horas de antigüedad en el oficio y sabía que a esa gente envilecida y resecada por la vida había que dejarla más tiempo en remojo para ablandarla, como si tuvieran el alma de bacalao seco.

—A este señor —señaló a Wilson, quien se puso en actitud de firmes— le gustaría saber qué ocurrió el domingo pasado, cuando encontraron muerto al marinero Antonio...

—Anthony —corrigió Wilson.

—... Vázquez. Sabemos que hubo una pelea bastante multitudinaria. ¿Por qué?

—Los americanos venían ya con ganas de zurrarse. Aquí había un grupo de blancos y negros y uno de los morenos quiso llevarse a una de las chicas, pero ella no quería —empezó a explicar el camarero.

—Es que a algunas no nos gustan —terció la que en el barrio era conocida como Loli la Mallorquina, interrumpiendo el tintineo de la cucharilla en el vaso de café con leche vacío—. Con esos aparatos que...

—Como si no estuvieras tú más dada ahí abajo que una coneja —la interrumpió la más joven, que tiritaba envuelta en un grueso chaquetón verde. Hablaba con la voz gangosa y ronca del resfriado.

Isidro no sabía si la Mallorquina estaría «dada», pero sí muy vivida y de poco humor, ya que quiso tirarle el café con leche a la mujer del chaquetón verde, aunque del vaso solo salió despedida la cucharilla, que chocó contra el mentón de la otra, quien entre toses empezó a gritar con exagerado dolor.

—¡Bestia! ¡Me ha sacado un ojo!

Sin esperar a que Isidro o los otros dos policías intervinieran, Josep Vendrell se levantó del taburete y alzó un índice todopoderoso.

—¡A callarse! Aquí se habla solo cuando estos señores lo digan.

La mujer apartó las manos y le dedicó una carcajada soez. La mano de Vendrell le cruzó la cara antes incluso de que terminara de reír.

—¡Más respeto, *meuca*!

Los gritos de dolor fueron esta vez auténticos pero menos escandalosos y les siguió otro fuerte ataque de tos.

—Y tú —señaló a la otra—, calladita si no quieres cobrar. —Se volvió después a los policías—. Prosigan, señores, por favor.

A Isidro no le engañaba la cortesía de Vendrell. Y suponía que Vendrell también lo sabía. Eran viejos conocidos que habían representado esos mismos roles en muchas ocasiones. El espectáculo era para los ojos del americano: mira quién manda aquí, *boy*, mira quién es el amo.

La voz que llegó desde la mesa no hizo más que confirmarlo:

—Deja que la Julita se vaya, Vendrell, ¿no ves que está muy mala? —rogó su compañera.

La muchacha se sorbió los mocos ruidosamente para refrendar las palabras de la Paca, si bien no era necesario. Apenas podía abrir los ojos, rodeados de unas oscuras ojeras, como si se hubiera quitado el maquillaje con torpeza. La compañera la cubrió con un grueso chal negro lleno de pelos de algún animal claro, tal vez un gato; tiritaba de fiebre.

—Se irán cuando lo permita la autoridad.

Isidro se dirigió al camarero.

—Ponle algo caliente de beber.

—Un carajillo —dijo ella, dejando de lamentarse.

—Y dale algún pañuelo para que se suene de una vez. A ver, seguimos. —Volvió a dirigirse a la Paca—: Dices que todo empezó porque una chica no quiso irse con uno de los marineros negros.

—Muy exigentes os habéis vuelto algunas —comentó el Kubala.

—Mira quién habla —le espetó la Paca—. Como tú solo los tienes que pasear y sacarles los cuartos con tonterías... En mi posición me gustaría verte. —En el mismo instante en que pronunciaba esas palabras pareció caer en la cuenta de su doble sentido y no pudo contener la risa—. En mi posición o en la de estas —añadió señalando a sus compañeras.

La carcajada se contagió entre las mujeres, saltó por encima de los tres hombres de la barra al camarero y al dueño, y empezaba a mover el pecho adiposo de Barreiro cuando Isidro la cortó en seco:

—Si tengo que repetir la pregunta otra vez...

La continuación de la frase no fue necesaria.

—Es que yo ya tenía pareja —dijo la Mallorquina—. Pero el negro vino, muy borracho, y se empeñó en llevarme con él. Hasta me metió mano delante del otro. —Movió la mano debajo de la mesa para mostrar cómo. Isidro no vio nada, pero tampoco lo necesitaba.

—¡Qué cerdo! —se le escapó a Julita y se volvió a sorber los mocos mientras miraba impaciente al camarero que no le había servido todavía el carajillo.

—Y el otro, claro, se enfadó. Porque se conoce que entre ellos hay diferencia si eres negro o blanco. Además, a mí no me gustan, qué quiere que le haga. No como a esta —señaló a la única que hasta entonces no había hablado, la que tenía el mote de la Moreneta—, que le gusta el chocolate.

La chica le sacó la lengua con fingido enfado.

—Tengo oído que la pelea la empezó uno de vosotros —lanzó Isidro a los hombres.

Todos negaron con vehemencia.

—Eso no es verdad. Estábamos tan tranquilos aquí y ellos la liaron.

—Fue el negro que le metió mano a la chica.

—¿Y no sería uno de vosotros para defenderla? —lanzó Isidro.

La carcajada de los hombres fue burlona, la de las mujeres fue rencorosa.

—Mire, inspector —dijo el dueño del Metropolitano—, aquí cada noche hay gresca con ellos. Se pelean por cualquier cosa. Por una chica o por una mala palabra.

—En realidad, creo que les gusta pegarse —añadió Barreiro.

—¿Y vosotros os limitasteis a mirar?

—Es un espectáculo y es gratis —dijo Vendrell.

—¿Y Antonio Vázquez también participó en la pelea?

El Kubala se encogió de hombros.

—La verdad es que no sé ni quién era.

—¡Y yo qué sé! A esa hora ya todos parecen iguales —dijo la Moreneta.

—Este tan igual no era, este hablaba español —les recordó Isidro.

El dueño del Metropolitano comentó:

—No sería el único. Los hay de Puerto Rico, pero también los hay de origen mexicano. Siempre hay alguno que habla español.

—Antonio, el latino —intervino el camarero—. Pobre muchacho. Pasaba por aquí en cada viaje. Era bien plantado. Les gustaba mucho a las chicas.

—Pero era de mírame y no me toques —dijo Loli la Mallorquina, haciendo un gesto despectivo.

—¿Bujarrón? —preguntó Isidro.

—¡No! —Julita se echó a reír, antes de que le entrara un ataque de tos.

—Es que esta lo cató —dijo la Paca señalando a la Mallorquina.

—Era un buen mozo, ya me entiende.

—Pero últimamente había subido de nivel —añadió la otra.

Julita, que se había volcado sobre el carajillo que le había servido el camarero, añadió:

—Tenía una novia formal. Por eso me extraña que estuviera aquí.

—Pues yo lo vi —dijo la Paca—. Venga, tómate eso, a ver si te entona el cuerpo.

—Yo no me acuerdo de nada —dijo el Kubala.

—Estabas muy acaramelado con la Julita.

—A ver si me habrá pegado el resfriado.

—Otra cosa es lo que te habrá pegado —replicó Lucio Barreiro.

—¡Calla, gordo! —lanzó el Kubala.

—Y lo bien que escurriste el bulto cuando empezó la gresca...

—No querrás que me pegue con mis clientes. ¿Y tú dónde estabas? —dijo señalando a Barreiro—. A este sí que lo vi —se volvió a Vendrell—, repartiendo tortas a mansalva, pero tú, gordo, pusiste pies en polvorosa. Por lo menos uno de los pies.

La cabeza de Barreiro se encendió de un rojo intenso.

—¡Te vas a enterar, hijo de puta!

—Ven, gordo, ven —lo retaba el Kubala burlándose de las dificultades de Barreiro para bajar del taburete. Como en muchos de los bares frecuentados por los marineros, los taburetes estaban atornillados al suelo para que no los usaran para golpearse en las frecuentes peleas.

Los camareros y Vendrell los miraban con irónica distancia.

Isidro los dejaba hablar y tomaba nota mentalmente de lo que decían. Advertía a su espalda la presencia de Sevilla, bloqueando la puerta de ese miserable teatrillo.

Pero se había olvidado de Wilson, quien saltó como un espontáneo al escenario.

—*Shut up!* ¡Ya callarse! ¡Quieto tú, hijo de una puta!

Todos se quedaron parados como si el director hubiera detenido en seco la función de los actores. Respiraban agitadamente. Hasta que una risita empezó a resonar en el pecho congestionado de Julita y se convirtió en una carcajada general que sacudió a las cuatro mujeres.

—¡Hijo de una puta! ¿Has oído lo que te ha dicho, gordo? —La Moreneta señalaba a Wilson con un dedo flaco cargado de sortijas adornadas con enormes piedras.

Barreiro, lejos de enfurecerse aún más, ladeó su cabezota, abrió unos grandes ojos redondos que lo asemejaban a un búho y miró al policía militar con expresión guasona.

—Pues vaya, ya me dirá este pavo dónde conoció a mi señora madre. —Trató de contener la risa, lo que hizo que produjera unas escandalosas pedorretas con los labios, que desataron la hilaridad colectiva.

Wilson trataba de entender lo que estaba pasando o tal vez ya lo había hecho pero buscaba en su escaso español una respuesta mínimamente airosa. Su impotencia lingüística se tradujo en un acceso de furia. Se acercó amenazador a la Moreneta con el puño cerrado.

—¿Qué? ¿Me vas a pegar, milhombres? —se le encaró ella, y levantó el rostro desafiante.

Los tres hombres de la barra, como un coro torvo, emitieron un gruñido al unísono mientras sus cuerpos se tensaban, los dos pies en el suelo.

Wilson abrió la mano.

La Moreneta miró los dedos extendidos, se fijó en el índice más corto sin la última falange, sin uña, redondeado. Estiró el cuello, acercó los labios al dedo como un pez goloso y suicida ante el anzuelo, y se lo metió en la boca.

Wilson quedó paralizado mientras ella movía un par de

veces la cabeza hacia delante y hacia atrás, hasta que el policía militar apartó la mano con un movimiento seco y eléctrico.

—Como la *titola* de un nene —dijo la Moreneta, tomando la precaución de apartarse por si la otra mano cumplía la promesa de la bofetada.

—Míralo, se ha puesto *colorao* —dijo la Paca.

Los hombres en la barra reían entre dientes, nerviosos como los chavales que han puesto un petardo debajo de la silla del maestro. Celebrando la broma y temiendo el castigo.

Isidro, muy serio, con las manos metidas en los bolsillos de los pantalones, disfrutaba en secreto del desconcierto del policía militar.

—Señoras —dijo entonces.

Esa palabra paralizó a las prostitutas. Una fórmula de respeto no solía presagiar nada bueno para ellas.

—Señoras, un solo comentario más en ese tono y van ustedes de cabeza al calabozo. Aquí mi compañero —señaló a Sevilla, quien asintió moviendo el palillo con los dientes— las acompañará gustoso.

Por motivos que prefería creer que no sabía, las prostitutas tenían miedo de Sevilla. Todas se encogieron en sus chaquetas.

Wilson había quedado en medio de un círculo: las mujeres a la derecha, los hombres casi enfrente, los dos camareros a la izquierda y detrás Isidro y Sevilla. Retrocedió un paso para quedar a la altura de los policías españoles.

Ni la seriedad ni las amenazas del policía militar obtuvieron más que evasivas. Aun así, dejó que Wilson repitiera una vez más todas las preguntas.

Él haría su trabajo esa noche. Iría a buscar a dos de los hombres que en ese momento respondían desinteresados la siguiente ronda de preguntas. Al tercero lo dejaría tranquilo en su casa. Si tenía algo que contar o algo que los otros pudieran contar sobre él, se pondría bastante nervioso. Los otros dos, a los que dejaría todo el fin de semana macerando en una celda, se preguntarían por qué el tercero no estaba allí haciéndoles compañía. Por más que el otro les jurara que no había motivo alguno por el cual no lo hubieran detenido precisamente a él, por más que alguno de ellos se oliera la treta de Isidro, él sabía bien que la desconfianza era un veneno sin antídoto.

De las chicas, dejaría a dos fuera, porque las mujeres necesitan hablar para pensar.

10

Aurora Peiró, vestida de negro, la esperaba detrás del mostradorcito del taller. Ana admiró no solo la calidad del tejido y el corte de su ropa, sino también el collar de perlas negras que le rodeaba el cuello. Detrás de ella, las máquinas de coser silenciosas y desnudas.

—He mandado a las muchachas al patio a trabajar. El aire y la luz les harán bien.

La hizo pasar al interior poniéndole la mano en la espalda y le señaló una de las máquinas.

—Ayer Mila cosió la mortaja para nuestra pobre Elena. Y esta mañana, al amanecer, la hemos enterrado.

—¿Esta mañana? ¿Dónde?

—En el cementerio del Este. En la parte civil. Porque, como se mató, ya sabe usted...

Se habían quedado de pie al lado de la máquina.

—Sí, claro.

—Han quedado muy afectadas. Por eso, después del entierro hemos ido a pedirle al *santet* para que interceda por ella.

El «bien, bien» que murmuró Ana le salió dificultosamente de la boca. Su mente escéptica se rebelaba contra la superstición. El *santet* había sido un empleado de los grandes almacenes El Siglo al que se le habían atribuido sueños premonitorios en vida y una muerte prematura había concedido una canonización popular. La gente iba a su nicho en el cementerio del Este a solicitarle intercesiones.

Toda su racionalidad se erizaba ante la imagen de las muchachas caminando de espaldas, como se decía que había que hacer, pero, en ese momento, semejante ritual hasta se le antojó útil si servía para confortar a las costureras, aunque le pareció mejor la medida que había adoptado Aurora.

—Como necesitan un poco de esparcimiento, un poco de color, las he puesto a bordar. Tenemos el encargo de una mantelería a flores.

Tras estas palabras, las envolvió el silencio, más opresivo en un taller de modistillas, lugares siempre bulliciosos, llenos de chicas jóvenes cosiendo y parloteando. La radio seguía muda.

Pasaron a la trastienda. Se acomodaron frente a frente en dos silloncitos delante de los probadores. El tercero quedaba entre ellas. Sobre la mesa baja, al lado de las revistas de moda, las esperaban una cafetera y tres tazas.

—La señora Gómez de Urquiza, presidenta de la Congregación, tiene que estar al llegar —le explicó Aurora mientras le servía una taza de café—. Está muy interesada en el artículo que usted va a escribir. Sobre todo porque no querría que quedara la mala impresión que puede causar la noticia en *El Caso*.

—Tal vez la tranquilice saber que es muy probable que ni siquiera se publique. Este tipo de sucesos pocas veces aparecen en la prensa.

—¿Entonces? —Aurora dejó la taza a medio camino entre el platillo que sostenía con la mano izquierda y sus labios.

Ana tomó un sorbo antes de responder. Su interlocutora parecía algo molesta.

—Mi jefe, el señor Enrique Rubio, está atento a todos los sucesos en la ciudad, hay que llenar muchas páginas cada semana. A veces necesitamos una pequeña noticia para... ¡Perdone! Dicho de esta manera tan descarnada, cuando hablamos de algo muy trágico que ha sucedido en esta casa, suena aún más cruel de lo que ya es.

Dirigió la mirada a los vestidores que estaban delante de ellas. El espejo le devolvió su expresión azorada a la vez que le permitió ver que Aurora la contemplaba con indulgencia.

—No se preocupe, me hago cargo. Nosotras también cosemos a veces piezas que el cliente no viene a recoger.

«Y yo tengo que escribir artículos sobre las obras de caridad con que se entretienen y de pasada creen comprarse una parcela de cielo un grupo de ricachonas». Antes de que el desdén pudiera reflejársele en los ojos o escaparse en algún gesto, Ana cambió de tema:

—¿No quería venir la señora Gómez de Urquiza?

—Parece que se retrasa.

—Si quiere, empezamos de todos modos —propuso Ana.

Al sacar el bloc de notas del bolso se le enganchó la manga de la blusa con el brazo del silloncito y esparció sobre la mesa varios papeles que llevaba sueltos. En el gesto instintivo de cogerlos, volcó su taza de café sobre las copias de las actas de los marineros, entre ellas la de Anthony Vázquez; el inspector se las había entregado para que las tradujera «literalmente, sin florituras».

—¡Oh! ¡Mierda!

Aurora Peiró se echó hacia atrás para evitar salpicaduras de café mientras reía.

—¡Menos mal que no está aquí doña Engracia!

Empezó a secar los papeles con una servilleta mientras los miraba con cierta curiosidad.

—¿En inglés?

—Sí —dijo Ana, compungida pensando en la cara de Castro al ver en qué estado habían quedado los documentos—.

Son de un caso en el que estoy ayudando a la policía. Me han pedido que los traduzca.

—¿Con marineros? —preguntó curiosa Aurora mientras le tendía una hoja ya bastante seca con el emblema de la Marina de los Estados Unidos.

—No puedo contar nada. Es un asunto confidencial.

—Lo entiendo. Perdone, no quería ser indiscreta. Espere un momento. —Se llevó las servilletas empapadas de café y volvió enseguida con otras limpias y varias hojas de papel secante. Metió una entre la primera y la segunda página del historial de Vázquez, el documento más dañado, y se lo pasó a Ana—. No meta los papeles todavía en el bolso. Se pegarán unos con otros.

Aurora le sirvió otra taza de café mientras Ana dejaba los papeles en el suelo. Su bloc de notas, por suerte, no se había mojado. Solo unas salpicaduras oscuras en la tapa quedarían como recuerdo del pequeño incidente. Aurora las vio.

—Si pasara otra vez y está aquí doña Engracia, acuérdese de decir «cáspita».

Ana rio, aliviada por fin.

—Si le parece, empezamos —le dijo a Aurora con el lápiz en alto.

—Bien. Como sabe, este taller es uno de los que patrocina la Congregación. Nuestra tarea consiste en acoger y dar una formación a muchachas...

Le repetía lo que ya le había explicado en su visita anterior cambiando la perspectiva. Ese segundo encuentro era de nuevo un encuentro con una periodista, pero tanto la una como la otra se adaptaron al carácter diametralmente opuesto de la revista para la que Ana trabajaba en esta ocasión. Elena desapareció de la conversación, del mismo modo en que no iba a existir en ese artículo.

Aurora, en cambio, cobró más cuerpo. Le contó que provenía de una familia de pequeños comerciantes, se había casado con el dueño de una mercería en el Poble Sec, un barrio modesto. Al quedar viuda a principios de los cuarenta, descubrió su talento para los negocios, prosperó, compró varias tiendas más y empezó a moverse en otros círculos sociales.

—Después, pensé que podría aprovechar mis contactos para ayudar a muchachas que hubieran tenido mala suerte. Así nació el taller. Claro que trabajan para mí, pero reciben una formación, ya que aprenden todas las labores relacionadas con la costura, desde lo más elemental, como coser un botón, hasta hacer ropa a medida y bordar.

Ana anotaba literalmente las palabras de Aurora. Sabía por experiencia que en este tipo de encargos los entrevistados esperaban encontrar en el texto la reproducción magnetofónica de sus palabras y que cada posible divergencia significaba una queja. En las pausas de Aurora le llamaba la atención el silencio absoluto en la casa. Las muchachas estaban a pocos metros de ellas, pero no se oía ni una voz.

—Me gustaría hablar con ellas —Ana señaló con el lápiz en dirección al patio.

Aurora se llevó la mano al collar e hizo girar una de las perlas negras entre el índice y el pulgar.

—Para recoger su testimonio, su agradecimiento —añadió Ana.

—Es un momento muy delicado. Están muy afectadas...
—Le sirvió otro café, pero no llenó su propia taza. Se levantó—. Bueno, espere un momento.

A pesar de que le había pedido que aguardara, Ana se levantó y la siguió unos pasos, hasta la entrada del almacén. Aurora lo cruzó y se dirigió al patio. Las muchachas bordaban sentadas en círculo en las sillas de enea. Un círculo pequeño, solo eran tres. No recordaba todos los nombres de las chicas tras su fugaz visita, pero precisamente la que faltaba era la pelirroja, la llamada Jacinta. Jacinta la Pelirroja.

Aurora le daba la espalda mientras hablaba con ellas. Las muchachas habían interrumpido la labor; la miraban y asentían en perfecta sincronización. También como en una coreografía se levantaron a la vez y dejaron los bastidores sobre las sillas. Ana volvió rauda a ocupar el silloncito y esperó allí hasta que las mujeres entraron. Al llegar a su altura, se detuvieron a saludarla, pero dos siguieron hacia el taller. Con ella quedaron Aurora y la muchacha que Ana recordaba que se llamaba Mila.

—Puede hablar con ella. —El tono de Aurora era imperativo—. Siéntate ahí, Mila, la señorita tiene algunas preguntas que hacerte.

Mila ocupó el silloncito del centro, a la izquierda de Ana, mientras que Aurora volvía también a su lugar, no sin antes dar una palmada y ordenar a las otras dos costureras:

—¡A trabajar!

Un roce de telas y poco después el sonido rítmico de las máquinas de coser.

—¿Qué es lo que quiere saber? —Mila hablaba muy bajo, sin mirarla, con los ojos perdidos en algún punto entre las tazas de café.

—Ya me imagino que es muy difícil, pero me gustaría que me contara cómo es su vida en esta casa.

—¿Mi vida? Como la de las otras: nos levantamos a las seis, recogemos la casa, vamos a misa; al volver desayunamos, empezamos a trabajar en el taller, comemos y volvemos a trabajar, cenamos, rezamos y vamos a dormir. Y los fines de semana, el domingo, solemos ir al colegio a ver a nuestros niños. Yo tengo una niña, se llama Soledad y tiene cinco años. Es bonita y muy buena. —Solo al hablar de su hija reunió el valor suficiente para mirarla a la cara. Después pareció recordar con quién y para qué estaba hablando; no apartó la vista, pero desapareció toda calidez en su voz—. Está recibiendo una educación, por eso estoy tan agradecida a las señoras de la Congregación por habernos recogido a las dos.

—¿Cuánto tiempo lleva aquí?

—Cuatro años. —Se adelantó después a la siguiente pregunta de Ana—: Antes estuve internada en una casa de descarriadas, aquí en Barcelona, donde me metieron mis padres, aunque soy de Valencia.

Quiso dejarlo ahí, y Ana hubiera tenido también suficiente información, pero Aurora insistió en que le contara su historia a la periodista. Así supo Ana que Mila tenía veinticinco años, que venía de una familia de cierto nombre en Valencia y que había quedado embarazada de un novio que procedía de una familia también muy conocida en la ciudad, quien se desentendió de ella en cuanto se enteró de su estado. Los padres, al saberlo, no solo la internaron en un reformatorio de Barcelona para evitar que la gente pudiera verla, sino que la declararon muerta.

—Llegaron a publicar mi esquela en la prensa. Me enviaron una copia, por si se me ocurriría volver a la ciudad. Si quiere, se la enseño. —Las cejas espesas amenazaban con unirse en la expresión rabiosa que destellaba en sus ojos.

Ana había dejado de escribir hacía un rato, se había limitado a escuchar la historia sin atreverse a interrumpirla porque detectaba que una vez roto el dique, Mila necesitaba hablar y sobre todo transmitirle su rabia. Justamente aquello por lo que Aurora se disponía a reprenderla, cuando las interrumpieron el sonido de la campanilla de la puerta de entrada y el taconeo veloz que precedió a la voz de Engracia Gómez de Urquiza:

—¿Cómo? ¿Han empezado sin mí?

Engracia Gómez de Urquiza se plantó en seco delante de los tres silloncitos sosteniendo con las dos manos un bolso negro ante el regazo. Su vestimenta, pensó malévola Ana, parecía más un anhelo de viudedad que una muestra de sintonía con el luto general de la casa. Aurora y Mila se levantaron de un salto e imitaron la posición de las manos de la presidenta de la Congregación de las Adoratrices de María Magdalena. Ana dejó el bloc y el lápiz sobre la mesita antes de levantarse y ofrecerle la mano. Engracia le tendió la suya para que fuera Ana quien apretara los deditos de nudillos abultados; manos de sirvienta en una mujer que nunca había fregado un plato.

—¿Por qué no me han esperado?

La respuesta le correspondía a Aurora, pero Ana le echó un capote.

—Como quiero tener tiempo para entrevistarla a usted con calma, he preferido tener ya terminadas mis otras entrevistas.

Las cejas depiladas en una fina línea dibujaron varias curvas en su frente hasta trazar un arco suspicaz. Con todo, el tono profesional de Ana logró aplacarla, incluso halagarla. Engracia empezó a sonreír hasta que repentinamente pareció darse cuenta de la presencia de Mila entre ellas.

—¿Y esta? ¿Qué hace esta aquí?

—Me interesa mucho su testimonio —respondió Ana.

—¿De esta desgraciada? ¿Un testimonio? ¡Aurora!

Aurora tartamudeó:

—De agradecimiento.

—Así es... —empezó Ana.

—¿De qué, si no? Cada día de tu malograda vida debes dar las gracias a Nuestro Señor por haberte traído a nuestro seno. Y no pagárnoslo con más vergüenza, como esa desagradecida de Elena.

—Sí, doña Engracia. —Mila hablaba con la cabeza gacha.

Engracia la ignoró y se dirigió a Ana:

—¿Y? ¿Ya ha terminado la «entrevista», señorita Martí? Si es así —se dirigió a Mila—, ya te estás yendo a trabajar con tus otras compañeras, que el trabajo no se hace solo y la holganza es la madre de todos los vicios.

—Sí, doña Engracia.

La costurera se despidió de ella con un movimiento de la cabeza y se encaminó hacia el taller. Al pasar al lado de doña Engracia, esta la agarró súbitamente de la muñeca.

—A ver esas manos. ¿Están limpias?

Mila se las mostró. Las palmas, el dorso. La mirada rapaz de Engracia no quedó satisfecha.

—Pero ¡qué uñas! Corre a lavártelas, puerca.

Mila huyó hacia la trastienda, donde debían de tener un lavabo.

Engracia se dirigió entonces a Aurora:

—¿Nos haces otro café, querida? Ese debe de estar frío.

Con Ana, Engracia adoptó la actitud de prepotente modestia de la estrella hacia la reporterilla.

—Siéntese, señorita Martí. Podemos empezar.

Aunque no era así, porque en ese momento cesó el sonido del agua del lavabo.

—¡Lávatelas otra vez! A ver si arrancas un poco de la mugre moral que te ha traído hasta aquí.

El agua volvió a correr.

Ana se sentó de nuevo y Engracia ocupó el sillón a su lado. Antes de empezar a hablar, contempló su imagen reflejada en el espejo del probador y corrigió ligeramente la colocación del pelo sobre sus orejas.

—Esta tarde habrá fotógrafo, ¿verdad? —le preguntó a Ana.

—Un fotógrafo internacional, el señor Lawrence Roberts —le respondió divertida al observar que Engracia componía inconscientemente una pose de retrato.

Después Engracia sacó unos papelitos del bolso.

—He anotado aquí algunos datos que estoy segura de que serán de su interés.

Mientras los labios de Engracia Gómez de Urquiza se movían incansables alabando la obra de la Congregación, insultando a sus pupilas, apelando a la caridad, citando el ejemplo de santos, santas, señoras ilustres y próceres de la ciudad, Ana luchaba por combatir el creciente rechazo que la llevaba a preguntarse qué estaba haciendo allí. Era una pregunta que la acosaba en los últimos meses. Ya no era el eco de la voz de su madre pidiéndole que dejara «esas absurdas quimeras». Bien pensado, desde hacía un tiempo su madre había dejado de mencionar el tema de su trabajo; ya no la asaltaba cuando menos lo esperaba con un «dónde se ha visto a una mujer escribiendo sobre esas atrocidades», tampoco con el más amargo «tienes casi treinta años, ya te has quedado para vestir santos». Parecía incluso si no conforme, por lo menos resignada a no ver casada a su hija. Los nietos llegados de Francia también la habían apaciguado en ese sentido. No, no era eso. Llevaba ya muchos años enfrentándose a esa y a otras voces que criticaban su afán de autonomía. Sus dudas derivaban del precio que estaba pagando por su independencia. No eran las críticas ni los comentarios ni el miedo a la soledad, eran las Engracias Gómez de Urquiza con las que tenía que vérselas constantemente, era el periodismo —si es que eso podía llamarse periodismo— mercenario que practicaba para poder salir adelante. ¿Adelante?

Su interlocutora, inmersa en su propio discurso, debía de interpretar el silencio concentrado de Ana como una muestra de reverente atención. Aurora les había servido una nueva cafetera que se enfriaba ignorada por las otras dos. Una estaba ocupada en hablar, la otra en fingir que tomaba notas. El discurso de Engracia llegó a su fin cuando dio una palmada entusiasta en el aire y dijo:

—Y esta tarde nos esperan en el colegio.

Aurora se volvió hacia ella con asombro.

—No me habían dicho nada de una visita al colegio.

—Bueno, mi querida Aurora, ha sido decisión mía, como presidenta de la Congregación. Usted es la responsable del taller, soy yo quien lleva el peso de la obra completa.
—Por supuesto, doña Engracia. Solo es que me gustaría haberlo sabido.
—Pues ahora ya lo sabe.

Aurora estaba ostensiblemente molesta, pero no volvió a replicar.

Engracia todavía la retuvo unos minutos más para seguir contándole quiénes eran las otras «protectoras» de la Congregación, una nómina de lo más selecto de la alta sociedad catalana, los mismos apellidos ilustres que aparecían en la lista de socios del Liceo o en los tarjetones de invitación de las fiestas más exclusivas en el Ritz. Los mismos apellidos de siempre, gobernara quien gobernara. Después ya solo le quedó confirmar la hora de su visita al colegio:

—Sea puntual, señorita Martí. La puntualidad es la educación de los reyes.
—Siempre soy puntual; así me educaron —respondió en un tono más seco de lo que habría sido apropiado, harta de la impertinente prepotencia de su interlocutora.

Engracia no pareció apreciarlo, pues ya se dirigía hacia el taller dispuesta, por lo visto, a mortificar a las muchachas.

—¿Qué te has creído que es esto? ¿Una casa de lenocinio? Ahí es donde acabarás si sigues así.
—Pero, doña Engracia, es que hace mucho calor aquí con la plancha...
—¿Y si entrara ahora un caballero y te viera así? ¡Tápate, descocada!

Ana y Aurora llegaron en el momento en que la muchacha de rizos rubios, robusta, con aspecto de campesina, se cerraba el último botón de la blusa.

—¡María Jesús, levanta esa plancha que vas a quemar la camisa! —le gritó Aurora.

En su confusión, la muchacha tocó el borde ardiente de la plancha y se quemó la mano izquierda. Gritó y empezó a soplar sin atreverse a salir de detrás de la tabla, como si temiera lo que le pudiera pasar sin esa protección. Tuvo que ser Aurora quien le ordenara que fuera al lavabo y se pusiera un ungüento en la quemadura.

—Para que vayas probando los mordiscos de las llamas del infierno —dijo Engracia mientras la muchacha salía del taller—. Y aquí, ¿quién trabaja? Veo cinco máquinas de coser y solo dos chicas. ¿Qué hacéis mirando? ¡Moved los pies! Una de estas desgraciadas se ha matado y la otra acaba de tener un accidente por idiota. Pero me falta una. Jacinta. ¿Dónde está esa?

Mila y la otra muchacha empezaron a empujar el pedal de sus máquinas de coser y el tableteo de las agujas fue el fondo de la respuesta titubeante de Aurora:

—Jacinta quedó demasiado afectada tras la muerte de Elena. Estaban muy unidas, como hermanas. Por eso le he dado permiso para que vaya a pasar unos días con unos familiares.

Ana creía recordar que Aurora había dicho que la mejor amiga de Elena era Mila. Miró en su dirección, la muchacha parecía absorta en su trabajo.

—¿De pronto la familia la acepta de nuevo en su seno? —En la cara de Engracia apareció una expresión burlona.

—Lo han hecho porque se lo he pedido encarecidamente, como acto de caridad.

—Pues ya podrían quedársela. Las pelirrojas suelen tener poco arreglo.

Aurora compuso un gesto suplicante.

—Esta es diferente. Va por el buen camino.

Engracia se encogió de hombros.

—Si usted lo dice, Aurora... Pero la próxima vez que tome decisiones tan drásticas, no se olvide de avisar a la Congregación. —Con el mismo tono autoritario se dirigió a Ana antes de marcharse—: A las cuatro en el colegio. Puntual. Y con fotógrafo.

La campanilla de la puerta acompañó su marcha. María Jesús había esperado medio escondida cerca de los probadores para reaparecer.

—¡Qué torpe eres a veces, hija! —le dijo Aurora cogiéndole la mano herida—. ¡Con todo el trabajo que tenemos!

—Es la izquierda, doña Aurora. Puedo trabajar igual.

—Ven, vamos arriba para que te ponga unas gasas.

Era el momento de marcharse. Ya tenía suficiente. De todo.

Se despidió. Al salir, captó la mirada de Mila desde detrás de la máquina de coser. No sabía qué quería decir, pero ella se sintió de repente hondamente culpable, como si la estuviera abandonando.

11

Entró en el mercado de La Boquería. Quería comprar algo de fruta para llevársela a los niños del internado. Saludó a Pinocho, del bar del mercado. Ana había trabajado varios años como amanuense en las barraquitas de madera que quedaban detrás del mercado escribiendo y leyendo cartas a gente analfabeta. Antes o después del trabajo pasaba por el bar. Pinocho le servía en invierno un café con leche gratis «para que entres en calor» o en verano una limonada «por todo lo que has tenido que hablar». Ahora, gracias a su trabajo en *El Caso*, conocía a bastantes vendedores del mercado. Eran buenos informantes. Entre pedidos, kilos, gramos, libras y onzas se desahogaban las criadas y a veces también las señoras.

Fue a comprar la fruta en la parada de Joanet. Sentía debilidad por ese hombre de brillantes ojos azules, pómulos altos y una sonrisa deslumbrante que se ensanchaba cuando hacía bromas a los niños y juegos malabares con los tomates para hacer reír a alguna cliente enfurruñada. Y que, constataba de nuevo Ana después de saludarlo, solo tenía ojos para su mujer, seria y con una piel blanquísima, casi transparente, quien, con el delantal siempre impecable, atendía también en el puesto. Mientras hacía cola los contempló fingiendo que observaba el género, dos seres seguramente inconscientes de su belleza, atendiendo detrás de montañas de judías verdes, lechugas, guisantes, manzanas y peras a una chica de la vida a la que acompañaba un soldado que, en un simulacro de familia, pagaba una compra abundante.

—Si lo guardas todo bien, te dará para un par de semanas —le decía Nita, la mujer de Joanet y, después, escudándose en el seguro desconocimiento del catalán del marinero y en la velocidad del habla le preguntó, tras asegurarse de que su marido no estaba cerca—: Este no es el mismo de la otra vez, ¿no?

—Qué más quisiera que alguno se me quedara.

—¿Y te irías a América? —Le pasó una bolsa de papel con dos enormes coliflores.

—¡O a la Cochinchina! Con tal de salir de aquí...

Ese, por lo menos, le llenaba la despensa.

Ana compró manzanas, manzanas rojas, grandes y tersas, de Blancanieves, como les gustaban a los niños.

Salió del mercado cargando la bolsa. Lawrence la esperaba en el Pla de la Boquería. A pesar de que llevaba la cámara y otros aparejos, se empeñó en coger también la bolsa de manzanas. Tenían que subir hasta la ronda de la Universidad, donde ella había dejado el coche de Muñárriz, un Peugeot 403, descapotable, importado de Francia. Era el vehículo que más le gustaba de los tres que le dejaban. El de su prima Beatriz, un Hispano-Suiza de antes de la guerra, era una antigualla. Lo sacaba de vez en cuando del garaje para rodarlo un poco. La gente se volvía a mirarla, pero ella estaba convencida de que no lo hacían por ver a una mujer al volante, sino por el vehículo. Aun así, el que más atención suscitaba era el tercero, la furgoneta Fiat de Enrique Rubio con el nombre de *El Caso* pintado en las puertas y ella, «la chica de *El Caso*», al volante.

—No es el descapotable rojo de Margarita Landi, mi colega madrileña, pero es también llamativa —le estaba contando a Lawrence.

—¡Aneta! ¡Nena!

Se volvió hacia la voz de su padre, quien la saludaba desde la puerta del Cine Capitol, más conocido como Ca'n Pistolas porque allí se proyectaban muchas películas del Oeste y de gánsteres. Su padre era un viejo amigo del dueño, Antonio Soler.

Roja como una adolescente al ver la mirada curiosa que su padre dirigía a Lawrence, se lo presentó con torpeza pueril.

—Lawrence Roberts, es un amigo, bueno, un compañero de trabaj... bien, en realidad es mi profesor de inglés.

—Y además fotógrafo —dijo su padre con sorna señalando la cámara y el trípode—. Todo en uno.

Al ver con qué soltura y seguridad Lawrence cambió de mano la bolsa con las manzanas para poder saludar a su padre, Ana se dijo que una educación británica es siempre una ventaja en tales situaciones.

—¿Qué haces por aquí, papá?

—Hemos tenido un pase privado —dijo señalando a otros dos hombres más jóvenes, de la edad de Ana.

Reconoció a Francisco González Ledesma, que escribía novelas del Oeste con el seudónimo de Silver Kane.

Se acercaron. El otro se llamaba Juan Gallardo.

—Curtis Garland, Dan Kirby, Frank Logan, Donald Curtis, Lester Madox, Elliot Turner, Glenn Forrester —dijo al presentarse. Eran varios de sus seudónimos como autor de novelas de misterio y del Oeste.

—¿Cómo? —preguntó Lawrence.

—Juan, que este es inglés —le advirtió Andrés Martí—. Esfuérzate un poco en la pronunciación, hombre.

—¿Un pase privado? —preguntó Ana.

—*Pasión de los fuertes*, *La diligencia* y *Río Grande*. Tres de John Ford. ¿Lo pronuncio bien? —se dirigió a Lawrence.

—Estupendamente.

Ana reparó entonces en los ojos enrojecidos de su padre tras varias horas de cine. También los otros dos. Rojos y brillantes. Como tres vampiros felices de haber salido a la luz del sol y haber quedado indemnes.

—¿Vamos a tomar algo? —propuso González Ledesma, apuntando hacia el bar Canaletas—. Que después hay que escribir. ¿Vienes, Aneta?

—Tengo que hacer un reportaje.

Los tres escritores ardían en deseos de sentarse a hablar de las películas. Su padre se despidió con dos sonoros besos.

—El miércoles de la próxima semana vendrás a casa a comer, ¿verdad? Es el cumpleaños del nene pequeño.

El nene pequeño era Émile, su sobrino, aunque no fuera consanguíneo, sino el hijo que Marina, la viuda de su hermano, había tenido con su segundo marido. Desde hacía unos meses Marina vivía en casa de sus padres con sus dos hijos.

Antes de que su padre se viera en el dilema de invitar o no a Lawrence a la fiesta familiar, ella se apresuró a decir:

—Tenemos que darnos prisa. El reportaje es en Esplugas y nos esperan a las cuatro.

Se alejaron. De lejos le llegó la voz de su padre diciendo:

—Menos mal que no se nos ha escapado lo de Jon Vaine.

Una carcajada de Silver Kane los despidió.

—Eres famosa —le dijo Lawrence al ver dos manos enguantadas que se movían frenéticamente saludándola desde detrás de las ventanillas del piso bajo de un trolebús.

—Pues si me vieras cuando salgo con la furgoneta de *El Caso* —respondió ella, sin poder disimular la complacencia.

Llegaban a la avenida Diagonal. Aunque hacía veinte años la habían rebautizado como avenida del Generalísimo Franco, excepto en el lenguaje oficial, la mayoría de los barceloneses seguían llamándola Diagonal, por el hecho simple y contundente de que era una calle diagonal al resto del Ensanche.

—El otro día leí uno de tus textos en *El Caso*.

Por nada del mundo se le ocurriría formular la pregunta que ningún escritor o periodista inteligente debe plantear, «¿qué te pareció?». Confió en que también en Inglaterra fuese válida la regla de cortesía que afirma que no se le dice a alguien que se ha leído su texto para, acto seguido, criticarlo. Fingió que el tráfico le exigía concentración y mantuvo la mirada al frente.

—La viuda tenía varios ejemplares. Cogí uno y busqué si salía un texto tuyo. Leí el de los dos muertos desconocidos que encontraron en una cripta de un cementerio. Me gustó mucho.

—¿Sí? —Se volvió hacia él y, sin querer, giró también el volante a la derecha. Una pitada se encargó de devolver su vista a la calle y el coche al carril.

—¡Qué historia! ¡Y qué escenario! ¿Fuiste a verlos?

—Sí. Para hacer las fotos.

Sabía que Lawrence la estaba mirando y sabía que lo hacía con asombro. A pesar de que había tenido pesadillas con ese hombre y esa mujer que habían dejado abrazados en el suelo de una cripta en el cementerio del Este, un lugar que parecía perseguirla ese día, añadió con desparpajo:

—Es parte de mi trabajo. En *El Caso* somos pocos, bueno, la verdad es que somos dos, Rubio y yo, con varios seudónimos, y hacemos de todo, también las fotos. En cambio, cuando trabajo para *Mujer Actual* me suelen poner un fotógrafo. A las señoras les complace que vayan dos personas y, ya verás, les encanta que las fotografíen. Aunque mucho modernismo no verás, me temo, sino a los que lo financiaron. Por eso pensé que tal vez te interesaría el encargo que tengo hoy.

—Por supuesto. Otro día te puedo acompañar a hacer fotos para *El Caso* también. Igual así puedo entrar en un portaviones.

—Eso lo dudo. No dejan entrar cámaras. Pero para el próximo asunto que me den...

Ella no lo mencionó y él tampoco aludió al hecho de que le quedaban menos de dos meses de estancia en Barcelona.

Dejaron atrás la ciudad y las palmeras melancólicas de la Diagonal en esos días grises de otoño y cruzaron a través de huertas y masías contándose historias de sus trabajos. Era evidente que querían impresionarse mutuamente, algo que no era nuevo para ella, lo inusual era que trataban de hacerlo con los mismos instrumentos.

El internado Sagrado Corazón no estaba en el casco urbano de Esplugas, ni siquiera en las afueras, sino en un monte del término municipal. Tras varios kilómetros por una carretera de tierra, vieron asomar un torreón del edificio del colegio entre los árboles medio pelados que cubrían esa ladera del monte. El coche se movía con lentitud por la pista. Detrás de una curva cerrada apareció el edificio de tres plantas. La palabra «internado» le sugería siempre oscuros caserones, cuyas ventanas más que dejar entrar la luz evitaban que salieran las sombras. El colegio Sagrado Corazón, por lo que veía, no la iba a desengañar.

Tuvieron que enfrentar varias curvas más hasta alcanzar el muro de ladrillo que rodeaba el edificio.

—¡Qué difícil llegar hasta aquí! —comentó Lawrence mientras bajaba del coche, que habían aparcado delante del portón de hierro.

—Más difícil tiene que ser salir.

El tintineo de unas llaves les indicó que alguien se acercaba.

12

—Nena, sonríe. —La monja levantó la mano derecha para darle un pescozón a una de las niñas de la segunda fila.

Después volvió a recuperar su posición inicial de figura de hornacina con los brazos ligeramente separados del cuerpo abarcando, posesiva, las tres hileras de niños uniformados con batas celestes.

La niña estiró los músculos y sonrió. Sonrió mientras Lawrence se situaba delante del grupo, mientras ajustaba el trípode, mientras colocaba la cámara encima, miraba por el visor, giraba el objetivo, levantaba el trípode y la cámara, y se alejaba un par de pasos, volvía a mirar, volvía a ajustar el objetivo y levantaba un dedo hacia el que tenían que mirar. La niña tiraba de los músculos hacia arriba con los hombros también ligeramente alzados para proteger la nuca desnuda. Como ella, muchos llevaban el pelo cortísimo.

—Tuvimos piojos —había explicado sor Marta, la directora, ante la mirada inquisitiva de Ana—. No es que los haya aquí, el centro cumple con la limpieza más estricta. —Les había mostrado las manos, como si quisiera decirles que ella en persona era quien se encargaba—. Los traería alguno de los internos el día de paseo con su madre.

—A saber por dónde los llevan esas perdidas los días de visita —había intervenido Engracia.

—Reciben de nosotras instrucciones muy precisas de los lugares adecuados para estas criaturas —replicó sor Marta mirando alternativamente a Ana y a Engracia.

Era una monja en la cincuentena. Los años de sumisión y servicio en la orden no habían logrado quitarle el porte y el habla soberbios de las clases altas. Castellana vieja, aventuró Ana por el acento. Burgos o Palencia. Fuera se hubiera medido de igual a igual con Engracia. Allí, sor Marta era la directora de un colegio que patrocinaba la Congregación. La cabeza tocada con el hábito tenía que inclinarse.

—Es bueno que los niños vean a sus madres y que ellas, por su parte, vean cómo formamos el espíritu de sus hijos —siguió la monja mientras con una mano les enseñaba a los visitantes la sala que albergaba el comedor.

Engracia se había arrogado el derecho de ser la primera en entrar en cada espacio que recorrían. Como muchos, se jactaba de no entender el catalán, pero el dicho «qui paga mana» no habrían tenido que traducírselo. Detrás de ella, Ana, Lawrence y sor Marta. Engracia había citado a las otras damas del patronato media hora más tarde; la visita del colegio la quería para ella sola.

—Las niñas comen a la derecha; los niños, a la izquierda —les había explicado sor Marta—. En silencio.

No era necesario que lo recalcara, una gran pizarra al fondo de la sala alargada recibía a los que entraban con una breve inscripción: «Come y calla». Las ventanas abiertas no lograban arrastrar afuera el olor a potaje y a sudor. A cada lado del pasillo central, hileras de mesas y sillas. Dos mesas más bajas contra las que se alineaban las sillitas de los párvulos le recordaron el cuento de los tres osos.

A los niños del internado no les contaban cuentos.

—Durante las comidas una de las profesoras les lee vidas de santos y niños mártires. Antes y después de la comida los niños dan las gracias al santo del día por protegerlos y darles de comer.

Esos mismos niños santos decoraban las paredes con sus cuerpos maltratados.

Mientras Lawrence fotografiaba a sor Marta y a Engracia enmarcadas en la puerta del comedor, Ana empezaba a arrepentirse de haberlo llevado consigo, de que estuviera presenciando la lúgubre tristeza del internado, la vacuidad malévola de Engracia, el rigor malsano que emanaba de la directora. Se acercó a las ventanas al otro lado del pasillo y se quedó observando a un grupo de niños que hacían gimnasia sueca en el patio. A pesar del frío iban vestidos solo con un pantalón corto y una camiseta de tirantes. Las otras dos mujeres se le acercaron. Lawrence hacía algunas fotos más del comedor.

—Es mucho el trabajo que tenemos que hacer con nuestros pupilos —comentó sor Marta.

Los niños, en filas marciales, formaban con los pies juntos y los brazos en cruz, los bajaban y dejaban las manos pegadas a los flancos, un bosquecillo que se convertía en cañaveral.

—Aquí enderezan estas plantitas que nacieron torcidas. —La voz de Engracia sonó a su espalda.

Ana se volvió. Engracia no miraba a los niños, sino a ella, como si quisiera decirle que también ella era una plantita torcida. Hija de rojo, hermana de rojo. Todos sabemos bien de dónde procedes, todos sabemos que tu padre, el gran Andrés Martí, el poderoso periodista de *La Vanguardia*, ahora se gana el pan escribiendo novelitas del Oeste y que eso es incluso una mejoría, porque antes tuvo que trabajar en un colmado.

Engracia se acercó también a la ventana. Contemplaba la tabla de gimnasia a la izquierda de Ana.

—Mano dura. Mano dura —decía entre dientes.

—Por supuesto, doña Engracia —replicó sor Marta con voz meliflua—. Pero también un ambiente propicio para que se desarrollen por el buen camino. Así lo explica el doctor Vallejo Nájera en su obra *Eugenesia de la hispanidad*. —Y empezó a citar con la mirada fija en la ventana—: La esencia de la higiene racial radica en que las propiedades constitucionales heredadas pueden modificarse gracias a la influencia del ambiente, modificación que es tanto más profunda cuanto más precoz y prolongadamente se ejerce la influencia ambiental sobre las propiedades heredadas. Todo se reduce a una cuestión de higiene del cuerpo y del espíritu.

A Ana no le quedó muy claro si el argumento de autoridad había llegado a convencer a Engracia, porque la mención del famoso psiquiatra la llevó a otros temas:

—Vallejo Nájera, una eminencia, una eminencia. Su mujer es muy amiga de nuestra Carmen Polo de Franco. Grandes personas.

—Lo he leído con gran atención, doña Engracia. En él se inspira nuestra pedagogía. Mano dura cuando es necesaria, pero también una mano suave es capaz de ser firme.

Con un balanceo mullido de la cabeza, sonrió primero a Engracia y después a Ana.

Un escalofrío le recorrió la espalda. La sonrisa plácida, los ojos brillantes, esa voz suave... Le asustaba más la cara amable del fanatismo. La sonrisa era de superioridad; el brillo de los ojos, el ardor de las convicciones inamovibles; y la voz, la voz era su instrumento más pérfido, persuadía como un veneno lento que se inoculaba sin que la víctima se diera cuenta. Prefería el gesto agresivo, la mirada furiosa de Engracia, la voz siempre a punto para el grito.

—¿Les parece si vamos ya a ver a los niños? —había propuesto Ana tratando de disimular su malestar.

Las dos mujeres le respondieron poniéndose en movimiento. Lawrence las seguía cargando con la cámara y el trípode. Engracia no lo perdía de vista, en una mezcla de coquetería y desconfianza ante un hombre extranjero.

—Me interesa especialmente fotografiar a los niños de las muchachas del taller... —empezó Ana.

—Claro. Pero también habrá otras criaturas, para que se aprecien mejor las dimensiones de nuestra obra —la interrumpió sor Marta.

Ana se detuvo en medio del pasillo.

—¿Estará también el hijo de Elena Sánchez?

Sor Marta le dirigió una sonrisa tan benevolente que Ana sintió que se le helaban las manos.

—Por supuesto. Pero todavía no sabe nada.

—¿Por qué no?

—El niño estuvo muy enfermo hace una semana. Está todavía algo delicado. Por eso lo iremos preparando poco a poco.

Llegaron al patio. Unas internas mayores, de unos trece años, estaban acabando de barrer las hojas caídas. Los pequeños esperaban detrás de unas líneas blancas que marcaban el contorno de una pista de baloncesto, un deporte cada vez más popular en los colegios, ya que podía jugarse en los patios asfaltados y no necesitaba tanto espacio como el fútbol.

A una palmada de la monja que los vigilaba, todos se habían puesto en movimiento para colocarse en el punto en que tenían que posar. En perfecta formación, se organizaron en tres filas de cinco niños. En la primera, solo cuatro.

—Son los niños de las discípulas del taller.

Cuatro. Faltaba una criatura.

Al ver que Ana se acercaba, los niños se habían puesto en posición de firmes. Cohibidos por la solemnidad del momento, no correspondían a su sonrisa. Quizá también porque junto a Ana se movía la sombra del hábito de sor Marta, quien había corrido a ponerse a su lado para presentarle a los niños de la primera fila. Empezaron por la izquierda, por una niña cuyo pelo castaño volvía a asomar después de un rapado total.

—Matilde, es la hija de María Jesús.
—Servidora —había respondido la niña haciendo una especie de reverencia.

A su lado, un párvulo cuya cara reconoció de la foto en el cuarto de la costurera muerta. La bata azul del uniforme la habría heredado de un chico varios años mayor que él.

—Félix, el hijo de Elena.

Sacudía nervioso las manos y ese movimiento desdobló las mangas, que acabaron moviéndose como si agitase dos pañuelos azules mientras levantaba la cabeza hacia Ana y le pedía:

—Bendición, señorita, bendición.

Ana no sabía cómo responder a ese saludo. Estaba, además, concentrada en la expresión de ese niño que tendría unos tres años, en su piel muy pálida y los grandes ojos oscuros en los que veía la emoción, la excitación por ese día extraordinario en una vida rutinaria marcada por la disciplina. Una vida que se encaminaba inexorable al momento en que alguna de esas mujeres con la cara enmarcada en una rígida toca negra le diría que se había quedado sin nadie. Completamente solo allí.

Sor Marta la apremiaba.

—Esta es Soledad, la hija de Mila.

Las señoras del patronato ya habían llegado y los observaban ansiosas y displicentes a la vez. Entre ellas estaba también Aurora, quien se acercó al grupo de niños. Le faltaba una niña por conocer, una niña de ocho años que también le hizo una reverencia, se llamaba Enriqueta y era la hija de Juana.

—¿El hijo de Jacinta se ha ido con ella? —preguntó Ana a Aurora.

Aurora iba a responder, pero se le adelantó Soledad:

—Está malo porque su mamá se ha portado mal. Dios la ha castigado.

La monja le dio un cachete.

—Nena, no interrumpas a los adultos.

Aurora tocó el brazo de Ana para recuperar su atención:

—Lo que quiere decir es que el hijo de Jacinta está enfermo porque ella se ha marchado unos días a casa de unos familiares. Lo del niño parece ser un problema intestinal.

A Ana se le fueron los ojos al hijo de Elena, pálido y demacrado en su bata azul demasiado grande. No se le escapó el gesto a Aurora, quien añadió:

—Debe de ser algo contagioso. Dejemos que el fotógrafo trabaje. Venga conmigo a saludar a las señoras del patronato.

Lawrence hizo por fin la foto.

—Nena, sonríe —la monja levantó la mano derecha para darle un pescozón a una de las niñas de la segunda fila.

Nada deseaba más que marcharse de allí. Cruzar el portón metálico y dejar atrás el internado, esas monjas imbuidas de verdades absolutas, ejerciendo un poder también absoluto sobre esas criaturas en batas celestes. Pero las señoras del patronato estaban empeñadas en ofrecerle una merienda. Los chóferes que las habían llevado hasta allí cargaban cestitos y bandejas cubiertos con finos paños blancos debajo de los cuales se escondían las sofisticadas viandas que habían preparado sus cocineras.

La merienda se ofrecía en el despacho de sor Marta, muy cerca de la entrada del edificio, como si la directora fuera a la vez la hermana portera de la casa.

Las mujeres del patronato, más relajadas después de haber posado para la foto, trataban de ganarse la atención de Ana con fines diversos: unas para dejar caer algunas informaciones sobre su dedicación a la obra de la Congregación, esperando que así Ana las destacara en su artículo; otras buscaban noticias más mundanas y trataban de sonsacarle algunas habladurías de personajes célebres, sobre todo de las dos muertes más sonadas de ese mes.

—¡Mario Lanza! ¡Con solo treinta y ocho años! —Una mujer en la sesentena tomó un sorbo compungido de jerez—. ¡Tanto talento perdido! ¡Tantos discos sin grabar!

—No había para tanto —le replicó una wagneriana acérrima—. Muy sobrevalorado. Era un tenorcillo más. No lo veo ni en los Verdis difíciles.

—¿Y es verdad que los médicos dijeron que el cuerpo de Errol Flynn, más que el de un hombre de cincuenta, parecía el de un anciano de setenta? —preguntó una joven *pubilla* mordiendo un canapé de *foie gras* con un brillo caníbal en los ojos.

—¡El vicio! ¡El vicio! —sentenció otra.

Pero Ana estaba segura de que en ese momento todas recordaban los muslos de Errol Flynn ceñidos por unas mallas y su expresión arrogante y burlona en *Robin Hood*.

Repentinamente la sonrisa de sor Marta desapareció y sus ojos empezaron a recorrer la estancia con la mirada nerviosa de un perro pastor al que se le ha extraviado una oveja.

Sin decir nada a nadie, dejó la copita de jerez sobre una mesita y salió del despacho. Ana siguió conversando con una de las señoras. Mientras tanto, Engracia pasaba de una invitada a la otra recogiendo alabanzas con una sonrisa enorme, como si hubiera absorbido la que había perdido la directora del centro.

A los pocos minutos se oyó la voz airada de una mujer, que enseguida reconoció como la de sor Marta, y una voz no menos airada de hombre, que también reconoció enseguida, era Lawrence.

—¿Quién le ha dado a usted permiso? ¿Qué hacía usted ahí?

Ana salió corriendo del despacho. Delante de la puerta de entrada vio a sor Marta moviendo las mangas del hábito hacia arriba y hacia abajo, un ave oscura, furiosa, enfrentada a Lawrence, quien apartaba con cuidado su cámara ante el aleteo furioso de la monja.

—A ver, hermana, estoy haciendo un reportaje.

—¿Qué buscaba en esas dependencias del colegio?

El rostro de Lawrence mostraba sorpresa e indignación.

—¿Qué se supone que tengo que buscar? ¡Una buena foto!

—¡No me hable usted en ese tono!

—Pues deje usted de gritar.

Engracia y las otras mujeres también habían salido al pasillo.

—¿Qué pasa aquí?

Sor Marta se volvió hacia ellas mientras con la mano izquierda apuntaba hacia Lawrence acusadora.

—He encontrado a este, el fotógrafo extranjero, merodeando por el ala cerrada del colegio. Y haciendo fotos.

—Solo era un estudio con una muchacha de pelo rojo...

Ana se giró con expresión interrogante hacia Aurora, que estaba justo detrás de ella.

Aurora desvió la mirada. En ese momento, Engracia se separó del grupo y se encaró a Lawrence hecha una furia.

—¡Pero cómo se atreve! ¿Con qué motivo estaba usted haciendo fotos por ahí?

Ana escuchó a su espalda el rumor de las voces de las señoras del patronato y, sin siquiera prestar atención a sus palabras, sintió una cólera incontenible que le subía garganta arriba. Avanzó rabiosa hacia Engracia y se le encaró:

—¿Con qué motivo? ¿Se pregunta usted con qué motivo? Sus motivos son muy claros y simples: captar imágenes para un reportaje que ustedes mismas han encargado. ¿Con qué motivo? También es algo muy claro y simple: alabar su vanidad. Porque de eso se trata, ¿no? —Percibió un respingo colectivo a su espalda.

—¿Cómo se atreve?

Ana no respondió a Engracia, se volvió hacia el grupo de mujeres:

—No se preocupen, quedará un bonito artículo. Con excelentes fotos.

Entró en el despacho de sor Marta para recoger su bolso. Ignoró las palabras conciliadoras de otra de las monjas, las miradas burlonas, censuradoras, sorprendidas de las señoras del patronato, el desconcierto de Aurora. Se colgó el bolso al hombro, pasó de largo ante Engracia y le hizo una seña a Lawrence para que la siguiera.

—Buenas tardes, señoras. —La palabra «señoras» salió biliosa de su boca, como un insulto.

El patio estaba desierto. Los niños habían vuelto a las dependencias interiores.

Un olor dulce la recibió al abrir la portezuela del coche; había olvidado las manzanas para los niños en el asiento trasero. Tensó la mandíbula al verlas; de buena gana las hubiera lanzado contra el muro que rodeaba el internado, pero se limitó a dar un bufido y se sentó frente al volante. Lawrence entendió que era mejor no decir nada al respecto. Empezaba a oscurecer. La concentración que exigía hacer el camino con poca luz les dio a ambos la excusa para permanecer en silencio.

Lo rompieron a la vez cuando avistaron las luces del pueblo.

—Ana, lo siento. No pensé hacer nada... Es que me gustó la imagen de esa muchacha mirando justamente por la única ventana bonita que hay en todo el edificio.

—¡Esas estúpidas cretinas! —Dio un golpe con la mano al volante—. ¡No tienes por qué disculparte!

—Si me lo dices así... —bromeó él.

El comentario de Lawrence le arrancó media sonrisa.

Una liebre cruzó la carretera. Se detuvo a pocos metros del coche y los faros hicieron brillar sus ojos asustados, pero antes de que Ana tuviera que frenar, el animal sacudió la cabeza y desapareció dando dos largos saltos en la maleza oscura.

—¿Qué se habrán creído? Y ahora seguro que vendrán con quejas.

—No te preocupes, no tengas miedo de esas brujas.

Ana no tenía miedo. No a eso. Ni a la oscuridad ni a los perros. Al dolor le tenía un miedo razonable. A las arañas, atávico. No, no eran esos sus miedos. Su temor era tener que reconocer un día que todo había sido un gran error. El goteo incesante de críticas, las voces que le insistían en que el periodismo, la profesión, la ambición no eran propios de una mujer, en que su lugar debería haber estado cuidando de un hombre y de unos hijos —sobre todo de unos hijos—, nada de eso había logrado pudrir las raíces con las que se alimentaba su convicción. Ni siquiera cuando todo se presentaba muy difícil, cuando los casos que seguía eran demasiado sórdidos, la censura demasiado asfixiante, sus jefes demasiado exigentes o demasiado condescendientes. Sin embargo, cuando tenía trabajos como ese, una voz insidiosa la obligaba a preguntarse si todo lo que hacía y anhelaba no era estéril.

—No te preocupes, no me dan miedo. ¿Qué me pueden hacer? Lo que no entiendo es por qué se han alterado tanto.

¿Era tal vez Jacinta la muchacha que había visto Lawrence? ¿Por qué le había mentido Aurora diciendo que estaba en el pueblo? ¿Qué más daba si estaba allí o en el internado? ¿Por qué sor Marta había reaccionado con tanta virulencia? Esas preguntas la acompañaron el resto del camino.

13

El primero fue el gordo Barreiro. Desde la calle, Isidro y sus hombres vieron que se encontraba en casa. El sereno, que estaba avisado, les abrió el portal en la calle Santa Ana pasada la medianoche y subieron a pie hasta el último piso, un quinto.

—No sé cómo sube y baja esto todos los días con lo gordo que está —dijo el agente que encabezaba el grupo.

—Y encima cojo —añadió el cuarto y último.

Isidro, que iba el segundo, les chistó para que se callaran. A medida que ascendían, se oía con mayor claridad la música. Música clásica. Música para piano. Venía precisamente de la vivienda de Barreiro. Isidro no entendía de música, pero en los segundos durante los cuales él y sus hombres permanecieron en silencio delante de la puerta recuperando el resuello, percibió que era algo bello. Cuando Barreiro opuso resistencia, dejó que fueran dos de los agentes los que lo quebraran con un par de golpes bien dados. Antes de marcharse, levantó la aguja del tocadiscos para que no se rayara.

Las protestas de Barreiro sacaron a varios vecinos curiosos a los rellanos. Isidro los metió enseguida en sus pisos con un lacónico:

—Brigada de Investigación Criminal.

El segundo fue Josep Vendrell. Vivía en realidad muy cerca de la Jefatura de Policía, en un primer piso en la calle de la Princesa, al otro lado de la Vía Layetana. La escalera era tan estrecha que los policías tuvieron que subir de uno en uno, de puntillas y a oscuras para no alertarlo. Una precaución innecesaria. Entraron en la vivienda tras abrir la puerta con una ganzúa. Lo encontraron dormido en la cama abrazado a Paca.

Uno de los agentes encendió la luz. Vendrell y Paca se incorporaron en la cama.

—¿Cómo? ¡A esta hora y ya dormidito! Poco trabajo te ha dado, Paca.

La prostituta se tapó hasta el cuello con la colcha y se encogió de hombros. Vendrell, en cambio, se levantó de un salto y trató de abrir la ventana para huir, el instinto podía más que el sentido común. Dos de los agentes lo agarraron antes incluso de que tuviera tiempo de asomar la cabeza al exterior.

—¡Soltadme! ¡He dicho que me soltéis! ¡Soltadme! ¡Me vais a soñar, hijos de puta!

El cuerpo fibroso de Vendrell se agitaba tirando de las extremidades con tanta fuerza que los agentes a duras penas podían más que agarrarlo.

—Soltadlo —ordenó Isidro, pero los agentes estaban demasiado ocupados tratando de sujetarlo—. ¡He dicho que lo soltéis!

La voz cortó la acalorada pelea como un cuchillo de hielo. Los policías desasieron a Vendrell, quien se quedó súbitamente quieto, casi en posición de firmes al lado de la cama.

Isidro se acercó a los tres hombres con la mirada clavada en Vendrell. Hipnotizado por los ojos entrecerrados del inspector, no percibió que los agentes se hacían a un lado. Lo que notó fueron dos golpes, el puñetazo que le propinó Isidro en el mentón y el cabezazo contra la pared al caer hacia atrás en la cama. Paca, precavida y experimentada, ya se había levantado y observaba la escena desde una esquina envuelta en la colcha floreada. En una coreografía rutinaria, los dos agentes levantaron a Vendrell aturdido de la cama y lo sacaron a rastras del cuarto. Isidro se dirigió a la mujer:

—Prepárale una muda de ropa para que no se pase el fin de semana en calzoncillos.

Salió. Los agentes aprovecharon la estrechez de la escalera para darle algunos puñetazos en las costillas antes de llegar a la calle y tirarlo en el interior del coche.

Paca bajó poco después completamente vestida y le entregó el fardo de ropa a Isidro.

—¿Cómo se dice? El momento equivocado en el lugar equivocado, ¿no?

—Si es por eso, no te amargues —le respondió dándole una palmadita en el hombro—. Habríamos ido a tu casa. Estabas en la lista. Nos has ahorrado un viaje. —Le abrió la puerta del coche policial—. Tendrás compañía en la celda, tu amiguita la Mallorquina.

Dio un golpe en el techo del coche y este arrancó con su carga.

Ya había avisado a su mujer de que después de cenar tenía que marcharse otra vez. Al volver a casa de madrugada, Araceli salió a recibirlo soñolienta.

—¿Todo bien? —Lo palpó como hacía con los niños cuando estaban enfermos.

Le gustó.

—Deja, mujer. Anda, vuélvete a la cama. Yo voy enseguida.

Araceli lo ayudó a quitarse la gabardina, la colgó en el perchero de la entrada y después arrastró las zapatillas de nuevo hasta el dormitorio.

Isidro se quedó un momento de pie en el comedor. En el frutero de cristal que les habían regalado unos parientes para su boda distinguió las formas abombadas de unas manzanas, que imaginó rojas. Cada día Araceli obligaba a sus hombres a comer una pieza de fruta. Él y los chicos obedecían.

Se acercó sigiloso al dormitorio de sus hijos. Abrió la puerta sin hacer ruido y, con todo, oyó el respingo de Daniel, que tenía el sueño ligero. Enseguida notó que faltaba la respiración profunda de Cristóbal. Entró y entornó la puerta a su espalda.

—¿Dónde está tu hermano? —dijo en un susurro.

El chico trató de fingirse dormido.

—Daniel, ¿dónde está tu hermano?

—No lo sé, padre.

También sus hijos temían sus silencios. Daniel se incorporó.

—De verdad que no lo sé, padre. Se marchó después de que usted se fuera.

Se acercó a su hijo. La vista, acostumbrada ya a la oscuridad, percibió que Daniel se encogía. Isidro le pasó la mano por la cabellera de pelo fino como el de su madre.

—Está bien. Descansa, hijo.

Él no lo haría hasta que Cristóbal volviera a casa.

14

Frente a frente, separados por el escritorio, Ana y Muñárriz tenían los ojos clavados en las holandesas mecanografiadas tiradas sobre la mesa como un pájaro recién abatido.

Ambos se miraron a la vez.

—¿Me vas a saltar al cuello? —le preguntó el redactor jefe de *Mujer Actual*.

—Ni eso te mereces.

—Eres injusta, Aneta. —La queja apenada de Muñárriz vino acompañada de una mirada de reojo al teléfono blanco.

Furiosa, habría arrancado de cuajo el cable y habría destrozado el auricular blanco contra el canto del escritorio para dejarlo a merced del teléfono negro del que imaginaba que había salido la voz córvida que le había dado la orden.

—Ha sido doña Engracia Gómez de Urquiza, ¿verdad? —Pronunció cada sílaba del nombre con desprecio.

—Ana... no debo... la Congregación...

—Ha sido ella, dímelo.

Muñárriz recorrió con los ojos la pared de la izquierda, recubierta de fotos dedicadas de famosos del cine y de la música, buscando el modo de recobrar el aplomo.

—Las señoras de la Congregación no quedaron precisamente muy complacidas con tu salida de tono el pasado viernes, Aneta.

—Pero ha sido la enajenada de la Gómez de Urquiza, ¿no?
—¿Qué más te da?
—Eso significa que sí.

Muñárriz suspiró enervado y dejó caer los hombros, pero no dijo nada. Ana entendió que no se lo iba a decir.

—Entonces, ¿no se publicará nada sobre la Congregación?
—De momento no.

El bolso que había dejado sobre la silla contigua cayó al suelo con un sonido sordo, recordándole que en su interior el monedero tenía el estómago vacío. Ana lo recogió.

—¿Tienes alguna otra cosa para mí? Contaba con este encargo para redondear el mes.

La expresión doliente de Muñárriz no le gustó en absoluto.

—¿Qué pasa, Joaquín?
—Es que me temo que tendré que dejarte unos días, un tiempo en... en cuarentena. No me preguntes más, creo que ya me entiendes.

Por supuesto que le entendía y por supuesto que iba a preguntar más:

—¿Por qué?

Y Muñárriz, por la razón que fuera, sí que estaba dispuesto a explicárselo. Lo soltó de un solo golpe de aire:

—En nombre de la Congregación me han pedido que te eche de la revista. —Muñárriz inspiró profundamente antes de seguir—. Las señoras se niegan a hablar contigo. Ni entrevistas ni eventos.

Ana necesitó unos segundos para asimilar la noticia con la vista clavada en el teléfono negro. La siguiente frase de Muñárriz no la sorprendió, si bien le extrañó que enumerara todos los detalles de ese castigo como un juez inclemente, pues no iba con su forma de ser.

—Tampoco a sus amigas.

«Sus amigas» significaba una buena parte de la alta sociedad barcelonesa. No toda, pues tras años en la profesión, ella también tenía sus incondicionales dentro de esos círculos, señoras que le abrían las puertas de sus mansiones deseosas de ser entrevistadas por ella. Sin embargo, por la experiencia familiar sabía demasiado bien lo fácil que era caer en desgracia. La enemistad de Engracia era un peligro para su trabajo como reportera de sociedad. Las asas del bolso yacían desfallecidas sobre el asiento.

—Pero... —la sonrisa de Muñárriz anunciaba la explicación a la aparente indiferencia con que le había transmitido el juicio—, las he convencido de no hacerlo. —Hizo una pausa para ensanchar aún más la sonrisa—. Les he dicho que, en tus circunstancias, no sería cristiano echarte.

—¿Cómo? ¿De qué estás hablando? ¿Cuáles son mis circunstancias?

Muñárriz tartamudeó ligeramente al responder:

—Una mujer sola, que viene de una familia que ha sido depurada, que tiene que ganarse la vida...

—O sea, si lo estoy entendiendo bien, les has dicho que mi trabajo aquí es una especie de obra de caridad. ¿Es eso?

Muñárriz, igual que Ana, se echó hacia delante en el asiento.

—Sí, ¿y qué?

—¿Es que no te das cuenta de que con ello has tirado por la borda todos mis años de trabajo?

Por primera vez Muñárriz levantó también la voz:

—¿No crees que lo hiciste tú en el momento en que perdiste los papeles delante de esas mujeres?

—¡Pero cómo puedes compararlo! Una cosa es que me enfrentara a ellas, tuviera o no razón, aunque la tenía; otra cosa muy diferente es descalificar mi trabajo haciéndolo pasar por una obra caritativa hacia una pobre desgraciada. ¿Es así como me ves?

—Aneta, solo quería ayudarte...

Y aunque Muñárriz había agachado la cabeza al pronunciar esa última frase casi en un susurro, ella estaba demasiado furiosa para atender a sus palabras. Al borde de las lágrimas por la rabia, se levantó, tiró del bolso como de un perro díscolo y se dirigió a la puerta del despacho.

—¿Es ese todo el respeto que te merecemos tanto mi trabajo como yo?

Salió y cerró la puerta de un golpe seco.

La recepcionista de *Mujer Actual* dejó de teclear en la máquina de escribir y se quedó con los dedos en el aire.

—Señorita Martí —dijo, como si tuviera que asegurarse de la identidad de la mujer que pasó de largo furiosa.

Ana abandonó la redacción de la revista sin despedirse, pero también sin dar un portazo.

15

Había hecho subir de los calabozos a los cuatro detenidos. Pasarían de uno en uno a su despacho; procuró, sin embargo, que se vieran en el pasillo y que, como mucho, pudieran intercambiar miradas o algún movimiento de cabeza. Tenían prohibido hablar y si trataban de comunicarse con gestos de la mano, los guardias que los escoltaban los sujetaban y los obligaban a dejarlas a la vista sobre los muslos.

—Si alguno se mueve demasiado, lo esposáis. Y al que se empeñe en abrir el pico lo metéis otra vez en el calabozo —dijo Isidro desde la puerta, mirando al grupo apretujado en los bancos de madera.

Dos días en un calabozo de la Jefatura Superior de Policía no pasan sin consecuencias. A los presos no les pusieron ni un dedo encima, simplemente los mantuvieron encerrados a solas, les dieron de comer y de beber y dejaron que oyeran los gritos que venían de otras celdas. Algunos de los presos políticos gritaban incluso cuando no les pegaban.

Dos días de calabozo dejaban huella. Sin embargo, el aspecto de los dos hombres que Isidro había encerrado el viernes por la noche no podía ser más diferente.

Barreiro se había reblandecido, como si toda la grasa que llenaba e hinchaba las cavidades de su cuerpo se hubiera licuado. Vendrell, en cambio, se había endurecido; solo una marca de color azul oscuro en la mejilla derecha recordaba los golpes recibidos durante la detención.

Dos días sin hablar con nadie. Ahora lo harían con él. No habría careos. Cuando necesitaba contrastar alguna declaración, sacaba a uno y pedía que metieran a otro. Entraban y salían constantemente del despacho. Cada vez que abría la puerta para cambiar de persona, las miradas convergían primero en el interrogado y después en él, expectantes, deseando que no les volviera a tocar.

Cuatro personas a las que tenía que repetir las mismas preguntas, si bien ante las mujeres era Sevilla quien llevaba la voz cantante. Cuatro veces las mismas preguntas, en ocasiones las respuestas coincidían:

—Claro que conocía a Antonio, el latino. —Barreiro metía su cabezota entre los hombros—. Muchos lo conocíamos.

—Ya le dije que sí el otro día. ¿No me tendrá aquí solo para que me repita? —Vendrell hablaba tirado sobre la silla.

—Siéntate recto. —Isidro le dio una colleja como si fuera uno de sus hijos.

—Sí, lo conocía —se limitó a decir Paca, despeinada y ojerosa.

—Muy buen mozo —respondió la Mallorquina—. Tenía lo que hay que tener y sabía cómo complacer a las mujeres. Eso no lo saben todos. —Lanzó una mirada desafiante y burlona a Sevilla.

Isidro vio que su subordinado cerraba los puños y lo frenó con un gesto seco de la mano.

—Lo que tengas tú que aclarar con esta señorita lo haces después. Ahora estamos trabajando.

—¿No me irá usted a dejar a solas con él? —La Mallorquina le dirigió una mirada suplicante—. No sabe usted lo que...

—Ni quiero saberlo —la interrumpió Isidro—. Pero si colabora usted, dentro de un rato podrá marcharse a su casa si quiere, señorita Canals.

Tal vez fuera la promesa de no dejarla a solas con Sevilla, tal vez lo poco frecuente que debía de ser para ella que la llamaran por su apellido, pero Dolores Canals, alias Loli la Mallorquina, respondió con docilidad a todas sus preguntas. Confirmó aquello en lo que los otros tres también coincidían:

—Fue una pelea, una pelea más, como tantas —había explicado Barreiro. El fin de semana en la celda lo había envuelto, además, en un agrio hedor a sudor. Isidro abrió la ventana a pesar del aire frío que entraba.

—Cuando van borrachos se pelean por cualquier cosa. —Paca había sonado hastiada. Eran ya muchos años de americanos en Barcelona y muchas peleas las que habría visto.

—Por más marineros que sean, algunos no saben pelear. —Vendrell hablaba con suficiencia—. Cualquiera con un poco de conocimiento entiende que, si en una pelea pegas el primero y bien, después ya no hay pelea. Normalmente la gente cae al primer golpe. Todo boxeador sabe que tan importante como saber pegar es saber encajar.

Isidro conocía bien el pasado pugilístico de Josep Vendrell, también lo que se rumoreaba que había hecho en las checas, y que se sospechaba que estaba detrás del asesinato de un compañero de la Social, por venganza. Algún día se lo haría pagar. Pero todo eso no era lo que le interesaba en ese momento, sino la respuesta a la pregunta:

—¿Qué hizo Antonio Vázquez esa noche?

—Lo mismo que los demás, beber, tontear con las chicas y pelearse —había respondido Vendrell.

—¿Con quién lo viste?

—Inspector, ya es mucho que recuerde que lo viera. ¿Cómo quiere que recuerde tanto?

—Haz un esfuerzo, Vendrell. —Isidro lo dijo mirando a un lado, como si quisiera dejarlo pensar tranquilamente.

—Ya me esfuerzo, no se crea... pero es que no. Supongo que con sus compañeros, los marineros blancos.

—¿Alguna de las chicas?

—No me fijé. Andaban todos catando como bobos. Ya sabe, que si esta, que si mejor la otra...

—¿Con quién lo viste? —le preguntó a Barreiro.

—Supongo que con los demás. —Se encogió de hombros.

—¿Por qué dices que lo supones?

—Porque verlo, lo que se dice verlo, no lo vi. Y cuando encontraron el fiambre yo ya me había ido a mi casa. ¿Podría cerrar la ventana? Es que hace mucho frío aquí.

—No.

Paca había respondido a las preguntas con los ojos turbios por la falta de sueño.

—En la celda no he pegado ojo. Creo que lo vi.

—Entonces, ¿en qué quedamos? ¿Lo viste o no? El viernes decías que sí. —Sevilla ocupaba la silla de Isidro, quien miraba con indiferencia por la ventana dándoles la espalda.

—Es que creo que lo vi. Aunque igual fue otro día. No lo sé... Me encuentro mal. ¿Cuándo podré irme a mi casa?

—Cuando me digas si lo viste o no.

—Sí, sí que lo vi —respondió con voz cansina.

Isidro se volvió y empezó a liar un cigarrillo con parsimonia mientras la miraba con una sonrisa torcida.

—Bueno, no. La verdad es que no.

Con movimientos ralentizados, Isidro palpó la mesa. Paca se echó hacia atrás en la silla. Él se golpeó los bolsillos de los pantalones, se acercó después a la gabardina que colgaba de un perchero. Allí encontró el encendedor. Paca no lo perdía de vista.

—No, no lo vi —se apresuró a decir cuando Isidro se le acercó con el cigarrillo apretado entre los labios.

—¿Por qué nos dijiste entonces que sí?

—Es que me pareció...

—¿Te lo pareció o te dijeron que nos contaras este cuento?

Paca tardó demasiado en responder.

—Me pareció.

—Anda, vete, vete al pasillo antes de que tenga que cruzarte la cara. —La levantó de un tirón y la arrastró hasta la puerta—. Que pase la otra.

—Era un grupo bastante grande —explicó la Mallorquina— y, si quieren que les diga la verdad...

—Eso esperamos que estés haciendo todo el rato, monina —interrumpió Sevilla.

La muchacha se estremeció y dirigió una mirada suplicante a Isidro, quien en su rol de protector puso la mano derecha sobre el hombro de su subordinado, sentado de nuevo en su lugar, como si tuviera que contenerlo.

—Siga, señorita Canals, siga.

—Si quieren que les diga la verdad, yo creo que algunos de ellos habían tomado algo más que alcohol. Estaban muy revolucionados.

—¿Drogas?

Loli Canals bajó la voz conspirativamente. Isidro apoyó las manos en la mesa para acercar su cara a la de la mujer. No lo conmovieron sus grandes ojos de color castaño claro, ni la expresión de niña asustada, ni el temblor en los labios de una boca pequeña, de muñeca. Era una puta y una fuente de información, a la que hablaba con suavidad y casi en tono cómplice para sonsacarla.

—¿Las trajo Barreiro?

—No, señor inspector. Las traen ellos.

—Ellos son muchos. ¿Quién?

—No lo sé, inspector. Algunos tienen, otros no. Pero tampoco me fijo tanto y cuando están aquí, como son pocos días y hay que aprovecharlos, pues... —Los miró con desconfianza.

—¿Qué pasa?

—Que, si les digo lo que hago, me van a detener de verdad, ¿no?

—Mire. —Isidro adelantó el cuerpo, ignoró que ella reaccionó echándose hacia atrás, y le explicó en un tono casi paternal—: Si hubiésemos querido detenerla por ejercer la prostitución, ya lo hubiésemos hecho. Pero es que no nos interesa, es una minucia. Lo que queremos saber es lo de los americanos. Así que siga.

Ella se reacomodó en la silla, con la espalda muy firme contra el respaldo. Esta vez fue Isidro quien la imitó y tomó asiento al lado de Sevilla. Las lumbares se lo agradecieron.

—Lo que les estaba contando es que, como son pocos días, hay que sacarles partido y hacemos muchos... muchos servicios cada jornada. A veces más de veinte. Entonces es normal que no te fijes mucho. Al final te parecen todos iguales.

—Pero a Antonio algunas lo conocían.

—Bueno, es que hablaba español. Eso ayuda mucho.

—¿Y él vendía drogas?

—Diría que no, pero es que solo le hice un servicio. Una vez.

—¿Me está diciendo la verdad? No me obligue a dejarla a solas con mi compañero.

—Se lo juro. —Hizo una señal de la cruz y se besó las puntas de los dedos—. No sé de dónde las sacan, pero son muy viciosos.

—¿Qué tipo de drogas?

—Cocaco... Cocaína.

Preguntaron a los otros tres. Paca afirmó no haber notado nada particular. A Barreiro lo apretaron por si acaso había sido él el proveedor. Tenía fama de comerciar con todo lo que se pudiera comprar y vender en esa ciudad, menos con personas; ese era el negocio de Vendrell, quien apuntó incluso una teoría sobre las razones de la pelea:

—Pues igual por eso, Antonio comerciaría con algo más que con cigarrillos... Quizá alguno de sus clientes no tenía con qué pagarle, o tal vez el cliente era él.

Isidro recordaba que le habían dicho anteriormente que la pelea había comenzado por algún problema relacionado con las mujeres.

—El otro día estabais muy empeñados en que había sido un lío de faldas. ¿En qué quedamos?

En nada, porque en ese momento se abrió la puerta del despacho de Isidro y entró un agente acompañando a un hombre bien trajeado.

—¿Inspector Castro? Vengo de parte del bufete Montoliu y Segarra. —Se acercó a ellos, se plantó muy firme y le entregó un papel—. Esta es la orden que mis mandantes han logrado del fiscal para que liberen al señor José Vendrell. Inmediatamente.

Incrédulo, Isidro tuvo que leer el papel dos veces, no para entenderlo, sino para aceptarlo. Al levantar la vista para mirar a Vendrell, se encontró de cara con su sonrisa sardónica.

—Parece que tienes amigos muy arriba ahora. Pues nada, con tu pan te lo comas. —Se dirigió después al agente—: Joven, haga el favor de sacar esta basura de mi despacho.

En cuanto Vendrell hubo salido, Sevilla le preguntó:

—¿Qué hacemos con los otros tres, jefe?

—Suelta también a las chicas y tráeme al gordo.

Barreiro entró visiblemente confuso ante la liberación de los otros tres.

—Bien, ya se está separando la paja del trigo —le dijo Isidro—. ¿De dónde la sacas?

—¿De dónde saco lo qué?

Isidro le dio dos bofetadas. No demasiado fuertes, lo suficiente para que hicieran vibrar los cachetes.

—Una por el «lo qué»; la otra para que veas que no tengo ganas de perder mucho tiempo.

—¿De dónde saco qué?

La corrección no le ahorró llevarse dos bofetadas otra vez. Más fuertes.

—¡La cocaína, tarugo!

Barreiro se llevó las manos a la cara para frotarse las mejillas enrojecidas, tal vez para protegerlas. Miró a Isidro, miró a Sevilla, ambos lo observaban con prepotencia, como si realmente supieran algo.

—¡Ha sido el Kubala! Ha sido él el chivato, ¿verdad?

Isidro asintió con fingida desgana.

—¡Pues se va a enterar! —Con gran esfuerzo, Barreiro levantó su corpachón de la silla y empezó a mover los brazos a los lados. Sevilla lo sentó de nuevo presionando sobre el hombro derecho. Barreiro siguió gritando—: Si se cree que esto me lo voy a comer solito, va listo el nene. Porque él, señor inspector, él también está en el negocio.

Lo que siguió fue una breve y densa confesión en la que les reveló sus negocios de falsos relojes de oro para los americanos, y para el «público local» cuando los americanos alzaban el ancla, «porque siempre quedan restos». Barreiro los conseguía, Kubala los vendía.

—¿Y las drogas? —preguntó Isidro.

—¿Qué drogas? Pensaba que lo decía en broma, que era ironía.

—La ironía es un lujo para la gente bien, gordo. Cuando hago una pregunta, quiero una respuesta.

Barreiro trató de protegerse con los brazos, pero no llegó a detener la tercera tanda de bofetadas. No obtuvieron de todos modos respuesta. Tampoco cuando insistieron.

—Pero ya les he dicho antes que yo no...

Cuando se cansó de la voz plañidera de Barreiro, lo mandó de nuevo a la celda y envió a dos agentes a buscar y detener al Kubala.

—Hemos salido a pescar chipirones y volvemos con sardinas —le dijo a Sevilla.

Se asomó a la ventana. En ese momento salían Paca y la

Mallorquina, que se alejaron raudas y algo tambaleantes cogidas del brazo Vía Layetana abajo.

No. La pesca no había sido tan mala en realidad. Entre toda la morralla asomaban las declaraciones de la Mallorquina. Drogas. No solo consumo. También tráfico. Palabras mayores. Por fin tenía la impresión de que había una dirección en la que moverse.

—La sardinas también son un buen pescado —dijo, siguiendo las espaldas de las dos mujeres con la vista.

—Y que lo diga, jefe.

16

Los pies se le habían ido solos.

Con paso firme, haciendo que el taconeo de sus botines marcara el compás de su enfado, al salir de la redacción de *Mujer Actual* bajó por la Vía Augusta hasta la rambla de Cataluña, pasó de largo por delante de su casa y siguió caminando. En la esquina con la calle Mallorca se detuvo un momento y, con los brazos en jarra, dirigió una mirada hostil al tramo de calle que le quedaba. «Parezco uno de los pistoleros de las novelas de mi padre». Sonreír no rebajó su furia. La imagen, aunque ridícula, la ayudó a encontrar las primeras palabras con que expresar lo que quería: explicaciones. Era la heroína de la historia buscando reparación a un ultraje. ¿Quiénes se creían que eran esa horda de beatorras? Eran las señoras de... Poderosas y ociosas. «Pueden dedicar su tiempo y su energía a destruirte». En las novelas de su padre al chico lo acompañaba con frecuencia un personaje maduro y razonador, la voz del sentido común, que trataba de evitar el duelo del héroe, casi siempre solo, contra la banda de forajidos. Esa era la voz que le decía ahora que se estaba buscando más problemas, que no se dejara arrastrar por la rabia, que Muñárriz le había salvado el trabajo. «No busco problemas», decía su voz de protagonista, «voy a hablar con Aurora Peiró, que me parece una persona mucho más razonable y sensata que todas las otras». Quería hablar de lo sucedido en el internado. Había visto el modo en que la trataba Engracia y se podía imaginar que Aurora la comprendería. Más que la pérdida del reportaje sobre el internado, del que Aurora tampoco parecía demasiado convencida, lamentaba la impresión que había dejado, su falta de profesionalidad.

El enfado que la arrastraba ya no solo tenía la fea cara de Engracia, sino que empezaba a reflejar también su propia cara. Engracia no era ni más prepotente ni más insufrible que otras personas con las que le tocaba trabajar. Su arrogancia era muy común, era la de la misionera harta de la estolidez, de la escasa predisposición de aquellos a los que pretende convertir a la verdad absoluta de la que se siente dueña. En eso no era la única, si bien tal vez la peor. Y, aun así, se dijo, tenía que haber sabido reaccionar.

«En sus circunstancias, no sería cristiano echarla». Las palabras que le imaginaba a Joaquín Muñárriz seguían sonando en su cabeza, pero más lejanas; reconocer su propio error les había puesto sordina. Evocaba paso a paso lo sucedido en el internado y, mientras el enfado tenía que contentarse con la inercia de sus pasos, su mente trataba de ir más al fondo, a las razones de la reacción desmesurada de sor Marta y de Engracia.

Llegó a la puerta del taller Aurora Boreal. Las máquinas de coser tableteaban en el interior. Tomó impulso y tiró de la manilla hacia abajo a la vez que empujaba la puerta.

La manilla bajó obediente, pero la puerta se negó a abrirse. Volvió a empujar. Estaba cerrada con llave. Una voz gritó desde el interior.

—¡Un momento!

Dio un paso atrás para separarse del cristal. Una mano apartó el visillo que cubría la puerta. Era María Jesús. La otra mano, que estaba a punto de girar la llave para abrir, se levantó en el aire y se movió en el mismo gesto de negación que la cabeza de la costurera.

—Ábrame. Tengo que hablar con la señora Aurora.

Las máquinas se habían detenido.

—No puedo —le respondió. Después se volvió hacia el interior. Alguien le había preguntado quién estaba en la puerta—: Es la señorita Martí.

No llegó a entender qué le decían, pero, por lo visto, que no abriera. María Jesús compuso un gesto de disculpa y dejó caer el visillo.

Ana golpeó el cristal con los nudillos. Varias veces. Dos transeúntes la miraron con curiosidad, tal vez pensando que la vehemencia de sus golpes derivaba de alguna reclamación. Pasaron de largo. Ella siguió golpeando.

—Señora Peiró, abra. Tengo que hablar con usted. —El aire fresco y el camino la habían apaciguado un poco. La puerta cerrada y la negativa de la muchacha reavivaron el enojo.

Una voz le llegó desde muy cerca, pegada a la puerta. Era Mila.

—Doña Aurora no está. Y no nos está permitido abrir la puerta.

—Pero ¿por qué?

—Váyase.

—Pero...

—¡Déjenos en paz!

—Dígale a la señora Peiró que quiero saber qué pasó en el internado —respondió ella enfadada—. Que no pienso dejar las cosas así, que volveré.

Mila corrió unos centímetros los visillos. Le dirigió una mirada suplicante:

—No vuelva más. Déjenos en paz.

—Quiero hablar con doña Aurora —insistió Ana, si bien más moderada por el tono de la muchacha.

—Váyase, váyase, váyase... —La voz al otro lado del cristal estaba al borde del llanto.
Se dio por vencida. Se marchó.
—Pero dígale que volveré.

17

Ana dio un salto en la cama. Un susurro en la habitación la había sacado del sueño. Se volvió a la derecha, la débil luz de luna que entraba por la ventana otorgaba un resplandor casi fosforescente al largo camisón blanco delante del cual se agitaban unas manos nerviosas. Durante un par de segundos se creyó fuera de Barcelona, lejos de su casa, en la fonda de un pueblo remoto donde había estado tres años atrás.

—Señorita Ana.

—¿Qué pasa, Luisa?

—La reclaman al teléfono. —Luisa, brillante y borrosa a la vez como en una película de cine mudo, señaló hacia la puerta urgiéndola a levantarse.

Ana se incorporó. Miró el despertador sobre la mesilla. No eran todavía las cinco de la mañana.

—¿Quién es? —Las llamadas intempestivas solo significaban malas noticias y sus temores se disparaban siempre en la misma dirección, su familia.

—Uno de sus amigos de la policía. —Luisa pronunció las palabras con temor y rechazo.

Ana respiró hondo aliviada mientras echaba a un lado las mantas y el cobertor. Caminaban de puntillas.

—La señora Beatriz duerme. Estuvo trabajando hasta casi las dos.

Cogió el auricular. Esperaba la voz de Castro, pero era Sevilla.

—El inspector está también en camino. No tenemos mucho tiempo, por eso me ha pedido que la llame y la recoja.

—¿De qué se trata?

—Tenemos a un pajarito que canta en inglés y necesitamos que nos lo traduzca.

—¿A estas horas?

Sevilla vacilaba mientras Ana tiritaba de frío con el teléfono pegado a la oreja. Había salido sin zapatillas.

—Un americano. Nos gustaría interrogarlo sin avisar a las autoridades militares.

—Eso no es legal. —Se frotó la planta del pie izquierdo con la pantorrilla derecha para calentarlo; después cambió de pierna mientras esperaba la reacción del policía.

—No. —Pausa. Bostezo. Carraspeo—. ¿Nos ayuda?

—De acuerdo.

Dudaba que le pagaran ese servicio, pero Castro estaría en deuda con ella. Como mínimo dos exclusivas le iba a pedir.

—En diez minutos puedo pasar a buscarla.

—Lo estaré esperando ya en la calle.

Desde la cocina le llegó el sonido de Luisa preparando una cafetera.

—Se le ve a usted cansado —le dijo Ana a Sevilla al cerrar la portezuela del coche.

—Mucho trabajo nocturno, señorita. —Hizo una pausa al llegar al semáforo de la Gran Vía.

Aún faltaban dos horas para el amanecer. Trabajadores adormilados moteaban las aceras brillantes de humedad. Sevilla arrancó de nuevo.

—Trabajo de verdad. Trabajo trabajo. —Rio cansado para subrayar su comentario.

—No había pensado en otra cosa. ¿Por lo del americano?

—El jefe no quiere meter a muchos compañeros más en el asunto. Y nos toca hacer más horas que a un reloj.

El cansancio lo volvía parlanchín.

—Como no nos dejan hablar con los marineros, el jefe nos ha puesto a la caza. Si pillamos a alguno de los de la pelea, lo quiere en Jefatura con la excusa que sea. Y, mire cómo son las cosas, me tuvo todo el fin de semana detrás de los americanos y nada. Hoy me pone a seguir a otro y me topo con el americano.

—¿A quién seguía?

—A uno que también estaba en el Metropolitano, José Vendrell.

—¿Vendrell? ¿De qué me suena ese nombre?

—Es un macarrón del Chino. Uno más, pero al jefe le puso la mosca detrás de la oreja el hecho de que alguien «de arriba» se hubiera tomado la molestia de sacarlo del calabozo. Porque, vamos a ver, ¿desde cuándo se interesa un abogado de un bufete de lujo por un canalla como Vendrell? Así que me dijo que viera si lo pescaba en algo para poder encerrarlo otra vez. Y en vez de pescar chipirones hemos pescado sardinas.

El último comentario le hizo gracia. José Vendrell el Sardina, sonaba a guitarrista o cantaor de flamenco. El nombre le sonaba a Ana vagamente. Eran muchos los que guardaba en la cabeza. En dos archivos separados, el de la gente fina de *Mujer Actual* y el de los delincuentes y víctimas de *El Caso.* A veces se mezclaban, pero el nombre de «un macarrón del Chino» tenía que aparecer en el segundo. José Vendrell. ¡Sí! Se había hablado de él hacía tal vez un año. Algo de unas chicas. Tenía que ser algo sobre lo que al final no les habían dejado escribir, de lo contrario lo recordaría más fácilmente. ¿Por qué se acordaba de los signos del zodiaco? ¡Géminis! Habían desmantelado a una banda que prostituía a gemelas.

Eso era. El nombre de Vendrell sonó como proveedor de chicas. Y chicos. Pero no se le pudo probar nada.

—¿Es el de los gemelos? —preguntó.

—Está usted bien informada.

—Es mi profesión también.

—Si me permite el comentario, no me parece ocupación para una señorita. Es demasiado feo.

No iba a discutir eso también con Sevilla. Se limitó a responder con un evasivo encogimiento de hombros.

El policía también prefirió seguir hablando de Vendrell:

—A este hay muchos que le tienen ganas. Se dice que estuvo en una de las checas de los rojos y que presume de ser un matacuras. A su hermano, Toni Vendrell, lo vieron jugando a fútbol con la cabeza de un cura en Horta. Los nuestros lo fusilaron, claro.

Sevilla la observaba de reojo con el regocijo cruel de los adultos al contar historias de miedo a los niños. Al notar que la historia la impresionaba pero no tanto como él esperaba, añadió:

—Juró venganza por él y por su viejo amigo Carlos Flix, al que también fusilaron.

—¿Flix?

—El boxeador. Se conoce que eran amigos del barrio, de Gracia.

Llegaban a la Jefatura.

Castro los esperaba delante de la puerta de su despacho, como si estuviera haciendo guardia.

Recordaba a Chuck Kingsley del interrogatorio en el portaviones. Era uno de los compañeros de camarote de Antonio Vázquez y parecía que habían sido buenos amigos.

Pero el hombre que se movía inquieto en la silla del despacho de Castro haciéndola crujir amedrentada tenía un aspecto muy diferente, mal afeitado y embutido en un traje gris oscuro no muy nuevo ni muy limpio. Llevaba la camisa desabotonada hasta la mitad del pecho, las roturas decían que más por haber luchado que por descuido. No parecía que la hubiera podido llevar nunca cerrada por completo: el cuello de Kingsley era tan ancho como su cabeza. La chaqueta era de su talla, pero no estaba hecha para sus brazos; cuando los tensaba los hilos de las costuras mordían la tela para no reventar.

Que el marinero no estaba muy conforme con su detención ya se lo había dicho Sevilla por el camino. Lo confirmaban los dos fornidos agentes que flanqueaban la puerta en el interior del despacho y que lo frenaron cuando se levantó de un salto al verla entrar junto a Castro y Sevilla y quiso acercársele.

—Señorita —dijo en español, después siguió en un inglés que a ella le costaba entender bien—: explíqueles a estos que no pueden retenerme aquí, que soy marino de la flota de los Estados Unidos.

Los policías lo sentaron de nuevo. Mientras ella se instalaba junto a Castro al otro lado del escritorio, tradujo sus palabras, si bien ya se imaginaba que el inspector no les iba a hacer el menor caso. Lo habían detenido de paisano y pensaban aprovechar el tiempo que les concedía el hecho de que el consulado estuviera cerrado. Tampoco tenían intención de atender a sus otras peticiones.

—Tengo mi ropa y mi identificación en el Cosmos. Allí me cambié. Vayan a buscarla y lo comprobarán.

—¿Y el escapulario? —le respondió con sorna Castro—. La chapita esa que todos los marinos americanos llevan colgando del cuello y se supone que no deben quitarse nunca.

—Dice que se la ha jugado y la ha perdido en una partida de cartas.

Una chapa de identificación era un trofeo muy apreciado. Haberla apostado iba a traerle muchos problemas a Kingsley si sus superiores llegaban a saberlo.

—Dice que le hicieron trampas, que está segurísimo de que estaban todos conchabados —traducía Ana—, y que por eso se peleó con ellos.
—Dígale que sin placa ni uniforme cualquiera se puede hacer pasar por marino.
—Dice que si no lo creen, que llamen a alguien de la Policía Militar para que lo identifique.
—Dígale que estamos en ello.
—¿Están en ello? —preguntó Ana.
Castro evitó la negación demasiado transparente.
—En algún momento lo haremos. Y mientras no lo echen de menos es nuestro.
—Dice, si no lo entiendo mal, que usted tendría que recordarlo del portaviones.
—Dígale que no me acuerdo muy bien, que en uniforme solo distingo entre blancos y negros.
—Dice que es el amigo de Anthony.
—Pregúntele, entonces, si sabe de dónde sacó su amigo el dinero para el anillo.
—Pregunta que qué anillo.
—Dígale que si deja de hacerse el desmemoriado igual también yo recupero la memoria y se podrá ir a dormir la mona a su barquito.
—Dice que entonces usted sabe que es un marino.
—Dígale que no nos gustan los listillos y pregúntele otra vez lo del anillo.
—Dice que Anthony quería comprar un anillo para su novia, que si se trata de ese anillo.
—Pregúntele qué sabe de la novia.
—Dice que es española y que Anthony se iba casar con ella, que la conocía de un viaje anterior y que estaba muy enamorado.
A duras penas podía seguir la velocidad con que Chuck Kingsley empezó a hablar, presa de una viveza y una exci-

tación que hacían aún más oscura su pronunciación. Era un discurso atropellado que, con todo, dibujó una historia de amor: un encuentro, un enamoramiento, una espera, cartas que quedaban sin respuesta porque la chica mantenía su relación en secreto, un reencuentro, planes de boda.

—Pregúntele el nombre de la chica.

—No lo sabe. Dice que Anthony era muy reservado.

—¿Tampoco le enseñó la típica foto de la novia?

—Una vez, una foto que se había hecho en la plaza de Cataluña, con las palomas. La llevaba siempre encima.

—No había ninguna foto entre las pertenencias que el muerto llevaba encima. —Castro se dirigió a Sevilla, que daba cabezadas acodado a los brazos de una silla en la que se había acomodado fuera de la vista del americano—. Habrá que pedir a los americanos que busquen esa foto entre los objetos que dejó en su camarote. Anota eso y vete a casa a dormir unas horas, Sevilla.

Sevilla se apresuró a apuntar las instrucciones en un bloc de notas. Se levantó y estiró su cuerpo larguirucho.

—Antes de que te vayas, Sevilla, mírale los ojos al muchacho este.

Sevilla se puso al lado de su jefe y ambos contemplaron al americano, que parpadeaba sin entender.

—Le ha dado al polvillo blanco, jefe.

—Me lo pareció, pero quería estar seguro.

—Puede estarlo.

Se despidió bostezando. La marcha del policía recordó a Kingsley que él quería hacer justamente lo mismo. Amagó el gesto de levantarse, pero lo detuvo la voz autoritaria de Castro:

—¡Quieto! —Sin dejar de mirarlo fijamente, le dijo a Ana—: Pregúntele cómo era la chica.

—Pequeña, morena. —Ana quedó a la espera del tercer adjetivo, pero no llegaba.

—Vaya, media Barcelona, incluso podría haber sido mi mujer —comentó Castro en un tono casi humorístico que Ana atribuyó al cansancio.
—Joven —añadió entonces Kingsley—. Muy joven.
—Pues no, no es mi mujer. ¿Y el dinero?
—Dice que qué dinero.
—Dígale que el dinero para comprar el anillo.
—Dice que qué anillo.
—Dígale que ya me está tocando lo que no suena. ¿Se puede traducir eso al inglés?
—Se puede traducir todo, inspector.
—Pues dígaselo y pregúntele también de dónde ha sacado lo que lo ha puesto tan animado.
—Dice que no sabe a qué se refiere.

Castro se echó hacia atrás con un gruñido largo, animal; las sombras de la barba que la urgencia no había permitido afeitar se oscurecieron. Debió de ser el cansancio o el haber sido arrancada del sueño en plena noche, pero a Ana le vinieron a la mente las historias que se contaban en Galicia sobre los lobisomes. Tal vez también hubiera algo parecido a los lobisomes en el lugar de los Estados Unidos del que procedía Kingsley, porque el gruñido sordo lo amedrentó, por más que chasqueara la lengua ante la consiguiente amenaza de Castro:

—Dígale a este muchacho que su cara empieza a recordarme a la de un estafador extranjero que andamos buscando hace varios meses y que me están entrando ganas de meterlo en una celda y dejarlo allí con un par de elementos que hemos pillado esta noche. Aunque tal vez pueda ayudarme a aclarar esta confusión si me demuestra que realmente es quien pretende ser, el compañero de camarote de Antonio Vázquez.

—Anthony —corrigió el marinero, y Ana supo que Castro ya lo tenía.

—Eso, hablemos de Anthony.

Y Chuck Kingsley habló de Anthony. De su buen carácter, de su deseo de hacer carrera en la Marina, de las horas estudiando en el camarote para obtener el título de telecomunicaciones, de su familia en Puerto Rico, de sus planes de boda... Ana traducía y percibía la creciente impaciencia de Castro. No era esa la historia que quería escuchar.

—Muy bonito, pobre muchacho. ¿Y las drogas?

—¿Qué drogas?

—Las que te han puesto los ojos tan bonitos. Traduzca, señorita, tradúzcaselo así.

Chuck ya tenía un bajón y el cansancio le pudo:

—No tomo drogas. Soy miembro de la Marina de los Estados Unidos. Mi número de identificación es 1, 2, 3, 4, 5, 6, 7, 8, 9. —Empezó a reír.

Ana tradujo la respuesta.

—1, 2, 3, 4, 5, 6, 7, 8, 9 —repetía cada vez más rápido—. ¡Y ahora hacia atrás! 9, 8, 7, 6, 5, 4, 3, 2, 1.

Cuando por fin se detuvo, Castro le preguntó:

—Muy gracioso. ¿Dónde compró las drogas?

—¿Qué drogas? —Kingsley tenía la mirada un poco ida—. No tomo drogas. Soy miembro de la Marina de los Estados Unidos...

Unos golpes en la puerta los interrumpieron. A un gesto de Castro, uno de los agentes la abrió. Un rostro cetrino picado de viruelas asomó por el hueco.

—Estás ahí, Castro. Estupendo. No sabía si te encontraría tan temprano, pero he pensado que te alegraría saber que Segura y yo hemos pillado al tipo de la estafa del falso nieto y que te gustaría echarle un vistazo, ya que era tu caso.

—¿Dónde lo tenéis, Rovira?

—En el despacho al fondo del pasillo.

Castro miró a Kingsley. La cabeza le colgaba hacia delante. Parecía haberse quedado traspuesto. Se levantó y se encaminó hacia la puerta.

—Solo ver qué cara tiene el desgraciado este. ¡Cuánto trabajo nos ha dado! —Antes de salir se volvió hacia Ana—. Regreso enseguida.

Dejó la puerta entornada, a cargo de los dos agentes.

Ana había seguido sus movimientos y los de su compañero. Al volver la mirada hacia el marinero americano, vio que seguía medio amodorrado pero la miraba con la cabeza ladeada. Un ojo medio cerrado pero fijo, al acecho. Se quedó quieta. Él empezó a murmurar algo con los labios flojos, a la vez que le dirigía lo que posiblemente pensara que era una sonrisa seductora y fruncía los labios en lo que quería ser un beso. Ana volvió la cara. Kingsley levantó un poco la cabeza y empezó a mascullar algo que ella no logró entender, frases de las que solo entresacaba la regular aparición de la palabra *baby*. Fingió revisar unas notas. El marinero alzó un poco más la voz. Seguía hablando entre dientes, pero esta vez sí que pudo entender algunos fragmentos sueltos. Era un discurso inconexo, del que entresacaba insultos a los policías y obscenidades dirigidas hacia ella entre otras palabras que no entendía y una risa que le subía desde el abdomen y hacía vibrar todo su cuerpo. No pudo evitar mirarlo de nuevo. Kingsley se pasó el índice por los labios mientras se echaba lentamente hacia delante. El escritorio de Castro que los separaba pareció estrecharse al mismo tiempo que aumentaba la distancia respecto a los dos agentes al lado de la puerta, cuyo tamaño sintió también menguar. Por otro lado, pensó, tal vez podría aprovechar el estado del hombre, cansado y a la vez sobreexcitado por el alcohol y las drogas. Le dirigió una mirada cómplice:

—A mí puedes decírmelo.

—¿Qué... quieres..., guapa?

El resto de las palabras le resbalaron de los labios flojos y por el gesto obsceno al señalarse la entrepierna, Ana entendió que hablaba de «centímetros» y «pulgadas». Camufló el asco detrás de una bajada de ojos, un gesto que animó a Kingsley a seguir con sus avances. Chuck había pegado la barbilla al pecho y su cabeza y su cuello formaban una única pieza, un grueso cilindro de carne interrumpido solo por los ojos pequeños y la boca de la que las frases brotaban entrecortadas y pringosas.

—Mujeres... españolas... putas... todo por dinero... putas.

Varias de las palabras que no entendía debían de ser sinónimos de puta y le pareció que le estaba preguntando el precio.

—¿Qué has dicho? —trató de sonar casi divertida por la pregunta.

Kingsley la miró con toda la fijeza de que eran capaces sus ojos turbios y muy despacio le repitió:

—Que... cuánto... cuestas...

—¿Quién? ¿Yo? Depende.

El barboteo que siguió era incomprensible, no así la mirada de Kingsley. Ana decidió seguir probando suerte.

—¿Me darás un poco?

—¿De qué?

—De lo que has tomado tú. Para animarme.

Kingsley empezó a reír a la vez que decía algo muy deprisa.

—¿Qué? —Ana sonrió al preguntar.

El americano volvió a farfullar. La palabra «whisky» fue la única que logró asomar entre el magma de sonidos confusos.

—No, whisky no, lo otro.

—¿Lo otro?

—Sí, ya sabes.

Kingsley la miraba con fijeza.

—No me digas que no me entiendes. Ya sabes... la dama blanca...

Él la recorría con la mirada.

—No... no... no... no...

La cabeza cayó hacia delante y empezó a oscilar de un lado a otro como un enorme badajo.

—No... no tengo... no... tengo... no...

—¿No tienes qué?

Lo que farfulló Kingsley pareció perderse en el interior de su camisa rasgada. Ana insistió, si bien los tendones que se marcaban en la nuca del marinero como maromas en tensión le aconsejaban dejarlo.

—¿De verdad no tienes? ¿Nada de nada?

—No... no...

Levantó la cabeza. La boca se abrió en una risa gutural, cavernaria, que no le movía el pecho. A ella le pareció que se lamentaba por su mala suerte.

—Vaya, qué pena que no tengas nada para mí.

Kingsley se señaló otra vez la entrepierna.

—Tienes una retórica más bien reducida —dijo en español Ana entre dientes, sin dejar de sonreírle. A continuación siguió en inglés con una sonrisa pícara—. ¿Dónde podemos conseguir un poco?

Kingsley se encogió de hombros y empezó a contarle algo en tono conspirativo. Bajó para ello la voz. Ana, a pesar del temor, se echó hacia delante en la mesa. El efecto fue que el marinero también lo hizo, pero bajó aún más la voz. Ana olía más que oír las palabras. Confidencias encriptadas por el alcohol a las que ella reaccionaba con fingida comprensión.

—Claro... claro. Vaya... ¿De verdad?

Del burbujeo ininteligible siempre extraía el mismo resultado: no le quedaba cocaína.

—¿No puedes conseguir más?

Él negó repetidamente con la cabeza. Ana decidió dar un paso más.

—¿Porque te la vendía Anthony?

—¿Qué?

—Eso. Que no tienes porque la cocaína te la vendía Anthony y como ahora está...

—¡Calla, puta!

Kingsley pegó un puñetazo sobre el escritorio del inspector antes de empezar a hablar de forma tan confusa y con tal ferocidad que ella, asustada, se echó hacia atrás en el asiento. La cara del marinero enrojeció por la furia y los tendones del cuello se tensaron como si pugnaran por mantener la cabeza a punto de explotar unida al cuerpo. Toda su mole se preparaba para abalanzarse sobre ella. Los dos agentes pudieron evitarlo uniendo sus fuerzas. Alarmado por los gritos, entró Castro corriendo seguido por el inspector que había venido a buscarlo. Kingsley estaba fuera de sí, gritaba e insultaba ya no solo a Ana, sino a todos los que lo rodeaban. Como los policías lo tenían sujeto por los brazos, empezó a patalear descontroladamente. Uno de los golpes hizo tambalearse el escritorio, otro alcanzó en el muslo izquierdo a Castro, quien, en un reflejo digno de un boxeador, le lanzó un gancho que no lo noqueó pero lo hizo quedarse quieto, casi colgando de los brazos de los agentes.

Sin soltarlo, lo sentaron de nuevo con violencia. Uno de los agentes le esposó la muñeca derecha a una de las barras del respaldo de la silla.

—¿Qué ha pasado aquí? —preguntó Castro mientras limpiaba la huella de la patada.

—Algo le ha dicho la señorita —dijo el otro agente también recomponiéndose la ropa—. Y el tipo se ha puesto como una fiera.

No hizo falta que Castro le preguntara qué, Ana se lo dijo al momento. Más que las palabras de reproche que le dirigió, le dolió que la amonestara así delante de los otros hombres. Incluso en los ojos de Chuck Kingsley apreció un brillo de maligna satisfacción. Afrontar la humillación siempre había sido muy difícil para ella, tuvo que recurrir a todo su pundonor para no derramar ni una lágrima y no salir huyendo del despacho. Ya tendría tiempo el resto del día para recrearse morbosamente en el bochorno y en las palabras que había tenido que escuchar.

El inspector miró al marinero, quien dejó de inmediato de sonreír.

—Ya que se empeñó usted en hacer de detective, ¿qué le sacó al muchacho?

—¡Eh! ¡Eh! ¿Están hablando de mí? —empezó a gritarles, sacudiendo la mano esposada. La otra, en cambio, reposaba inerte sobre el muslo.

Castro la alejó del marinero. Ana le respondió susurrando.

—Apenas podía entender lo que decía. Entre el acento y lo que haya tomado... —Bajó la cabeza compungida.

—¿Qué le está diciendo? ¡Eh! ¡Eh!

—¿De verdad no descifró qué es lo que murmuraba el mastuerzo este?

—¡Eh! ¿De qué están hablando? ¡Suéltenme! Soy un marinero de la flota de los Estados Unidos.

—¡Qué más quisiera, inspector!

—Muy *bonitou*, inspector, muy *bonitou*. —La voz que interrumpió su conversación con la periodista era la última que deseaba oír.

—Aquí, ni *bonitou* ni bonito —respondió Isidro a Thomas Wilson, que acababa de entrar seguido de dos policías militares americanos más.

Wilson también llegaba sin afeitar. Alguien lo había sacado de la cama para avisarlo de que tenían a Kingsley. Al irrumpir la Policía Militar, el marinero se había levantado de un salto y había derribado la silla, que ahora le colgaba de la muñeca esposada.

Wilson se dirigió a él en inglés. Ana Martí hizo ademán de querer traducirle lo que hablaban entre ellos, pero Isidro la frenó.

—No hace falta. Corríjame si me equivoco. Le estará preguntando dónde y cómo lo hemos detenido y el buen muchacho le está contando que le hemos golpeado.

—Más o menos —respondió ella.

Lo confirmó la mirada que le dirigió Wilson. Después tampoco necesitó traducción, las órdenes suenan igual en todos los idiomas, como ladridos. A un gesto de Isidro, uno de sus hombres soltó las esposas y los dos policías que acompañaban a Wilson sacaron a Kingsley, quien antes de salir lanzó una mirada de odio a Ana Martí.

Después Wilson se plantó delante del inspector con expresión ofendida. Antes de hablarle, se dirigió en inglés a la periodista. Ella se acercó y se situó en una posición equidistante.

—El señor Wilson me ha pedido que traduzca. Para evitar malentendidos.

—Pues nada, traduzca, señorita, traduzca —la animó Isidro con un movimiento de la mano.

—Solo tengo una pregunta en realidad: ¿por qué detuvo usted a Kingsley?

—Bueno, nos hemos encontrado con un tipo borracho, extranjero, sin papeles...

Wilson le dirigió una sonrisa ladeada.

—Que les dijo que era miembro de la Marina de los Estados Unidos.

—Eso lo puede decir cualquiera. Que sea americano, claro. —Isidro le devolvió la sonrisa torcida—. Así que mientras lográbamos encontrar a alguien en el consulado que nos corroborara la versión del detenido...

—Lo han interrogado un poco.

—Es el modo de averiguar tal vez su identidad.

Wilson movía la cabeza negando.

—Pero usted le preguntó también acerca del asesinato de Vázquez.

—Cuando me pareció que decía la verdad respecto a quién era —mintió Isidro para mantener su versión de los hechos—. Porque, no lo olvide, tengo un caso entre manos y estoy investigando.

—¿De verdad? —El policía militar parecía sorprendido.

Isidro lo miró; después se dirigió a Ana.

—¿De verdad ha preguntado si estoy investigando «de verdad»?

Los dos asintieron a la vez.

—¿A qué viene esa pregunta?

Wilson no le respondió. Isidro insistió, escamado.

—¿Qué quiere decir?

—Me tengo que ir. Tengo que encargarme de que lleven a Kingsley a su barco. Sepa usted que esto no quedará sin consecuencias.

Abandonó el despacho.

La periodista también había recogido sus cosas y salió a la vez que el policía militar tras despedirse con rapidez. Los oyó hablar en inglés por el pasillo.

Se sintió tremendamente cansado.

18

Era ineludible, le iba a caer una buena.

La única cuestión pendiente era saber dónde.

Por lo visto, en el despacho de Goyanes, que lo hizo llamar poco después de las nueve.

—Pero ¿cómo se te ocurre? ¿Es que no me expresé con claridad? ¿Es que no te entraron en la cabeza las consignas?

Isidro no era muy amante de las preguntas retóricas cuando se las dirigían a él. Apoyó bien la espalda en la silla frente al comisario. Volvía a sentir el dolor en la zona lumbar y se preguntaba si no tendría algo que ver con el comisario.

—¿Es que quieres hundirme? —A cada pregunta, Goyanes daba un golpe de muñeca con la mano que sostenía la pluma estilográfica. Algunas gotitas de tinta azul habían salido despedidas sobre el ejemplar del periódico *ABC* que el comisario tenía en la mesa. Isidro miró con disimulo la portada, tres personas en bañador haciendo esquí náutico—. ¿Eres consciente del problema que me has causado?

Isidro sabía que desde el momento en que le pusieron la mano encima al marinero Chuck Kingsley lo que podría haber hecho pasar por un malentendido se había convertido en un conflicto. Una cosa era detener a un marinero cuando iba de civil y otra golpearlo. Le había dado un buen puñetazo al tipo ese. Siempre podría alegar que el marinero estaba borracho, drogado, mejor dicho, y que se había resistido. Si Goyanes no lo decía explícitamente, él tampoco abordaría la cadena de hechos que había dado lugar al incidente. Ni su salida del despacho, ni la conversación que por lo visto habían mantenido el marinero y Ana Martí, ni la pregunta que lo había exaltado tanto. Quería evitar que el nombre de la periodista saliera en esa conversación. Era bien cierto que ella no tenía que haberse tomado la libertad de hablar con el preso; pero era más cierto todavía, y había sido un grave error, que él no debería haber abandonado el despacho dejándola sola.

—¿Es eso lo que entiendes por colaborar con los americanos? ¿Qué pretendías lograr? Hundirme, eso es lo que quieres, hundirme.

La tinta de la estilográfica parecía empeñada en devolver el color azul al mar en blanco y negro de la foto del periódico. Un charquito cubría la cabeza de uno de los esquiadores.

—Y ahora, Isidro, vamos a tener visita. Del cónsul americano.

—¿Cuándo?

—Ahora es ahora. Y lo que vas a hacer es esto: primero, vas a pedir disculpas por el incidente, tanto en tu nombre como en nombre de la policía española; segundo, vas a reafirmar nuestro deseo de cooperación; tercero, vas a ponerte a su servicio. ¿Te queda claro?

Isidro asintió.

A los pocos minutos, como si hubieran estado esperando que Goyanes diera por concluidas sus instrucciones, el cónsul y Thomas Wilson entraron en el despacho de Goyanes. Él e Isidro se levantaron. La animadversión que percibió en los dos hombres no se dirigía únicamente contra él; mostraban la expresión tensa de haber estado discutiendo poco antes del encuentro. El intérprete del consulado parecía también algo cohibido. Quizá se debiera al lugar.

Tras los saludos breves y secos, el cónsul ocupó el asiento de Isidro y se instaló frente a Goyanes, con lo que obligó a Wilson a poner su silla a uno de los lados del escritorio del comisario. Isidro cogió una silla que estaba pegada a una pared y la colocó en el otro lado, enfrentado al policía militar. El traductor se sentó entre el cónsul y Wilson. Pronto tuvo que tensar todo su cuerpo para transmitirle la vehemencia con la que el cónsul expresó su queja. Hablaba a Goyanes, pero este, a fuerza de ignorarlo y dejar los ojos clavados en Isidro, logró que el diplomático también acabara dirigiéndole a él sus quejas. Ni para defender a sus hombres servía Goyanes, constató Isidro.

—Creo que fue su traductora la que provocó al marinero Chuck Kingsley. Lástima que no haya venido con ella porque tenía también algunas palabras que dirigirle.

—¿Cómo? —Goyanes parecía tener la boca llena de reproches, pero se los tragó. Isidro entendió que no iba a mostrar su ignorancia ante los americanos; como tantas personas en una posición como la suya, era astuto y precavido.

—Ya me encargué yo mismo de hacérselo entender —respondió Isidro al cónsul.

—Bien. Supongo que su superior ya se habrá encargado de transmitirle a usted nuestro malestar porque la suya fue también una actuación indebida. Sabe perfectamente que los delitos que puedan cometer los miembros de nuestro ejército quedan bajo nuestra jurisdicción. Y, no nos engañemos, ustedes sabían desde el principio que la persona que habían detenido era un marinero de nuestra flota.

—Por supuesto —dijo Goyanes—. El inspector Castro queda de inmediato apartado de la investigación de este asunto.

—Lo está de todos modos. Puesto que, si no me equivoco, estamos todos de acuerdo en que se ha tratado de un desgraciado incidente y en que nosotros nos ocuparemos, por lo

tanto, de hallar al culpable que, por desgracia, se encuentra, no cabe duda, entre nuestros muchachos.
—No.
—No.
—No.

El primer «no» fue el de Goyanes. Y el traductor le respondió de parte del cónsul:

—Dice que parece ser que usted ha olvidado que el Gobierno Civil y el consulado han llegado a un acuerdo sobre los hechos...

La expresión atónita de Goyanes se debía, Isidro lo sabía bien, a que no podía haberlo olvidado, porque en realidad no había sido informado sobre ningún acuerdo, ya que el gobernador civil, por lo visto, no lo había tenido en cuenta a la hora de tomarlo. La silla de Goyanes crujió lastimera, si bien solo en la cabeza de Isidro. El cónsul no percibió el desconcierto del comisario porque estaba diciéndole algo en inglés a Wilson, de quien había provenido el segundo «no».

—¿Harán ustedes el favor de traducirnos lo que están hablando? —pidió Isidro. Goyanes estaba todavía recomponiéndose.

—El señor Wilson no está conforme con el hecho de que el gobernador civil y el cónsul se hayan puesto de acuerdo en que todo apunta a lo mismo: una pelea entre los muchachos que en esta ocasión, excepcionalmente, escaló de tal modo que alguien sacó un cuchillo y mató a Anthony Vázquez. Un suceso lamentable que las autoridades militares castigarán convenientemente.

—No —volvió a decir Isidro.

—¿No? —repitieron los otros tres hombres al unísono. El intérprete no juzgó necesario intervenir.

—No.

Isidro se levantó. Los otros cuatro lo observaban atentos. Dadas las jerarquías, Isidro se dirigió a Wilson.

—Póngase detrás de mí.

El policía militar lo obedeció algo confuso.

—Haga como que nos estamos peleando.

Primero cohibido, después algo más entusiasmado, fingió pelear con él un breve boxeo de sombra.

—Y ahora degüélleme, si hace el favor.

—Será un placer.

Wilson intentó ponerse detrás de Isidro, pero este se movía y giraba con agilidad para evitarlo. De pronto, se quedó quieto de pie y permitió que el policía militar se colocara a su espalda y le pasara rápidamente la mano derecha por delante del cuello.

—Durante una pelea es bastante improbable que alguien sea degollado —explicó Isidro a los tres espectadores asombrados.

—Es verdad. —Wilson seguía detrás de él—. Lo mejor sería una cuchillada en el vientre, por ejemplo.

—En una pelea lo normal sería que las heridas vinieran de la misma dirección, pero en las fotos no se aprecian marcas de golpes en el pecho, en los brazos o, lo más habitual, en la cara.

—¿Entonces? ¿Qué cree usted, Castro? —preguntó Goyanes.

—Diría que alguien que tenía la intención de matar a Antonio Vázquez aprovechó la pelea para hacerlo.

—Pero ¿por qué?

La pregunta sonó cuatro veces, porque se le escapó también al intérprete, quien lo escuchaba atento, como un niño en un teatro de títeres. Se disculpó tapándose la boca con la mano.

El inspector vaciló unos segundos. No estaba seguro de querer compartir sus teorías, pero deseaba desbaratar el «acuerdo».

—Una posibilidad sería el robo. Seguramente llevaba consigo una joya bastante valiosa y trataron de arrebatársela.

—El anillo para la novia —añadió Wilson—. Pero ¿por qué el ladrón no se llevó el estuche?
—Porque era más fácil esconderla sin él.
—Pero ¿por qué dejar el estuche? Es dejar una pista demasiado evidente.

Isidro tomó nota de la observación de Wilson antes de seguir:
—El segundo motivo tendría que ver con el comercio de drogas. Sabemos a ciencia cierta que algunos de los marineros consumen drogas. Antonio Vázquez necesitaba dinero para sus planes personales. Tal vez empezó a vender algo más beneficioso que cigarrillos o intentó chantajear a los compañeros involucrados en ello...

El carraspeo del cónsul precedió a la réplica.
—Supongo que sus hipótesis se basan en algo que ha dicho el marinero Chuck Kingsley. En el caso hipotético de que haya algo de cierto en lo que dice, su declaración no tiene la más mínima validez, porque ustedes no tienen derecho a detener a nuestros hombres.

—No se trata aquí de la validez que puedan tener esas palabras ante un juez, se trata de que nos dan una pista, un hilo que deberíamos seguir si es que realmente queremos llegar a saber quién y por qué mató al marinero Antonio Vázquez.

—Según los testigos españoles —replicó el diplomático—, todo empezó entre los blancos y los negros por algo de mujeres.

—Pero según nuestros muchachos —intervino Wilson—, fue un español quien empezó la pelea.

—Ustedes ya saben cómo es la gente. Aquí y en todas partes. Si pueden beneficiarse de algo, lo hacen. ¿Sabe usted también que, cuando a causa de algún disturbio ocasionado por nuestros muchachos algún local sufre daños considerables, el dueño no tiene más que presentarse en nuestro despacho de contabilidad con una factura y se le indemniza de inmediato y al contado? Son facturas fantasiosas y desorbitadas, pero las pagamos, porque no queremos tensiones con el comercio local, porque somos embajadores de nuestro país. Lo que no somos es tan tontos como ustedes piensan. Sabemos que abusan de nuestra confianza y lo toleramos como un león tolera los picotazos del pájaro que le quita los parásitos del pelaje.

Estas palabras cargadas de suficiencia le hicieron venir a la mente la imagen de Sevilla en el portaviones llenándose los bolsillos de sándwiches de mantequilla de cacahuete.

Tras respirar hondo para contener el exabrupto que le subía por la garganta, le replicó:

—Tanto si la pelea la provocó uno de los marineros como si fue un español, es indiferente, a no ser que lo hiciera con la intención de matar a Vázquez. Y me parece más bien poco plausible. Hay maneras más efectivas y discretas de camuflar un asesinato. Así que lo que cuenta no es quién empezó, sino cómo terminó; lo que cuenta es que tenemos un muerto. A quien hay que buscar es a la persona que le dio la cuchillada. Por eso es tan importante que averigüemos el motivo de la pelea.

Tras estas palabras quedaron todos en un silencio meditabundo. Hasta que Isidro lo rompió.

—Bueno, entonces qué, ¿sigo o no sigo?

—Siga, siga —dijo el cónsul atribuyéndose una decisión que no le correspondía.

—Eso, siga —se apresuró a decir Goyanes.

Los últimos minutos de la conversación fueron órdenes e instrucciones camufladas bajo sugerencias, promesas mutuas de colaboración, un recordatorio de que aceptaban sus disculpas por lo sucedido esa madrugada y, por ello, no habría queja oficial.

El cónsul y el policía militar se marcharon. Isidro estaba seguro de que empezarían a discutir en cuanto salieran de la Jefatura. Si no antes, ya que allí no los entendía nadie.

—Bien, ahora cuéntame qué hacía la periodista esa aquí —le preguntó Goyanes echándose hacia atrás en la silla con los brazos cruzados.

Isidro se lo resumió. Ya que lo había mencionado el cónsul, no se esforzó por esconder que la había dejado sola con el marinero.

—Y se supone que eres de lo mejorcito que tenemos por aquí —murmuró Goyanes sin mirarlo a él, sino observando los recortes de *El Caso* en la pared.

Isidro tragó saliva y apretó los puños.

—Bueno, pues ya está —le dijo Goyanes para despedirlo—. Sigues en la investigación. Y no lo olvides: lo más importante, los resultados. Eso es lo que cuenta.

—Resultados. —Paseó la palabra por la boca como si tuviera mal sabor—. Todos queréis resultados. El problema es que los queréis a medida.

Goyanes lo contempló con asombro. El propio Isidro estaba sorprendido. No era propio de él dar este tipo de respuestas y mostrar lo que pensaba. Era el cansancio, sí, eso fue lo que lo empujó a seguir, como si una voz ajena hubiera ocupado su caja torácica, no su mente, que se asustó al oírse decir:

—Los militares americanos quieren un culpable español, el cónsul lo prefiere americano. ¿Usted cómo lo quiere, comisario? Americano, me imagino, para que, como es habitual, ellos se ocupen de lavar en casa sus trapos sucios. ¿No es así?

—¿Qué mosca te ha picado, Isidro? ¿Qué estás diciendo?

Isidro se sintió como despertando de un trance. Pero era demasiado tarde, ya no podía parar al comisario, presa de un furor que, sabía bien, derivaba sobre todo del hecho de que tenía razón en lo que le había dicho.

—¿Insinúas que no tengo interés en que se resuelva el caso correctamente? ¡Claro! El inspector Isidro Castro, siempre tan correcto, que está por encima de todos y nos mira desde su pedestal. Ten cuidado, Isidro, la soberbia tal vez no sea el peor de los pecados, pero es el que más caro se paga.

—Comisario, yo...
—Anda, lárgate de una vez.

Salió taciturno del despacho de su superior. No por lo que Goyanes le había dicho, su opinión le importaba poco. Era ese «acuerdo» que, si bien puesto en duda, seguía en pie e iba a entorpecer todavía más una investigación en la que había más opiniones e intereses que pruebas y datos. ¿Y Goyanes? Si era cierto lo que se imaginaba, no lo habían incluido en las negociaciones entre los americanos y el gobernador civil. Lo que esto significaba estaba claro: el gobernador civil, uno de los principales defensores políticos de Goyanes, lo había pasado por alto. Su silla ya no cojeaba, se tambaleaba.

Entró en su despacho. Llamó a casa de Ana Martí. No sabía muy bien por qué. Tal vez para disculparse. Llamó a su casa y esa criada que se sobresaltaba cada vez que él le daba su nombre le dijo que todavía no había regresado.

—¿Está segura?
—Pues claro. Pero si quiere voy a mirar.
—Hágalo.

La mujer le dijo que iba, pero Isidro echó en falta el sonido del golpe del auricular al ser depositado sobre una superficie o los pasos de alguien alejándose y acercándose después.

—No, no está.

Estaba convencido de que le mentía, pero no podía hacer nada más que pedirle, casi rogarle que le dijera, cuando volviera a casa, que lo llamara en cuanto pudiera, que todavía estaría media hora en su despacho, que después tenía que marcharse, que por favor no olvidara darle el recado.

Esperó media hora. Ella no llamó. Seguramente estaba dolida por lo que le había dicho en su despacho. Tenía que reconocer que le había impresionado de qué modo la periodista había contenido las emociones, se había tragado las lágrimas y había reconocido su error. Como un hombre, se dijo admirado mientras movía la cabeza negando con rechazo.

Esa tarde mandaría a un par de agentes a visitar a los peristas por si les sonaba el anillo. Y a Sevilla lo enviaría a dar un paseo por el Chino a que olisqueara un poco lo de las drogas. A él le gustaría, así podía hablar con las chicas. A las chicas les gustaría menos.

Contento de no cruzarse con nadie que le preguntara adónde iba, abandonó la Jefatura.

Solo quería caminar un poco. Subió la Vía Layetana hasta la plaza Urquinaona. Se lio un cigarrillo sin dejar de caminar y lo encendió. Se detuvo en la esquina con la calle Fontanella. En el escaparate del estudio de fotografía Niepce colgaban varias orlas universitarias. Algún día también esperaba contemplar en una de ellas a su hijo Cristóbal, con la cabeza cubierta por un birrete negro, licenciado en Ingeniería de Caminos. Si se centraba; demasiadas salidas nocturnas. Él también tenía que centrarse si quería presentar resultados. Caminó todavía unos pasos por la plaza como persiguiendo las pocas manchas de sol que permitía un cielo cada vez más encapotado.

Aplastó el cigarrillo con el zapato antes de meterse en un bar. Pidió un café para que le quitara el mal sabor.

—Los americanos se creen que esto es un mercadillo.

El camarero lo miró sin comprender.

En cuanto volviera a ver a Ana Martí le preguntaría cómo se dice «Hay que joderse» en inglés.

19

Había dos razones por las que Ana procuró que no se le notara el desánimo que la aplastaba desde su encontronazo con Castro el día anterior. La primera era que nunca dejaría abierto ante su madre el flanco del fracaso profesional. La segunda, que ese miércoles su sobrino Émile cumplía siete años. Su primer cumpleaños en Barcelona.

Marina, la viuda de su hermano Ángel, se había casado en el exilio con Marcel Fontaine, un periodista francés. Una enfermedad fulminante se lo llevó después de un tratamiento tan costoso como inútil que dejó a Marina endeudada y con dos hijos a los que a duras penas podía mantener con su trabajo de secretaria en una editorial. Los padres de Ana, al conocer su precaria situación, le habían ofrecido que volviera a España con sus dos hijos y viviera con ellos.

El mayor, el hijo de su hermano Ángel, siguiendo una pésima costumbre, se llamaba igual que él y, como si hubiera querido cumplir con el deber que le imponía el nombre, se le parecía tanto que, al verlo por primera vez en persona, su madre había sufrido un vahído.

Ese segundo Ángel tenía ya diecisiete años. Había pasado casi toda su vida en el exilio francés de su madre, se había criado como exiliado hijo de españoles. Decía incluso recordar el campo de concentración en el que los tuvieron internados tras su huida de España.

—Es imposible —decía Marina, quien a pesar de los años en el extranjero conservaba su entonación aragonesa—, era demasiado pequeño.

Pero Ángel sí que podía recordar las burlas y los comentarios en el colegio por su nombre español y un acento que, al contrario que su madre, perdió enseguida. Ahora hablaba el español con un fuerte acento francés.

—Y el catalán con acento español —se asombraba Patricia Noguer, la madre de Ana.

Su nuera y sus dos hijos llevaban ya medio año viviendo con ellos en una casa con jardín en el barrio de Sants, adonde se habían mudado tras dejar el pequeño y lóbrego piso en la calle Joaquín Costa. La casa en poco se asemejaba al añorado piso señorial en el paseo de San Juan donde había residido la familia antes de la guerra, cuando el padre de Ana había sido uno de los periodistas más respetados no solo de la ciudad, sino de todo el país. Pero Patricia Noguer parecía haber encontrado algo de paz desde que tenía a sus nietos en casa. A Ángel, a pesar de los meses de convivencia, lo seguía contemplando con el asombro de quien ve una aparición, y el trato entre ambos estaba marcado por cierta distancia.

En cambio, Émile, al que al principio había denominado «el niño francés» porque llevaba el apellido de su padre, Fontaine, había despertado en ella una auténtica pasión de abuela, que vivía con la intensidad y la urgencia de los años perdidos.

Esa mañana ella y su madre habían llevado al «nene pequeño» al Rey de la Magia, en la calle Princesa. Un sombrero de copa, una varita y papel Okito para hacer juegos de magia de Fu Manchú fueron los regalos de Ana por su cumpleaños. Mientras el niño tocaba con la varita todo cuanto se ponía a su alcance y lanzaba palabras mágicas inventadas,

Ana y su madre caminaban del brazo por la calle. Al cruzar la Vía Layetana, miró con disimulo en dirección a la Jefatura. Se preguntó si Castro y sus hombres habrían averiguado algo más acerca de la muerte del marinero. No quiso figurarse la cara de asombro que habría puesto Enrique Rubio si ella hubiera podido conseguir esa noticia en exclusiva. Agradeció no haberle contado nada al respecto, después de Muñárriz no quería decepcionar a otro jefe. «Olvídalo», se dijo. Pero era difícil. En la plaza de San Jaime se cruzaron con un trío de marineros vestidos con los uniformes de color azul marino que llevaban en otoño e invierno. Uno de ellos tenía el paso de bailarín de Gene Kelly. Mientras en su cabeza empezaba a sonar la melodía de *Un día en Nueva York*, su sobrino recibió la aparición con alborozo, apuntó hacia ellos con la varita y pronunció algunas palabras mágicas llenas de «oes» y «aes», como para él, por lo visto, sonaba el español. «Eso, hazlos desaparecer». Un grupo de niños rodeó enseguida a los marineros pidiéndoles a gritos dulces, chicles o dinero. Émile estaba más entretenido conjurando a una paloma.

—Cómo se nota que viene de un país rico. La pobreza te hace pedigüeño.

Patricia Noguer estaba patentemente orgullosa de que su nieto no persiguiera a los americanos.

—No me parece tan malo. Son niños. Es como en la cabalgata de los Reyes Magos.

—No digo que sea malo aceptar regalos, pero no los que te tiran a los pies para que tengas que agacharte a recogerlos.

Tenía que darle la razón a su madre. A los americanos les gustaba verles agachar la cerviz. Esa forma de caridad altiva le recordó su otro trabajo perdido. Mientras seguían por la calle Fernando, le preguntó a su madre:

—¿Conoces a Engracia Gómez de Urquiza?

Si bien desde la «caída en desgracia» de la familia su madre había perdido el contacto con buena parte de los miembros de los círculos sociales que frecuentaba anteriormente, seguía siendo Patricia Noguer y su buen nombre pesaba lo suficiente como para que se le hubieran vuelto a abrir no pocas puertas. Para algunos ella era la víctima, por esposa y por leal, de las malas inclinaciones políticas de su marido. De modo que su madre necesitó toda la calle Fernando y un trozo de las Ramblas para explayarse sobre la figura de la gran benefactora de las obras de caridad. El niño seguía caminando delante de ellas, tratando de dar un toque de varita al caniche inquieto que paseaba una mujer de pasos cortos y rápidos. Ana empezaba a arrepentirse de su pregunta hasta que su madre, cambiando súbitamente de tono y de expresión, se le acercó un poco más y le dijo:

—Pero es más seca que un arenque.

Rieron ambas. Émile se volvió hacia ellas y se echó a reír, un eco con chistera y varita.

—¿Por qué te interesa ese secajo?

Casi estuvo tentada de contarle lo sucedido en el internado en Esplugas y sus consecuencias, su discusión con Muñárriz, su sensación de que su carrera se venía abajo. Sin embargo, se recordó a sí misma que un paseo agradable con su madre y unas risas compartidas no significaban que pudiera bajar la guardia. Los nietos y la presencia de la nuera la habían suavizado, pero no por eso su madre había cambiado de opinión. Su trabajo era tolerado, no aceptado.

—Me han encargado un artículo sobre una de sus obras. Un taller de costura donde trabajan muchachas solteras con hijos. —Por costumbre, dejó el hueco para el comentario censurador de su madre; pero este no llegó, sino que vio que esperaba atenta a que le siguiera contando mientras vigilaba los movimientos del niño—. Y un internado en Esplugas donde educan a los hijos.

—¡Ah, sí! Es como una inclusa. Una buena obra. Recogen también huérfanos y se encargan de encontrarles una nueva familia. Engracia se ha hecho un buen nombre con ella.

El tono de censura apareció en esa última frase.

—No te gusta.

—Lo que me desagrada es que Engracia se dedica a esas obras benéficas como un entretenimiento, es un pasatiempo para ella y sus amigas. No se puede criticar porque lo que hacen es bueno en sí mismo, pero sus motivos no son nobles.

Ana conocía bien a esas almas caritativas. Conocía bien el brillo que daba a sus ojos la sensación de superioridad asociada a sentirse personas de bien.

—Bueno, por lo menos no es una de esas historias horrorosas que escribes para *El Caso*. Lo del taxista...

—¡Mamá! ¡De modo que sí que lees mis artículos!

—Coge al niño de la mano para subir al tranvía.

Mientras ella esperaba detrás a que el cobrador le diera los billetes, Patricia Noguer se sentó con Émile sobre las rodillas; el niño seguía transformando la ciudad con su varita. Se acercó a ellos y se quedó de pie a su lado.

—Abuela, miga, miga. —Émile señaló un cartel de circo con la imagen de un elefante.

—Ya migo, ya migo. —Patricia Noguer remedó cariñosamente el acento del niño. Sin dejar de mirar por la ventana, dijo—: Tampoco me importaría tener un nieto con acento inglés.

Ana tosió.

Después de la comida, que había preparado Marina, del pastel y del recital de trucos de magia, Ana y su padre se retiraron al estudio. La máquina de escribir presidía la mesa. A su izquierda, una pila de hojas en blanco. El lado derecho estaba todavía vacío; Andrés Martí lo iría ocupando a medida que llenara las hojas de palabras. El resto del escritorio era un desorden de fotos de películas —de las que decoraban los vestíbulos de los cines—, recortes de periódicos, novelas apiladas de entre cuyas hojas asomaban innumerables papelitos, como si les estuviera dando de comer. Ni en las paredes ni en las estanterías había nada que recordara que quien trabajaba en ese estudio había sido antes de la guerra periodista y maestro de periodistas.

Durante toda la comida había estado esperando alguna alusión a su encuentro con Lawrence en las Ramblas. Era evidente que su padre se lo había contado a su madre y no cabía la menor duda de que él había adivinado lo que ella sentía. El comentario de su madre en el tranvía lo interpretaba como un signo esperanzador; su padre, gran observador, tal vez había detectado también en Lawrence... al llegar a ese punto se sintió demasiado pueril y se obligó a volver a la realidad, a Muñárriz, Castro, Engracia, Anthony, Chuck Kingsley...

Recordó entonces lo que le había contado Sevilla sobre el hombre al que estaba vigilando cuando detuvo a Kingsley, José Vendrell; se acordó de la historia del hermano fusilado y el nombre de un boxeador del que Vendrell era amigo.

—Papá, ¿te dice algo el nombre de Carlos Flix?

El rostro de su padre mostró una expresión de tristeza mientras ponía las dos hojas separadas por el papel de calco en el rodillo de la máquina de escribir. Tomaba la precaución de guardar siempre una copia desde que en una ocasión se perdió el manuscrito de una de sus novelas y con ella el trabajo de una semana, que era lo que solía tardar en escribirlas.

—Flix, ¡qué grande podría haber sido! Flix, el matemático del ring lo llamaban. Fue campeón de Europa antes de la guerra. —Su padre se lo contaba ajustando los márgenes—. Tras la caída de Barcelona, huyó de la ciudad, pero volvió y se entregó porque creía que no le iba a pasar nada, ya que él nunca había pegado a un hombre fuera del ring y nunca había estado en una checa. No le sirvió de nada, al iluso. Lo detuvieron, lo torturaron brutalmente y lo fusilaron. En el Campo de la Bota. Uno más.

Ana cerró los ojos. El relato de Sevilla le había dejado la imagen de una cabeza de cura pateada a la que la imaginación añadió un alzacuello; ahora se le sumaba la del cuerpo reventado del boxeador. Y se la encontraría quizá viendo a unos chavales jugando en la calle. Porque los muertos ahora la dejaban en paz por las noches: sus muertos habían cogido la mala costumbre de asaltarla de día. Al doblar una esquina y toparse con la mirada asustada de una mujer apuñalada por su marido en los ojos de una gitana que vendía ajos por las calles o creyendo reconocer la mano agarrotada de un anciano estrangulado por sus nietos para cobrar una herencia en la mano de un hombre aferrada a la barra del tranvía.

No quería más muertos ese día. Era el cumpleaños de su sobrino, estaba en casa de sus padres. No, hoy no quería más muertos; por lo menos reales. Si acaso, los que cayeran atravesados por las balas del justiciero de la novela que estuviera redactando su padre.

—¿Quieres que te eche una mano? —se ofreció Ana.

Ya lo había hecho en algunas ocasiones, escribiendo lo que su padre le dictaba. Cuando la historia se atascaba, pensaban juntos un nuevo giro o algún conflicto que les ayudara a llenar de aventuras las páginas que exigía la editorial.

Su padre le cedió el asiento delante de la máquina de escribir. Ana miró las pilas de novelitas que llenaban las estanterías ordenadas según los diferentes seudónimos que usaba su padre.

—¿Quién eres hoy?

—Verónica Fontán —respondió él, conteniendo a duras penas la risa.

—No me digas que...

—Así es, nena. Es un género que vende mucho y pagan un

poco mejor que las del Oeste o las de espías. Así que, de vez en cuando, toca una de amor.

—Entonces, ¿esta no es la primera que escribes?

—¿Así que no conoces las novelas de Verónica Fontán? Pues hoy las vas a conocer. —Su padre abrió una cajetilla de Bisonte—. A ver, ¿quién será la parejita?

—¿Qué te parecen un marinero norteamericano y una muchacha de Barcelona?

—Bien, pero no puede ser un simple marinero, lo haremos oficial. Y la chica será una rica heredera a la que los padres obligan a casarse con un hombre mayor, al que ella no ama, por supuesto, pero que es muy conveniente para los negocios familiares.

—¿Y qué te parece si la familia no es rica, sino que está casi al borde de la ruina y la chica tiene que casarse con el hombre mayor para salvar a su familia?

—Estupendo, más clásico y, sobre todo, con más sacrificio, como les gusta a las lectoras.

Estuvieron dos horas escribiendo la historia de William, el oficial de la Marina al que le dieron, además, un oscuro secreto, y Leonor, la bella y apasionada muchacha dispuesta a sacrificar el amor de su vida por salvar a su familia, si bien al final era su hermana Margarita quien acababa casándose con el hombre mayor y salvaguardaba a la familia y también la felicidad de su hermana.

Escribieron, rieron, discutieron, se pusieron de acuerdo mientras la pila de páginas crecía a la derecha de la máquina. Durante esas horas Ana se olvidó de Castro, de Engracia Gómez de Urquiza, de Enrique Rubio, de Joaquín Muñárriz. Le pareció incluso vislumbrar las razones de la serenidad en el ánimo de su padre. Aun así, tenía que preguntarlo:

—¿No echas de menos la prensa?

—A veces.

—¿Y no te gustaría volver?

—Aneta, si quisiera, podría, pero no quiero escribir para ellos. No lo entiendas como una crítica a tu trabajo. Solo te digo que yo no lo haré.

No era una crítica a su trabajo, pero de todos modos la dejó tocada.

Caminó un poco para despejar la cabeza después de las horas en el despacho lleno de humo acompañadas del tableteo frenético de la máquina de escribir. Al pasar por delante de un quiosco en la calle Tarragona pensó que pronto se podría comprar allí la novela con la historia de William y Leonor. ¿Cómo se titularía? Su padre le había contado que eso siempre lo decidía al final.

—En cuanto lo tenga, te lo digo. Dame un par de días para que la termine. Ahora, con los nenes, hay más distracciones en la casa.

Llegó a la plaza de España y bajó al metro. La taquillera que le vendía el billete no podía imaginarse que la sonrisa enorme en la cara de la pasajera se debía a que había visto un ejemplar de una novela de Verónica Fontán sobre el mostradorcito, *La promesa de oro*.

—¿Es buena? —le preguntó.

—Tremenda —le respondió la muchacha con ojos soñadores—. Verónica es la mejor. Me gusta mucho más que Corín Tellado.

Sin atender a los movimientos impacientes del hombre que estaba detrás de ella, Ana siguió:

—¿De verdad? Entonces, ¿me la recomienda?

—Sin duda. Verónica entiende el corazón de las mujeres. De Corín Tellado dicen que en realidad es un hombre...

—Señoritas, dejen la tertulia para otro momento, que el metro está a punto de llegar.

Ana hizo un gesto de disculpa y se despidió de la taquillera. Bajó las escaleras. Las altas bóvedas de la estación empequeñecían las siluetas apelotonadas en los andenes. Se escurrió entre la masa cuando el movimiento del aire anunció la llegada del tren. El ruido creciente, aturdidor y poderoso, era la banda sonora que le servía de fondo para el regocijo que le había causado la breve conversación con la taquillera. Las luces del vehículo asomaban en la boca del túnel, se acercó al borde del andén. «Me gusta más que Corín Tellado». Tenía que contárselo a su padre. «Verónica entiende el corazón...». Aprovechando el ruido del metro soltó una carcajada al recordar la sospecha de que Corín Tellado fuera un hombre.

La risa se le cortó de súbito al notar un empujón brutal en la espalda. Se tambaleó, todo su cuerpo se inclinó hacia delante, con la pierna derecha dio un pasito mínimo en la poca superficie que quedaba entre el borde del andén y el hueco de las vías, y echó el cuerpo hacia atrás. El segundo empujón, aún más fuerte, no logró cambiar la dirección de su caída. Por instinto recogió las piernas al vislumbrar la mole del vagón de metro. Gracias a eso, el vagón no la arrastró a su paso. Cayó al suelo.

—¡Habrase visto! ¡Salvaje! —gritó una mujer a su lado.

—¡Detengan a ese hombre! —Un anciano señaló en dirección a la salida.

—Casi la mata —dijo otra mujer.

Un hombre le tendió una mano para ayudarla a levantarse.

—¿Se ha hecho daño?

—No, no. ¿Han visto quién ha sido?

Los pasajeros que justo bajaban de los vagones en ese momento pasaban de largo indiferentes, algunos algo molestos.

La mujer que había gritado se acercó a ella y le tendió un pañuelo. La mano de Ana sangraba por los arañazos al caer al suelo rugoso.

—Fue todo demasiado rápido.

—Yo solo la vi a usted porque gritó —dijo un muchacho cuyo mono de mecánico asomaba debajo del abrigo.

El anciano se le acercó también.

—Era un hombre, pero no veo muy bien y se perdió entre la muchedumbre.

—El mundo está lleno de locos —dijo una voz—. Algún lunático.

—Yo no he visto nada —dijo el hombre que la había ayudado a levantarse mientras ya miraba la puerta del vagón—. ¿Está segura de que está bien?

Ana se sacudió el polvo de la falda. Y se agachó para recoger el bolso que se le había caído.

—Sí, sí.

El hombre se metió en el vagón. Las puertas se cerraron. Desde el interior la miraron algunos ojos conmiserativos y otros curiosos.

El metro se puso en marcha y desapareció en el túnel.

La mujer, el mecánico y el anciano se quedaron con ella.

—¿No quiere sentarse? —El mecánico le señaló uno de los bancos.

Ana negó.

—¿Quiere que la acompañe a la policía? Esto hay que denunciarlo —propuso el anciano.

El andén volvía a llenarse de nuevo.

—Ya lo haré. Ahora quiero irme a casa.

Los tres la acompañaron a la calle, apuntalándola como un trípode porque a ella le temblaban las piernas a cada paso.

Pararon un taxi.

La llamada de Ana Martí sorprendió a Isidro cuando estaba a punto de abandonar el despacho. Si hubiera sabido que era ella no lo hubiera descolgado, pero pensaba que era alguien de la Social para decirle que se había equivocado en la llamada anterior, que era una falsa alarma. O tal vez una broma, aunque le hubiera parecido de muy mal gusto, de salir corriendo a partirle la cara al autor de la gracia. Pero se lo hubiera perdonado con tal de que le dijera que la noticia no era cierta.

Pero era Ana Martí. Muy nerviosa.

—¿Inspector Castro? Tengo que hablar con usted. Es muy urgente.

—No tengo tiempo, señorita. Disculpe.

Colgó.

El teléfono sonó de nuevo casi al instante. No lo cogió. Tampoco cuando, tras un silencio de medio minuto, el timbre volvió a reclamarlo. El sonido lo acompañó mientras abría la puerta de su despacho y salía. La madera lo amortiguó. Él lo olvidó en cuanto dio dos pasos. Sevilla le venía al encuentro dando grandes zancadas. En realidad su expresión confirmaba la llamada que había recibido de un antiguo compañero de la BIC que ahora estaba en la Social. Pero Isidro necesitaba escucharlo.

—¿Es él?

—Sí. Es Cristóbal.

—¿Dónde lo tienen?

—Abajo, en las celdas de la Social.

—¿Sabes si lo han tortu... tocado?

—No me han dicho nada, jefe.

Isidro lo escrutó para averiguar si le estaba diciendo la verdad. O era el temor a la posible reacción a las malas noticias. No supo leerlo. Se separó de él.

Sevilla no le preguntó. Seguramente ya sabía adónde se dirigía.

20

A veces le contaban demasiado.

—La Petri está cada día más tonta. Se quedó preñada, la pánfila, seguramente de un americano, porque esos días no sabe ni la de servicios que les hizo. Y se fue a que se lo sacaran. Y a la mujer va y no se le ocurre otra cosa que decirle que menos mal que se libró del paquete, porque era negro. Y ahora la Petri va por ahí llorando porque dice que le hubiera gustado tener un niño negrito.

Sí, a veces preferiría que no le contaran tanto. Porque la imagen de la Petri llorando por su hijo negro perdido se sumó a la galería de cuadros tristes que le regalaba su profesión.

Pero había salido a buscar información y eso era lo que le estaban dando.

Al llegar a casa tras lo sucedido en el metro la encontró vacía. Ni Beatriz ni Luisa estaban allí. Castro, por lo visto todavía enfadado con ella, no le había dejado hablar. No le cogía el teléfono. Lo había intentado varias veces, sin éxito. ¿Qué podía hacer? Quedarse en casa. Esperando. ¿A qué? Tan poco como la inactividad soportaba el no saber. Necesitaba confirmar su sospecha. Tenía que haber sido el marinero americano. Sí, había sido él. ¿Por qué? Por algo que habría dicho en la Jefatura cuando quedaron a solas. Por algo que se le habría escapado y que lo comprometía. ¿Tanto como para intentar matarla? Tal vez había reconocido que traficaba con drogas, eso ya era suficiente para costarle un castigo grave. Además, quizá estuviera relacionado con la muerte de Vázquez, por lo menos lo hacía muy sospechoso. ¡Si pudiera recordar algo, alguna palabra de lo que había dicho Kingsley en el despacho de Castro! ¿Y por qué Castro se negaba a hablar con ella? Le había dicho que era urgente. Tal vez había recibido órdenes de arriba.

Decidió ir al Barrio Chino y dirigirse a una de sus fuentes de información más útiles, sobre todo cuando se trataba de los marineros americanos: las prostitutas.

¿Era sensato? No, pero todavía era de día. Tomaría precauciones. Solo calles bien transitadas. Antes de salir, cogió un abrecartas afilado y un pisapapeles de piedra y se los metió en el bolsillo del abrigo. Saludó al portero al abandonar el portal.

Caminó a buen paso. Cada vez que se detenía en un semáforo, la proximidad de otros peatones le hacía recordar la sensación del empujón en la espalda, la presión entre los omoplatos, dos manos, las palmas, los dedos, golpeando con fuerza.

Se dirigió a un bar de la calle Robador. Ya rondaban por allí los clientes de primera hora, viejos que querían llegar a casa para la cena o jóvenes tratando de reunir el valor para estrenarse. Saldó dos intentos de abordarla con sendos improperios y se metió en el bar.

Como había supuesto, varias chicas estaban merendando antes de lo que algunas llamaban «el turno de tarde». Mercedes, una veterana, de las que habían tenido incluso carné de prostituta antes de que ilegalizaran la prostitución hacía unos años, y que solía llevar la voz cantante, la invitó a sentarse a su mesa con otras dos más jóvenes que Ana también conocía. Sobre todo a una morena muy delgada llamada Rosarito. La había acompañado cuando tuvo que declarar ante el juez contra una pitonisa que, con la promesa de ayudarla a encontrar a su hermano extraviado, le había sacado los cuartos. Los padres lo habían perdido durante la guerra cuando su caravana de fugitivos de Málaga fue atacada por la aviación y la marina en la carretera hacia Almería. En la «desbandá» su hermano mayor, que tenía cinco años, se había soltado de la mano de la madre y no lograron volver a encontrarlo ni entre los supervivientes ni tampoco entre los miles de muertos que quedaron tendidos en la carretera tras el ataque de los nacionales. Rosarito había albergado durante años la esperanza de que si recuperaba a su hermano, los padres, que la habían repudiado por ser una perdida, la dejarían volver a casa.

—Mi padre siempre lamentó que no hubiera sido al revés, que me hubieran extraviado a mí. Y ya ve, acabé dándole la razón.

Ana, que sabía moverse por los archivos y obtener informaciones de los funcionarios, averiguó, tras semanas de pesquisas, que el hermano había sobrevivido y, tras criarse en un orfanato, se había hecho cura. Rosarito logró que se reencontrara con los padres, pero él tampoco quiso saber nada de la hermana puta.

—Bueno, algo sí, quería meterme en un convento.

La búsqueda no había dado, pues, los frutos que ella esperaba; Rosarito tuvo, sin embargo, la nobleza de no matar al mensajero.

—A usted le tengo mucha fe y mucha querencia, señorita.

Se lo demostraba contándole de buen grado lo que Ana quería saber.

—¿Chan, dice usted? —respondía ahora a la pregunta de Ana sobre si conocían a Chuck Kingsley—. Suena a nombre de chino.

—Chac —repitió Ana, esforzándose en pronunciar el nombre a la española—. Muy fornido, con el cuello muy ancho.

—¿Sabes quién podría ser, Rosarito? El Cuellotoro —intervino Mercedes, y dibujó con las manos la forma trapezoidal de la cabeza de Kingsley.

Rosarito compuso una expresión de inteligencia.

—¡Cuellotoro! Sí, del portaviones, se llama algo así como Chan, o Chac. Vaya mal bicho. ¡Qué mal beber que tiene!

—¿Violento?

Las tres mujeres dijeron que sí a la vez.

—Sobre todo cuando no... ya me entiende...

Ana sabía lo que quería decirle, pero era la «señorita» y tenía que mantener cierta compostura. Una cosa era entender esas palabras y otra muy distinta pronunciarlas; así que esperó a que Mercedes terminara la frase de Rosarito:

—Cuando no se le empina.

Las cuatro rieron.

—¡A ver ese gallinero al fondo! —les gritó el camarero desde detrás de la barra, echándose el trapo de secar los vasos sobre el hombro.

La tercera muchacha, una pecosa ligeramente estrábica, le dedicó un corte de mangas. Después, apretó la barbilla contra el cuello y puso los brazos en jarra parodiando a Chuck Kingsley.

—Es tuya culpa, puta. Tú no haces bueno trabajo —dijo con voz grave e imitando su acento americano.

Las otras dos se echaron a reír, con menos estridencia, ya que el camarero no les quitaba ojo.

—¿Cuellotoro habla español?

—Sí, por lo menos se sabe todos los insultos.

Ana se preguntó cuánto habría entendido de lo que habían hablado ella y Castro en el despacho. Sus sospechas hacia él aumentaron.

Pidió otra ronda de cafés con leche para distraer al camarero.

—¿Para qué busca al Cuellotoro? —le preguntó Rosarito después de que el camarero les hubiera servido los cafés y se hubiera alejado lo suficiente.

—Es para un caso en el que estoy investigando.

—¿Lo de Antonio, el latino?

—Sí, ¿pero cómo...?

—El Chino es pequeño... Pobre muchacho. Era muy guapo y además hablaba español, pero en bonito.

—¿Lo conocías?

—Solo de hablar. Porque con él se podía hablar, no como con los otros, que van a lo que van y después adiós.

Los barcos recalaban con regularidad en Barcelona y algunos marineros buscaban a la gente que ya conocían de viajes anteriores; también a las chicas que les hubieran gustado, era de suponer. Muchos clientes les contaban a las prostitutas secretos, intimidades que no querían o no podían contar a nadie más. Lo que los americanos les dijeran a las chicas moriría seguramente detrás de la barrera del idioma, aunque algunas de ellas aprendían rudimentos de inglés. Había oído decir que en la terraza del bar Cosmos un tal don Fernando les daba clases de inglés por un módico precio. Se imaginaba un inglés funcional, unas formulitas de cortesía, el vocabulario para negociar servicios y precios y, finalmente, unas cuantas mentiras para halagar al cliente. Los gemidos eran internacionales.

—Pues qué quieres que te diga —replicó Mercedes echándose otro azucarillo en el café—, yo lo prefiero así a los que antes o después tienen que contarte su vida entera. Cuesta mucho tiempo que no te pagan tampoco.

No las interrumpió mientras, como si de un debate científico se tratase, discutían los pros y contras de los clientes habladores. No solía interrumpir las digresiones de la gente a la que entrevistaba, pues muchas veces lo que no le querían contar tras una pregunta directa acababa colándose entre los meandros. También con las chicas era importante saber escuchar, la dureza del oficio las hacía arteras, directas en la obscenidad, pero discretas en cambio en la información. A ella muchas le tenían confianza, porque prestaba atención a sus historias, que generalmente nadie quería escuchar y, a la vez, sabían que, aunque quisiera, no podría escribir ni una palabra de la mayor parte de lo que le contaban.

De la cháchara apasionada extrajo que durante la actual estancia de la Sexta Flota en la ciudad no habían visto a Antonio Vázquez.

—¿Es porque ahora tenía novia? —preguntó Ana.

—Como si eso fuera un impedimento... Muchos se vienen con nosotras después de dejar a la novia en casa. —Mercedes cogió un terrón de azúcar entre los dedos, lo levantó ante los ojos y, como si hablara con él, declamó—: Las novias, dulces, blancas y puras.

—Pues he oído que su novia quizá sería dulce, y puede que blanca, pero de pura nada —dijo Rosarito, adoptando una expresión maligna—, que es una puta pero de las finas.

—¡Qué fea te pones cuando estás envidiosa, hija! —le replicó la pecosa cogiéndola por la barbilla y moviéndole la cabeza varias veces a los lados como si quisiera hacerle expulsar ese sentimiento.

Pero Ana quería saber más.

—¿Es verdad eso? ¿Que es una puta?

Rosarito se encogió de hombros.

—Eso me contó uno de los americanos, uno que era de su barco.

—Envidia, nada más que envidia —repitió la pecosa.

—¿Y qué hay de malo si resulta que sí que es una puta? —dijo Mercedes—. ¿Por qué alguna vez una de nosotras no puede tener suerte?

—¡Pues vaya suerte, la pobre! —respondió Rosarito—. Al final se habrá quedado como estaba.

—Sea quien sea, es como si se hubiera quedado viuda. —La pecosa miraba el interior de la taza vacía de su café con leche como si estuviera leyendo una esquela escrita en el fondo—. Viuda de un hombre tan joven y tan guapo.

Se hizo un silencio denso, de súbito duelo por la pérdida de Antonio Vázquez.

Ana lo respetó y lo rompió, igual que en un velatorio, preguntándoles si querían tomar algo más.

—Pues yo ahora me tomaría un anisete —dijo Mercedes.

—Que sean dos —la secundó Rosarito.

Ana no necesitó esperar a la tercera, pidió directamente cuatro anisetes y, mientras hacían chocar las copas a la memoria de Antonio, preguntó:

—Antonio y Chuck, quiero decir Cuellotoro, eran muy amigos, ¿verdad?

—Diría que sí. —Rosarito tomó varios sorbos cortos, pajariles, como remedando a una señorita melindrosa.

—He oído por ahí que se sacaban algún dinerillo extra vendiendo cigarrillos —siguió Ana.

Las tres le confirmaron sin ningún reparo que eso era cierto.

—¿Vendían también cosas más fuertes?

—¿Como qué? —preguntó Mercedes.

—Como drogas.

La pecosa asintió sin hablar, Rosarito lo confirmó, pero mirando hacia el lado.

—Algo se cuenta, pero no sé si será verdad —respondió Mercedes, más veterana y más precavida—. ¿Sabes a quién podrías preguntárselo? A la Julita, una que va mucho por el Metropolitano, donde pasó lo de Antonio.

—Pues yo no me acercaría mucho por ahí estos días, hay muy mal ambiente —advirtió Rosarito.

—Es normal, después de que haya un muerto... Mucha policía, mucho preguntón —dijo la pecosa—. Anda por aquí el larguirucho ese, el Sevilla, haciendo preguntas —añadió con cara de desagrado.

—Y el otro día hubo redada —comentó Rosarito— y se llevaron a la Paca y a la Mallorquina. También a Vendrell y al gordo.

—¿Qué gordo? —preguntó Ana.

—El gordo Barreiro, una buena pieza. A ese hasta se lo quedaron y lo han metido en la cárcel. Al Kubala andan buscándolo. Yo de usted, señorita Martí, no me acercaría por ahí.

Se quedó todavía un cuarto de hora más. Invitó a una última ronda, aunque ella ya no tomó, y después, a pesar del consejo de las mujeres, decidió acercarse al bar Metropolitano.

Caminaba por el centro de la calle, aunque eso le costara más de un improperio de los pocos conductores que metían sus vehículos por esas callejas. Llevaba las manos en los bolsillos del abrigo. Con la derecha oprimía el mango del abrecartas; con la izquierda sujetaba el pisapapeles. *Gladius* y *scutum*, recordó de las clases de latín. «Soy la versión de despacho de un legionario romano», se dijo, y se arrancó a sí misma una sonrisa que le confirió algo más de valor.

Llegó al Metropolitano. Abrió la puerta. Un olor a vinazo y miradas curiosas la saludaron a su entrada. Las mesas estaban ocupadas por un público similar al del bar de donde venía. Los taburetes frente a la barra, en cambio, permanecían vacíos. Se sentó en uno de ellos y esperó a que el camarero se acercara a tomar el pedido para preguntarle por Julita.

—No conozco a ninguna Julita.

—¿Está seguro?

—Tanto como de que no me gusta la gente que viene a mi bar a hacerme preguntas tontas.

—Pues es que me han dicho que viene mucho por aquí.

—Pues le han dicho mal.

Las voces en las mesas habían enmudecido. Todos estaban pendientes de su conversación. Ana veía otra vez caras curiosas, también expresiones de desagrado reflejadas en la cristalera detrás de la barra.

El camarero, fingiendo que comprobaba la transparencia dudosa de un vaso antes de llenarlo, añadió entre dientes:

—Márchese y deje de hacer preguntas.

Bajó del taburete y salió del bar empujada por miradas hostiles. Una niña salió corriendo detrás de ella. Oscurecía y los faroles se dedicaban a dibujar sombras en la calle. En un portal le pareció ver una silueta de hombre.

La niña, de piernas delgadas y demasiado desnudas para el frío reinante, se había detenido unos pasos más adelante en el centro de la calle. Se volvió hacia ella y empezó a hacerle gestos para que se aproximara. Las dos coletas altas se movían como dos signos de admiración que acentuaban la urgencia de su llamada.

Ana se acercó. Se agachó, porque la niña quería hablarle al oído.

—La Julita está muy mala —le dijo compungida.

—Tal vez podría visitarla.

La expresión de la niña se volvió taimada.

—Si me das un duro, te digo dónde está. Es cerca.

—¿Un duro? ¡Eso es mucho dinero! —Ana se incorporó y amagó con marcharse.

—Bueno, pues una peseta.

Ana se volvió con expresión seria.

—Sigue siendo mucho dinero. Por ese precio tienes que acompañarme. Y la peseta te la daré cuando vea a Julita.

La niña no quería darse por vencida.

—Cincuenta céntimos por adelantado.

—Veinticinco y nos ponemos en camino.

El cambio de luz en la calle anunciaba que se abría la puerta del Metropolitano.

—Bueno.

La niña le cogió la mano y empezaron a caminar. Muy despacio primero, muy juntas poco después.

—¡Qué bien hueles! —dijo la niña acercando la nariz a la chaqueta de Ana. Le soltó la mano y se pegó a ella—. Yo un día me bañé. En una bañera de verdad, con jabón de burbujas y todo.

Pisaban calles hediondas de empedrados relucientes por la humedad y los charcos que dejaba la ropa tendida en los balcones, en los que se reflejaba la luz avergonzada de las farolas y de los escaparates de los escasos comercios. Tuvieron que apartarse ante la salida aparatosa de un grupo de señoritos de un garito. Al verles las caras, apreció que no eran tan jóvenes como aparentaban sus gritos y sus maneras, sino hombres en la treintena. El dinero alargaba la juventud de los hijos de las grandes familias de la ciudad. La niña a su lado pronto perdería la infancia.

—En la casa en la que sirve mi mamá. Una vez los dueños no estaban y me llevó para que me bañara como el niño de la casa. A ver si vuelvo otro día y oleré como tú.

Ana contuvo las ganas de preguntarle su nombre. Mejor no saberlo, mejor darle después su dinero y que se marchara con los otros niños asilvestrados como gatos callejeros, mejor no recordar el contacto de su cuerpo buscando calor, un poco de conversación, una peseta.

Llegaron a la calle San Erasmo. Ana sabía que allí se encontraba o había encontrado uno de los *meublés* más conocidos del barrio, El Nido de Oro, pero no recordaba el número. La puerta de la casa ante la que se detuvieron finalmente estaba abierta. Debía de estarlo siempre, ya que la cerradura había sido arrancada. Entró siguiendo a la niña en un espacio angosto iluminado por la bombilla que parpadeaba desde el techo del hueco de la escalera. La niña empezó a subir los escalones con la ligereza de la familiaridad. Ella, todavía no acostumbrada a la poquísima luz, tuvo que apoyarse al principio en la barandilla pringosa. Lo que más le sorprendía, con todo, era el silencio. Ni voces ni llantos de niños, ni cantos ni radios ni gritos. Como si el bloque entero estuviera abandonado.

—¿Estás segura de que vive aquí?

—No he dicho que viva aquí, he dicho que está aquí. —La niña desapareció escaleras arriba.

Ana subió despacio. Apenas veía dónde pisaba; con todo, prefirió no volver a tocar la barandilla. A veces notaba crujidos bajo sus pies como hojas secas, otras veces levantaba el pie al contacto de la suela con algo blando, casi resbaló al apoyarla en una superficie untuosa. Percibió entonces un rumor en la entrada de la casa. Miró por el hueco. No vio nada. ¿Y si todo era una trampa? ¿De quién? De Chuck Kingsley. ¿Podía haber acordado con la niña que la condujera hasta esa casa para volver a atentar contra ella? ¿Por qué no? Los soldados usaban a niños de recaderos, del mismo modo que lo hacían los delincuentes de la ciudad. Era muy fácil. Había muchos niños por las calles de Barcelona. Los pies ascendían por inercia. ¡Vaya miedo más absurdo! ¿Cómo iba a saber Chuck que ella iría al Metropolitano? Aun así, miró de nuevo por el hueco y casi se dio de bruces con la niña, que se había detenido en el rellano del tercer piso.

—Es aquí. —Le señaló una puerta y antes de que Ana tuviera tiempo de decir nada, dio unos golpecitos y entró en el piso sin preguntar.

Ana la siguió. La niña señaló una puerta cerrada al final del pasillo del piso.

—Allí está Julita.

—¡Alicia! ¡Te he dicho que no puedes estar a...! —gritó una voz ronca de mujer desde el interior.

La niña se llamaba Alicia y no la había guiado hasta el país de las maravillas, sino hasta un piso tras cuya puerta seguía un largo pasillo desnudo. Cerca del techo la humedad había desprendido trozos del papel pintado que se rizaban amenazadores sobre la cabeza de la mujer que se les acercaba desde la habitación del fondo.

—¿Quién es esta? —se dirigió a la niña, que se escondió detrás de Ana. Después la miró a ella—: ¿Qué quiere?

—Hablar con Julita —respondió Ana.

—¿Y mi dinero? —Alicia le tiraba de la manga del abrigo.

Toda la inocencia infantil con que hablaba por el camino había desaparecido. Ahora tendía la mano urgiéndola a pagar por su servicio para poder desaparecer cuanto antes. Ana sacó el monedero y le dio dos pesetas. La niña cerró la palma con fuerza y se marchó canturreando y dando saltos como si jugara a la comba.

—No se la puede molestar. Está enferma.

—No la molestaré mucho tiempo. Es verdaderamente importante.

La mujer se cruzó de brazos.

Por un momento estuvo tentada de ofrecerle dinero, pero el instinto le aconsejó no hacerlo. En lugar de eso, bajó un poco la cabeza antes de decir:

—Por favor, se lo ruego.

La expresión dura de la mujer no se borró por completo, pero aflojó los brazos antes de darse la vuelta.

—Está bien. Venga conmigo. Pero solo un momento.

La siguió hasta un cuartito con un camastro de metal en el que yacía quien debía de ser Julita. Era joven, pero avejentada por los ojos hundidos en dos manchas violáceas. Tenía las mejillas enrojecidas por la fiebre y varios mechones de pelo pegados en la frente sudorosa.

—¿Quién es, Loli?

Ana se acercó y se presentó.

—Soy Ana Martí, trabajo para *El Caso* y...

—¡Pero si todavía no me he muerto! —rio Julita—. Déjeme unos días.

Ana dio un paso más hacia la enferma.

—Vengo porque tal vez usted podría darme alguna información —las toses de Julita le hacían dudar de que estuviera oyendo lo que le decía— sobre un marinero americano, Chuck Kingsley, pero creo que se le conoce como Cuellotoro.

—¿Cuellotoro? ¡Grandísimo hijo de perra! ¿Qué ha hecho?

—Corren rumores de que comercia con cocaína...

—No son rumores, es la verdad. ¿Y usted dice que escribe para *El Caso*? A ver si va a ser una excusa para encontrar un proveedor.

Julita trató de reír lo que supuestamente había sido un chiste y se provocó un ataque de tos que amenazaba con cortarle la respiración. Ana se acercó y la ayudó a incorporarse. Un agrio hedor emanó de la ropa de cama al moverse. Ana sostenía a Julita, que luchaba por respirar.

—¿Quién es usted? ¿Qué hace aquí?

Una mujer envuelta en un chal negro acababa de entrar en la habitación con un cazo humeante. Al ver que Julita seguía asfixiándose, lo dejó sobre una silla y se acercó a socorrerla. Entre ella y Ana lograron sentarla de tal modo que dejó de toser. Mientras la mujer le daba golpecitos suaves en la espalda a la enferma, le volvió a preguntar:

—¿Quién es usted?

Julia apoyó la cabeza en el hombro de la mujer y respondió:

—No te lo vas a creer, es una reportera de *El Caso*, Paca. Somos famosas.

—No hables, ya hablará ella. ¿Qué quiere?

—Estoy investigando la muerte del marinero Antonio Vázquez.

Los ojos de la mujer llamada Paca se llenaron de miedo. Negó con la cabeza. Ana insistió.

—Creo que tiene que ver con un asunto de drogas...

Paca abrazó a Julita para acercarse más a Ana.

—Eso ahora no tiene ninguna importancia. Váyase ahora mismo —le susurró al oído.

Julita, a la que sostenían entre sus dos cuerpos, empezó a toser con tanta fuerza que apenas lograban sujetarla entre las dos. Cuando hubo pasado el ataque, Paca la tendió de nuevo en la cama. Ana sintió frío al perder el contacto con su cuerpo febril. Julita había cerrado los ojos. Los volvió a abrir y miró a Ana con expresión asustada.

—¿Voy a salir en *El Caso*? —la voz le temblaba—. ¿En una esquela? ¡No quiero salir en una esquela! ¡No quiero salir en *El Caso*!

—Julita, no digas bobadas, en *El Caso* no salen esquelas. —Paca se sentó a su lado y le cogió la mano.

Esas palabras, por ciertas, la tranquilizaron. Sacó la mano de debajo de la colcha y señaló a Ana.

—Pero que se vaya. —Empezó a toser violentamente.

—Será mejor —le dijo Loli. Se acercó a ella, la tomó del brazo con suavidad y firmeza y la fue sacando de la habitación.

Ana se dejó llevar. Loli cerró la puerta del cuarto, recorrieron el pasillo en silencio.

—Pídale perdón de mi parte. No sabía...

—Está bien —le respondió.

Al fondo del piso escuchó la voz de Paca:

—Ahora, Julita, te vas a tomar el caldo de pollo.

—¿Le puedo hacer una pregunta? —Loli se encogió de hombros—. ¿Usted conocía a Antonio Vázquez?

Loli asintió.

—¿Sabe si tenía una novia?

—Eso son dos preguntas. Pero bueno. Sí, por lo visto tenía una novia.

—Alguien me ha comentado que la novia de Vázquez era... también era...

—Una puta. —Loli sonrió benevolente—. No le dé reparo. Sé lo que soy. Y sí, dicen que su novia también lo era. Pero no como nosotras. Ella era de postín. Bueno, supongo que sigue siéndolo ahora que el novio no la va a retirar. Nosotras, como ya ve... —Señaló el pasillo y la habitación cerrada detrás de la que agonizaba Julita—. No tenemos categoría y venimos a morirnos aquí, a un rincón oscuro, como los gatos. Pero tranquilas. Morirse ya es lo bastante difícil.

Abrió la puerta de la escalera.

—¿La casa está deshabitada?

—Sí. Hace ya varios años. Solo se usa este piso. Alguien tiene un amigo en el Ayuntamiento que procura que no nos lo quiten. Pero no me pregunte nombres, porque no se los daré. Es lo único que tenemos. Así te ahorras que mientras te mueres las monjas te miren mal por lo que haces y te digan que en cuanto cierres los ojos para siempre vendrá un demonio, te cogerá por los pies y te bajará al infierno antes de que estés fría. Aquí por lo menos te mueres entre amigas que te cuidan. Nos cuidamos.

Las toses de Julita arreciaron. Sí, morirse era a veces muy difícil.

Loli le abrió la puerta.

La única bombilla que había tratado de alumbrar la escalera acababa de morir de extenuación. La escalera estaba en absoluta oscuridad. Dio un par de pasos inseguros en el rellano y, tanteando de escalón en escalón, bajó al piso siguiente.

En ese momento, alguien la agarró del tobillo.

Gritó. Estuvo a punto de perder el equilibrio. Se aferró con fuerza a la barandilla pringosa con la cara vuelta hacia el hueco negro de la escalera.

—Perdón, perdón —musitó una voz infantil.

Se volvió. Era Alicia. Estaba agazapada en el hueco que dejaba la puerta de uno de los pisos. Ana se agachó para hablar con ella.

—¿Qué haces aquí? —le preguntó a la niña.

Estaba hecha un ovillo. Se sujetaba las piernas delgadas con los brazos.

—Es que las otras no me dejan entrar —dijo hipando.

—¿Quieres ir al piso de Julita?

—Sí, pero no me dejan verla. Porque se va a morir. Pero yo quiero verla.

Ana volvió a subir el tramo de escalera y tocó a la puerta. Loli abrió.

—Dejad que entre la niña.

—Es que no queremos que la vea así.

—Dejad que se despida de ella.

—Bueno, hágala subir.

Ana bajó un tramo de escaleras. Alicia seguía encogida en el mismo lugar.

—Puedes subir —dijo, tendiéndole la mano para ayudarla a levantarse.

La vio ascender tambaleándose sobre sus piernas flacas.

Ana bajó casi corriendo.

Al llegar a la calle respiró varias veces profundamente para limpiar sus pulmones del aire de ese piso para moribundos, de esa escalera infecta. De reojo captó un movimiento abrupto a un lado. Como si alguien se escondiera raudo en un portal. Caminó rápida en dirección contraria.

Avanzó unos pasos.

Estaba segura. Alguien la seguía. No eran imaginaciones. No se consideraba una persona que se dejara arrastrar por sugestiones. El movimiento subrepticio que había captado era el de alguien que no quería que ella lo viera. Se preguntó si la estarían siguiendo desde que había salido de casa. Miraba las caras de las personas con las que se cruzaba mientras caminaba a buen paso por si en alguna de ellas apreciaba una expresión, un gesto que delatara la presencia de un perseguidor a su espalda, como los conductores que se hacían señales por la carretera para avisarse mutuamente de los controles de la Guardia Civil. Aceleró el paso.

Al final de la calle vio una estafeta de Correos. Entró y buscó las cabinas. Llamó a la Jefatura. Castro no cogía el teléfono.

Lo intentó varias veces más sin éxito. Tampoco en la centralita de la Jefatura sabían decirle dónde estaba Castro.

—Señorita, ¿piensa quedarse a vivir en la cabina?

Una áspera voz masculina le gritaba desde el otro lado de la puerta acristalada. Al verla salir con expresión preocupada, el hombre añadió burlón mientras se metía en la cabina:

—Déjalo, seguro que está con otra.

Ana se volvió, lo miró de arriba abajo y respondió:

—Pues espero que con tu mujer, así por lo menos podrá saber lo que es estar con un hombre de verdad.

Con la mano derecha el hombre tanteaba el aire buscando el auricular. Cuando pudo reaccionar e hizo ademán de ir detrás de ella, uno de los empleados lo interpeló:

—Métase en la cabina y haga la llamada que tenga que hacer, que usted se lo ha buscado por impertinente.

El pequeño incidente le dio a Ana el valor para volver a salir a la calle. Tenía que moverse, tenía que marcharse de ese barrio.

La gente que llenaba las calles la atribulaba a la vez que le concedía una mínima sensación de seguridad. Caminaba rápido, sin volverse, aun así convencida de que el perseguidor continuaba detrás de ella. Aceleró el paso. Llegó a las Ramblas. Vio venir un tranvía y subió. Detrás de ella lo hicieron varias personas.

Llegó a su casa sudorosa. El portal de la casa estaba cerrado. Buscó en el bolso y sacó la llave con urgencia por entrar.

Mientras hurgaba en su interior, alguien le puso la mano sobre el hombro. Dio un respingo y se volvió para encontrarse con la cara de Jesús, el portero.

—No quería asustarla, señorita Martí. —Pero la cara del portero mostraba también temor.

—¿Por qué ha cerrado el portal?

—Es que hoy tengo la impresión de que anda por aquí un tipo sospechoso.

—¿Sospechoso?

Ambos miraron a su alrededor.

—Sí, hace poco más de una hora vi a uno que salía corriendo de la casa y me ha dado mala espina, y como tenía que hacer unas compras, pues...

—¿Y cómo era?

—No lo vi bien, en realidad. Oí los pasos raros, salí de la garita y vi a alguien pasar corriendo. Pero aun sin verla bien uno ya nota que una persona no va con buenas intenciones. Subí y vi que había intentado forzar su puerta.

—¿La nuestra?

—Sí. Cuando ustedes estaban fuera. Últimamente hay muchos robos. Tengan cuidado.

Ana le aseguró que lo harían. El portero abrió la puerta.

—¿Ha vuelto la señora Noguer?

El portero negó con la cabeza.

—Y la muchacha de ustedes tampoco está. Me contó al salir que hoy se iba al cine con unas amigas.

Ana le dio las gracias y empezó a subir la escalera.

Unas marcas en la madera de la puerta demostraban que alguien había tratado de forzar la cerradura. Entró. El piso estaba en silencio. Desde la distancia le llegaba el sonido de la escoba del portero. Acompañada por el raspado rítmico recorrió el piso sin cerrar la puerta. Empuñaba el abrecartas y el pisapapeles. Nadie. Volvió al recibidor y cerró con llave. Estaba sola.

21

—Es mi hijo, señor comisario.

—¡Es un comunista! No sé cómo se atreve a venirme con esta petición. Es especialmente grave, vergonzoso, que el hijo de un inspector de primera de la BIC sea miembro de una célula universitaria del PSUC.

Isidro había intentado entender la situación mientras se dirigía hacia el despacho del comisario Creix, de la Brigada Político Social. Por lo visto, habían detenido a Cristóbal con otros cinco más en una redada en el piso de un profesor de la universidad. Un compañero lo había avisado porque la detención había sido registrada.

—Me ha parecido reconocer el nombre de tu hijo, por eso te aviso, Isidro. Más no puedo hacer. Lo siento.

El nombre de su hijo en el registro de detenidos.

Los habían registrado, no los podían hacer desaparecer sin más como a otros.

Pero Creix... los métodos de Creix, que incluso había hecho un curso de especialización anticomunista del FBI... Creix, uno de los más duros de la Social... Creix, que torturaba por gusto y convicción...

Ellos, los de la BIC, también sabían hacer cantar con un par de golpes bien dados, pero no colgaban a la gente de las tuberías hasta que perdían el sentido, ni les daban picana, ni les rompían las manos, ni los quemaban con cigarrillos... Claro que los de la Social se las tenían que ver con subversivos, con comunistas, con anarquistas, con nacionalistas. Con su hijo. Con los huesos finos de Cristóbal, con la piel clara de Cristóbal. Con el carácter altivo de Cristóbal. No hablaría, no se dejaría doblegar. Era cabezota, como su madre. Lo iban a moler a palos. No soportaba imaginar que golpeaban el cuerpo de su hijo, ese cuerpo que había visto crecer sobre unas piernas larguiruchas que lo hacían parecer una arañita cuando era pequeño y que ahora no le habían servido para huir de los agentes de la Social. Iban a golpear a su hijo, por quien sería capaz de dar su propia vida.

Y a quien solo él tenía derecho a ponerle la mano encima. Una potestad natural que tenían que reconocerle.

O no. Porque ahora, mientras humillaba la cabeza delante del comisario Creix, le arrebataban de cuajo sus derechos paternos.

—¿Por lo menos podría verlo? —Tuvo que contenerse para no juntar las manos en actitud implorante.

—No. Está en régimen de aislamiento.

—Pero...

—No, he dicho.

—Pero, comisario, mi hoja de servicios...

—Su hoja de servicios, Castro, es suya. Si los pecados de los padres no deben recaer sobre los hijos, los méritos de los progenitores no eximen las culpas de los descendientes. Todo lo contrario: en el caso de su hijo, teniendo en cuenta quién es usted, deberíamos ser más duros, dar ejemplo con él.

—Se lo ruego, señor comisario. Ya me encargaré yo de...

—¿De qué se va a encargar? —El rostro del comisario Creix mostró un rictus despectivo—. Tiene un comunista en casa desde hace meses y no se ha dado cuenta. ¿De qué se quiere encargar ahora? Su hijo es asunto del Estado.

Una llamada telefónica interrumpió a Creix. Su discurso, en cambio, siguió desarrollándose en la cabeza de Isidro, llenándola de acusaciones de haber sido un mal padre. Con un gesto de la mano, un aleteo imperioso, el comisario le ordenó que se marchara. No lo miró mientras salía abatido.

Se alejó de la puerta, pero a los pocos pasos tuvo que sentarse en un banco del pasillo. Era la primera vez en todos sus años trabajando en Jefatura que lo hacía. La madera dura con el barniz descascarillado lo recibió con un crujido. En el brazo de metal vio los arañazos de las esposas con que fijaban a los detenidos. Se echó hacia delante y miró las puntas de sus zapatos. Cuando era pequeño, Cristóbal se los lustraba. «¿Qué le parece, padre?». Ahora lo hacía Daniel. «Mire, padre, como nuevos».

Se levantó.

Todavía le quedaba una carta.

—Pasa, Isidro, pasa. Te estaba esperando.

Goyanes por lo visto no pudo ni siquiera aguardar hasta que Isidro tomara asiento, las palabras brotaban como en un escape de agua.

—¿Qué? ¿Cómo se siente ahora el gran hombre? El que nos miraba por encima del hombro, el que nos venía a dar lecciones de moral.

Isidro no se consideraba una persona inteligente, tampoco creía suplir la inteligencia con listeza, pero los años de trabajo, las horas de interrogatorios le habían enseñado cuándo había que moverse y cuándo era mejor estarse quieto.

—Pues ya ves, Isidro. En todas partes cuecen habas. ¿Te creías que tú ibas a ser mejor que el resto de los mortales? Y ahora va y te sale el hijo comunista. Esa sí que es buena. El hijo del inspector Castro, un militante comunista. —Goyanes soltó una risa teatral mientras miraba a un lado, dirigiéndose a un público inexistente—. ¿Quién lo iba a decir,

Isidro? Tú, el intachable, el que nos miraba a todos desde arriba. Al final resulta que te sale un hijo rojo. El mostrador siempre limpio y la trastienda llena de ratones. —Goyanes se regocijaba en la imagen. ¡Cuánto rencor hacia él parecía haber acumulado Goyanes! Aguantó sentado, firme delante del comisario su retahíla triunfal. Lo dejó hablar, que se desbravara—. ¿Qué tal sienta eso de pedir favores personales? ¿Cómo fue lo de ir a rogarle a Creix que no le partan la cara a tu niño?

Ante Goyanes no bajó la cabeza, hasta que llegó el momento de pedir:

—Comisario, es mi hijo...

—¿Y?

—Llevo muchos años sirviendo al país...

—¿Y?

Isidro tuvo que respirar profundamente dos veces antes de poder pronunciar la siguiente frase:

—Y pienso que, teniendo en cuenta mis servicios... mi historial intachable...

Los ojos de Goyanes mostraban una alegría felina, como si se relamiera por dentro ante los últimos pasos del ratón maltrecho, casi moribundo.

—... tal vez usted podría... interceder... tal vez usted podría interceder...

Igual que Creix, su jefe no le dejaba terminar las frases. Eso era también el poder, y Goyanes lo disfrutaba con fruición.

—¿Para que suelten a tu hijo? ¿Tu hijo el comunista? Y ¿qué pasa con la ley? ¿No es igual para todos? —Se quedó mirándolo con fijeza, las palmas de las manos apoyadas sobre la mesa.

—Es mi hijo. Es solo un muchacho.

Goyanes tal vez no estuviera ahíto, pero, ya suficientemente satisfecho, su tono fue menos cáustico al responderle.

—¿Y qué se supone que puedo hacer yo?

—Hable con Creix, comisario. De igual a igual. A usted le hará caso.

—Pero no le voy a pedir que suelten a tu hijo.

—No le pido eso. Solo que no le peguen, que no le maltraten.

—Mucho me parece eso. —Se echó hacia atrás en la silla, como si sintiera un cansancio súbito—. Y estoy en este momento demasiado ocupado. Ese tema de los americanos...

Isidro no se consideraría a sí mismo una persona inteligente, pero entendió enseguida.

—Lo resolveré a su entera satisfacción.

—Por supuesto que sí, es tu trabajo —dijo Goyanes, aunque la sonrisa de complacencia por saberlo a su merced lo delataba.

Ese era el precio, que la pesquisa diera un resultado favorable a los intereses de su jefe.

—Veré lo que puedo hacer.

—Gracias, señor comisario.

No había más que decir en realidad, pero Goyanes pareció recobrar por un momento las ganas de seguir jugando con él.

—«¡Señor comisario!». ¡Qué educadito te nos has puesto! Menos formulitas y encárgate de hacer bien tu trabajo.

El gesto de la mano con el que lo despidió fue casi idéntico al que le había dirigido Creix.

Rabioso y humillado salió del despacho de su superior y se encaminó al suyo.

Sevilla le salió al encuentro por el pasillo. Su cabeza estaba demasiado ocupada con las frases que le habían dirigido los dos comisarios para entender lo que le decía, solo un nombre propio logró sacar la cabeza del magma de palabras de Sevilla: Ana Martí.

—Ahora no, Sevilla.

Para él únicamente contaba el nombre de su hijo.

22

—Me podrías haber avisado.

—¿Cómo? Si no te oí llegar anoche —con la cara muy cerca de la suya, Ana le respondía también en susurros. Las dos estaban en el pasillo, a pocos pasos de la puerta cerrada de la cocina.

—Pues esta mañana.

—¿Qué querías que hiciera? —replicó su prima medio riendo—. ¿Que entrara en tu cuarto para decirte que...?

—Que me iba a encontrar a un inglés tomando té en la cocina. —Beatriz empezó también a reír bajito—. Es que he entrado de una guisa... por lo menos me hubiera recogido el pelo. ¿Y qué hace aquí, por cierto? Bueno —se corrigió al momento—, no necesitas explicármelo.

—Sí que es necesario, me temo.

La expresión risueña desapareció del rostro de su prima. Las ojeras violáceas tal vez se debían a un insomnio menos gozoso de lo que había conjeturado.

—Lo llamé porque tenía miedo de quedarme sola en casa. Luisa iba a volver tarde. Y no sabía dónde estabas tú y cuándo volverías.

Ana, que había dormido en lugares siniestros, que había entrevistado a asesinos, que había pisado escenarios de crímenes atroces, ¿tenía miedo de quedarse sola en casa?

—¿Qué te ha pasado? —le preguntó Beatriz.
—Enseguida te lo cuento.

Entraron en la cocina. Allí encontraron a Luisa atendiendo las explicaciones de Lawrence sobre la preparación del té.

—Pues la señorita me lo explicó diferente. —La muchacha miró a Ana con expresión dubitativa.

—Usted hágame caso y le quedará *estupendou*.

—Hombre, si me va a quedar *estupendou*, no se hable más.

—Luisa, no le tomes el pelo —dijo Beatriz.

—¿El *pelou*, señora? —Luisa se echó a reír y puso la cafetera sobre el fogón.

—Beatriz, este es Lawrence Roberts.

—Es el profesor de inglés de la señorita —le explicó Luisa, sacando la cabeza de una alacena baja en la que buscaba algún cacharro.

—Esta es mi prima Beatriz Noguer, Lawrence.

—Una eminencia —añadió Luisa, sosteniendo un cazo en el aire.

Se dieron la mano y Beatriz desapareció con un escueto «ahora vuelvo». Corrió a su cuarto, se puso un batín y recogió su larga melena gris en un moño. Cuando llegaba el frío le gustaba usar el ancho batín de terciopelo que había sido de su padre. Envuelta en él, se sentía con más ánimos de escuchar lo que Ana tuviera que contarle. Nada bueno, suponía.

—Ya ha subido el café —le dijo Luisa cuando entró en la cocina—. ¿Se lo va a tomar aquí?

—Mejor vamos a la biblioteca.

No quería que Luisa se enterase, de modo que aguardaron en silencio hasta que dejó el servicio sobre la mesa. Por suerte, constató Beatriz, la presencia del inglés captaba por completo la atención de la muchacha.

Lawrence se había sentado en una silla al lado de Ana y quedaba más alto que ella, acomodada en un sillón. A Beatriz le pareció que se esforzaba por no tocar a su prima.

—Bien —dijo Beatriz después de que los pasos de Luisa se hubieran alejado en dirección a la cocina—. ¿Qué ha sucedido?

—Ayer tuve un... percance en el metro.

Le costaba creer lo que le contaba Ana, que alguien la hubiera empujado en el andén aprovechando la aglomeración para hacerla caer a las vías. Pero la conocía bien y sabía que no era dada a falsas alarmas, todo lo contrario, solía darse cuenta demasiado tarde de que se había metido en una situación peligrosa, como ahora.

—Pero ¿por qué?

—Llevo todo el tiempo dándole vueltas y siempre llego a la misma conclusión: tiene que ver con el asunto de los americanos.

Ana le contó lo sucedido durante el interrogatorio del marinero norteamericano, el momento en que se quedó a solas con él, el discurso incomprensible de un borracho hablando en inglés en el cual, por lo visto, se le habían escapado informaciones delicadas. A medida que el relato avanzaba, Beatriz sentía cómo el temor por el peligro que pudiera correr Ana se mezclaba con un enfado creciente porque, una vez más, se hubiera expuesto a una situación arriesgada.

Beatriz sabía que Ana recurriría a la ambigüedad o a las vaguedades para dar a entender a su interlocutor que sabía «algo» y sacarle información. Normalmente admiraba el modo en que su prima usaba una frase cazada al vuelo, un nombre repetido, un gesto captado de reojo para sonsacar a la gente; Ana aprovechaba que a los periodistas la gente les atribuía que sabían más que el resto de las personas, del mismo modo que a los catedráticos se les concedía erudición, humanidad a los médicos y decencia a los curas, la tuvieran o no. Ahora parecía que por algún motivo alguien sospechaba que ella sabía demasiado.

—¿Le insinuaste tal vez que habías entendido algo comprometedor para que reaccionara de ese modo? —Ya no pudo contener más el tono de reproche cuando su prima describió el intento de agresión y los insultos del marinero.

—No. —Ana pareció algo intimidada por su forma de preguntar—. Si apenas comprendía qué decía; aparte de que me insultaba y me lanzaba proposiciones obscenas. Pero estaba drogado y traté de sacarle alguna información sobre si Vázquez tenía algo que ver con drogas... —La mirada de Ana saltaba de Beatriz a Lawrence buscando su aprobación. Él asentía, ella negaba con la cabeza—. Y Vázquez de todos modos está muerto. Parece que necesitaba mucho dinero y por eso después fui al Chino para hablar con algunas de las mujeres...

—¿Después? ¿Después de qué?

—De lo del metro. Para confirmar que...

—Pero... ¡pero Ana! —A Beatriz la voz le temblaba, dominada por una mezcla de miedo y furia—. ¿Qué necesidad tenías de meterte en esto? ¿Por qué tienes que arriesgarte de esa manera? Eso es labor de la policía.

—Es mi...

—¿Tu trabajo? Tu trabajo es escribir artículos.

—Investigar también. Y no solo en bibliotecas.

Beatriz ignoró el intento de provocación de Ana.

—Sí, ya sé lo que te enseñó Rubio, que hay que ensuciarse los zapatos con el barro de la calle. Todo muy bonito y muy sonoro.

Lawrence, incómodo o discreto, se levantó de la silla y se acercó a la puerta.

—Pero Beatriz... —replicó Ana, siguiéndolo con la mirada.

La pérdida de la atención de su prima la hizo explotar. Beatriz movió los brazos para atraerla de nuevo y con el codo tiró al suelo un libro que reposaba sobre la estantería a su izquierda. Lo dejó allí.

—¿Quieres acabar siendo noticia en tu propio periódico? ¿Cuántas páginas? ¿Dos? ¿Cuatro? ¿Un número completo? ¿Vale la pena? ¿En serio?

Ana la miraba con ojos desorbitados. Balbuceó algo. Su cara pasó de la turbación a la ira cuando a Lawrence, antes de salir, se le ocurrió añadir desde la puerta:

—Beatriz tiene razón, Ana.

Desapareció cuando vio que Ana se echaba hacia delante en el sillón, recogía el libro del suelo y lo lanzaba en su dirección. El volumen voló primero como si fuera una piedra, pero en el aire pareció recordar que era un libro y se abrió justo al alcanzar la puerta con un golpe blando de hojas doloridas.

—¡El Corominas! —gritó Beatriz—. ¡Le has tirado el primer volumen del *Diccionario crítico-etimológico* de Corominas, de la A a la C!

No sabría decir qué le causó más hilaridad, si su propia frase, la expresión compungida de Ana o la cara de absoluta estupefacción de Lawrence al asomarse de nuevo tras el golpetazo del libro.

—¿Qué os parece si nos tranquilizamos? —propuso él entonces.

Recogió el libro del suelo con cuidado y le acarició el lomo como a un animalito lastimado. Beatriz se sorprendió a sí misma con la idéntica expresión de ternura que mostraba el rostro de Ana. «Pero yo miro el libro», se dijo, mientras apartaba los ojos de los del inglés.

Volvieron a ocupar los mismos lugares, menos el diccionario, que Beatriz dejó con cuidado sobre su escritorio tras tomarlo de las manos de Lawrence.

—Creo que quedó un pico doblado marcando la palabra «cabezota».

—No era mi intención meterme en líos, Beatriz, solo quería averiguar qué está pasando.

—Tal vez no tenga que ver con los americanos —dijo Lawrence mirando a Beatriz.

Ella entendió que ya habían barajado todas las explicaciones y él buscaba nuevas posibilidades, desde un empujón accidental hasta la acción de algún loco.

—Claro. Igual han sido las señoras feroces de la Congregación de las Adoratrices de María Magdalena clamando venganza —respondió Ana sardónica.

—No debemos tomar lo que dice Lawrence a la ligera. ¿Y si es alguien ofendido por algo que hayas escrito antes? Alguien, por ejemplo, recién salido de la cárcel. A los delincuentes no les dedicáis los adjetivos más bonitos. —Involuntariamente lanzó una mirada al volumen herido, como si le hubiera llegado un gemido desde la mesa.

—¿Morir por un adjetivo? —Ana no parecía dispuesta a tomarlo en serio.

—Mucha gente ha muerto por palabras, Ana.

—¿Por un adjetivo en *El Caso*?

Decidió cambiar de tema.

—¿Qué dice Castro? Porque le habrás informado, ¿verdad?

—No he logrado hablar con él. Lo he intentado varias veces, pero no hay manera.

—Pues llama a otro policía.

—No debo. El interrogatorio del americano no fue precisamente legal y no sé quiénes están de su lado en Jefatura.

Ana se había levantado mientras hablaba y miraba por la ventana. Beatriz la imitó.

—¿Crees que está ahí?

—No lo sé.

A esa hora de la mañana no parecía poder existir una calle más plácida que la rambla de Cataluña. Una pareja de ancianos, un mozo de cuerda empujando una carretilla cargada de cajas de madera, niños camino del colegio, un hombre apoyado en un portal fumando un pitillo. Tal vez se sintió observado o captó el movimiento de las cortinas, porque levantó la vista hacia ellas. Ana dio un respingo. El hombre bajó de nuevo la mirada para dirigirla a un grupo de muchachas que subían la calle hablando y riendo, dio todavía una calada al cigarrillo, se metió las manos en los bolsillos de los pantalones y se marchó.

La sonrisa forzada de Ana no lograba ocultar su tensión.

—Hoy no te moverás de casa, ¿verdad?

—No, mamá.

—Hablo en serio, Ana.

—Hazle caso —añadió Lawrence—. Yo ahora tengo que marcharme, tengo una clase privada y debería pasar antes por un barbero, mis alumnos son muy estrictos con las formas. Pero volveré lo antes posible.

—Si quieres, creo que en la casa tenemos todos los enseres de afeitado.

—¿Sí? —Ana levantó las cejas.

—De Salvador —se apresuró a decir Beatriz, y confió en que, más interesada en Lawrence que en ella, Ana no le preguntara cuándo se había afeitado su hermano en esa casa por última vez.

La leve estela de olor a loción de afeitado que dejó Lawrence a su paso le encogió el corazón a Beatriz, pero no se dejó arrastrar por la tristeza. La situación de Ana reclamaba su atención. En cuanto él se marchara quería que su prima le volviera a contar todo lo sucedido.

Pero Lawrence no acababa de cruzar el umbral.

Hasta que Ana entendió. Beatriz vio que le daba un beso casi furtivo, la puerta estaba abierta y no se podía saber quién tendría el ojo pegado a la mirilla.

En ese momento Beatriz reparó en los arañazos alrededor de la cerradura de la puerta. No los había visto al volver la noche anterior a casa.

—¿Qué es esto? —le preguntó a Ana.
—Ahora te lo explico.

23

—Por favor, no cuelgue.

No lo haría, por lo menos no de inmediato, ya que con su truco había logrado casi arrancarle una sonrisa.

—Es usted muy lista, señorita Martí.

Había llamado al teléfono de su compañero Rovira, le había explicado que estaba escribiendo un artículo para *El Caso* sobre el asunto del falso nieto. Tras entrevistarlo un rato, le había pedido que le permitiera hablar con Sevilla, y fue a este a quien le explicó que habían intentado matarla en el metro.

—Dígaselo por favor a su jefe y dígale que llamaré en unos minutos a su despacho y que tengo información muy importante para él.

Esta vez no dejó caer el auricular en la horquilla al oír su voz. La escuchaba de pie mientras le contaba lo sucedido en la estación de plaza de España, inclinando el torso e incorporándose lentamente para encontrar una posición en la que la espalda no amenazara con quebrársela si hacía un movimiento en falso. Había pasado casi toda la noche en vela sentado a oscuras en el salón de su casa; de vez en cuando Araceli se había levantado para pedirle que se acostara, él le había respondido cada vez que no, ella se marchaba llorando al dormitorio y repitiendo en voz baja:

—¿Para qué tantos años de servicio, para qué tanta lealtad? ¿No eres uno de ellos?

El llanto de Araceli había sido el único sonido en la casa, de la habitación de sus hijos solo salía silencio, a pesar de que Daniel estaba dentro e Isidro estaba seguro de que tampoco dormía.

La noche en vela, la preocupación por Cristóbal, la decepción en los ojos de Araceli, todo parecía haber caído sobre su espalda dolorida.

—A ver, señorita, ¿qué dice que le ha pasado? —Apenas lograba disimular su poco interés.

—¡Intentaron matarme en el metro! ¡Me empujaron!

—¿Está segura? —Se frotó el costado con la mano libre.

—¡Inspector!

—Mire, en las aglomeraciones pasan estas cosas...

—No me venga con esas. No fue un empujón accidental, era intencionado.

—¿Y cómo lo sabe?

—Porque eso se nota y porque hubo testigos. ¿Me está usted escuchando?

—Sí, sí. —Isidro había separado la oreja del auricular porque le pareció que alguien se acercaba con pasos rápidos a su despacho. Quien fuera pasó de largo—. Pero no entiendo qué sentido tiene...

—Yo tampoco lo entendía al principio, pero ahora creo que tiene que ver con lo de los americanos.

—Disculpe, no la sigo.

—Creo que el otro día, cuando usted me dejó a solas con el marinero Kingsley y este empezó a hablar, tal vez dijo algo que no debería.

—Pero usted no recuerda nada en particular.

—A duras penas lo entendía. Lo que sucede es que él no puede saber lo que yo comprendí y lo que no. También nos ocultó que entiende el español... Inspector Castro, ¿sigue ahí?

—Por supuesto. Estoy pensando.

—Además, alguien intentó forzar la puerta de mi casa.

—Mire, de entrada voy a hacer vigilar su casa. No se le ocurra salir. Cierre bien la puerta. Tenga cuidado.

—Es que tengo que contarle otra cosa... Creo saber cuáles son las razones de Kingsley. Es por lo de las drogas.

Le costó dar crédito a lo que le explicó después la periodista. Había mandado a Sevilla con el mismo objetivo al Barrio Chino y había vuelto sin nada en concreto.

—¡Pero señorita Martí! Eso ha sido demasiado temerario, inconsciente.

Y, sin embargo, no podía ocultar su admiración.

—¿Tiene los nombres de las mujeres? —preguntó, enderezándose ligeramente.

—Por supuesto. A muchas las conozco hace tiempo y a otras creo que las conoce usted.

La Mallorquina, Paca, Julita.

—No sabía que esa muchacha estuviera tan enferma —comentó distraídamente, porque en ese momento acababa de entender lo que las averiguaciones de Ana Martí significaban para él. Le urgía hablar con Goyanes, pero antes tenía que encargarse de la seguridad de la periodista.

—¿Está usted sola?

—No... no. Me acompañan un amigo y la muchacha de la casa. Y pronto volverá mi prima.

—Excelente, excelente. No salga de casa. Pronto llegarán dos de mis hombres para protegerla.

Se encargó de organizar la vigilancia antes de dirigirse al despacho del comisario.

Cerró el puño derecho y besó el pulgar oprimido entre los otros dedos.

—Por ti, hijo.

—Sabemos que Chuck Kingsley vende cocaína. Kingsley era compañero de camarote de Vázquez, lo que nos da, si no un motivo, por lo menos una dirección muy clara.

—¿De dónde has sacado esta información? —Goyanes agitaba la pluma en el aire. Isidro se preguntó por un segundo adónde irían a parar esta vez las gotas de tinta.

Le contó el resultado de las pesquisas de Ana Martí.

—Y Sevilla lo puede corroborar —mintió.

—Si lo entiendo bien, las informantes son varias putas del Chino.

—¿Desde cuándo no hacemos caso a sus soplos? Sin ellos se nos irían al garete la mitad de las investigaciones.

A Goyanes no le quedó más remedio que aceptarlo.

—Pero ya sabes que, si es verdad, lo van a juzgar ellos.

—Lo van a juzgar. Eso es lo que cuenta. Por tráfico de drogas, tal vez por asesinato. Estos vienen aquí creyéndose que pueden hacer lo que quieran. Nos tratan como si fuésemos indígenas que no tienen leyes ni cultura, cuando son ellos los que se comportan como salvajes.

La actitud de Goyanes cambió. En ese punto estaban de acuerdo. Isidro sacó su as de la manga.

—Y mucho me temo que han estado a punto de matar de nuevo y esta vez a una española.

Le contó lo sucedido a Ana Martí, la sospecha de que Kingsley temía que la periodista supiera demasiado de sus negocios porque se le había escapado información durante el interrogatorio. Al recordarlo, la cara de Goyanes se endureció.

—Ya me disculpé ante el cónsul y él aceptó mis disculpas —se apresuró a decir Isidro.

Goyanes encendió un cigarrillo y empezó a fumar algo ladeado en su silla.

—Un intento de asesinato —repitió Isidro después de que Goyanes hubiera dado dos caladas al cigarrillo.

—¿Estás seguro?

—No me cabe la menor duda —mintió de nuevo.

Dos hombres desconfiados midiéndose mutuamente. Tenían razones diferentes para dudar. En él era la profunda convicción de que el ser humano está inclinado al mal por naturaleza, una convicción que había encontrado en el trabajo en la policía su confirmación y su alimento. Goyanes, más que conocer la naturaleza humana, debía de conocer la suya propia y de qué era capaz; su desconfianza era, se decía Isidro, de «piensa el ladrón...». También más circunstancial, los tiempos estaban cambiando, estaba llegando gente nueva, de otra cuerda, y no lograba saber a ciencia cierta quién estaba con él y quiénes eran sus enemigos. Aunque ahora ya sabía que el gobernador civil no contaba con él para decisiones que atañían a su propio grupo de investigación. Necesitaba un éxito y no podía permitirse errores.

Se observaban buscando señales. Goyanes fumaba, Isidro seguía hierático al argumentar:

—Si le sucede algo a la periodista, va a ser difícil explicar por qué, sabiéndola en peligro, no actuamos. Más aún cuando es habitual de esta casa.

Goyanes miró a su izquierda, encima de uno de los archivadores colgaba enmarcada una página de *El Caso* en la que, junto con su foto, aparecía un largo artículo alabando su trabajo y el de sus hombres. Isidro se lo imaginaba buscándose en cada edición y subrayando su nombre en rojo. Como hacía Araceli por él. Recordarla le provocó un agudo pinchazo en la espalda. Se removió en la silla.

—¿Entonces? Tenemos que hacer algo.

Por lo visto el dolor había dado a su voz la urgencia que le faltaba. Goyanes aceptó por fin. Llamó al consulado y concertó una cita inmediata con el cónsul.

—Hablaré yo, Isidro. En estos asuntos diplomáticos siempre hablan entre sí los de mayor rango.

—Lo que usted diga, señor comisario. —Hizo una pausa antes de formular la pregunta realmente importante—: ¿Y lo otro?

—¿Qué otro?

—Lo de mi hijo.

Una sonrisa maliciosa se le escapó a Goyanes antes de que pudiera dar a los músculos faciales la orden de componer un rostro mayestático. Isidro fingió no haberla visto.

—Está bien. Sal un momento.

Esperó delante de la puerta de Goyanes. Nervioso, impaciente, enfadado. Enfadado consigo mismo por no haberse dado cuenta de la naturaleza de las actividades de Cristóbal, enfadado con Cristóbal por meterse en política, enfadado con Goyanes por tenerlo ahí afuera, enfadado con Creix por haberlo denigrado, enfadado con Sevilla porque, en vez de investigar, como le había ordenado, seguramente se había quedado en algún cuartucho con una de las putas, enfadado con Ana Martí por arriesgarse, enfadado con todo y con todos hasta que por fin apareció su jefe con expresión triunfal.

—Creix es duro, pero ha dado su brazo a torcer. —La sonrisa victoriosa se ensanchó—. En breve lo sacan de la celda y te lo mandan a casa.

—Muchas gracias, señor comisario.

Isidro se dio media vuelta.

—¿Adónde vas ahora?

—A ver a Creix. Tengo que pedirle otra cosa.

Goyanes, atónito, no pudo recuperar el habla hasta que Isidro casi doblaba una esquina en el pasillo.

—No tardes. Tenemos que ir al consulado. Y, sobre todo, no te olvides de que estás en deuda conmigo, no con Creix.

—Con ninguno de vosotros —dijo Isidro entre dientes.

En esta nueva visita al consulado, les sirvió el café una secretaria rubia y pulcra, una Doris Day de la que el comisario no podía apartar los ojos. Ella les explicó en un español bastante bueno que tendrían que esperar unos minutos a que llegara el intérprete oficial del consulado.

—Pues interprétenos usted, señorita —dijo Goyanes, mirándola de arriba abajo.

Ella le dirigió una sonrisa fría y cortés, le tendió la taza y desapareció.

Sentados ante la mesa del cónsul, tomaron café en silencio, solo interrumpidos por algunas palabras corteses en el precario español del cónsul y los comentarios que Goyanes le hacía llegar a gritos.

—¡Muy simpática su secretaria!

—¡Muy bueno el café!

El cónsul respondía cada vez con un *grasias*, miraba su reloj, miraba la puerta y decía que el intérprete ya llegaba. Los tres se relajaron al verlo entrar.

Goyanes no le había detallado los motivos exactos de su visita, solo que tenía que ver con el caso del marinero asesinado y que era muy urgente. En cuanto el intérprete se hubo acomodado al lado del cónsul, el comisario les explicó, señalando con mímica algo exagerada a Isidro, los resultados de las pesquisas de su subordinado. Mientras se extendía en una pormenorizada y algo fantasiosa descripción del trabajo de los investigadores españoles, Isidro observó primero una expresión de alarma en el rostro del cónsul al escuchar lo que habían averiguado acerca del comercio con drogas por parte de un grupo de marineros, a la que siguió algo así como un suspiro de alivio, cuyas razones Isidro no podía entender. El diplomático, que había estado muy erguido, atento a las palabras de Goyanes, se dejó caer hacia atrás en su sillón. El comisario, tal vez demasiado inmerso en su esfuerzo por otorgar cierta solemnidad pomposa a su discurso, tampoco apreció el conato de sonrisa que el cónsul hizo desaparecer de inmediato al darse cuenta de que era observado con fijeza por Isidro. Fue entonces cuando interrumpió a Goyanes:

—Lo que usted dice es francamente muy grave y lo vamos a investigar a fondo.

Goyanes se quedó aguardando más palabras. Isidro captó antes que él que el cónsul le estaba dando una especie de acuse de recibo y poco más; por eso, a pesar de las instrucciones de su jefe, decidió intervenir:

—Estupendo, a nosotros también nos gustaría tener la ocasión de interrogar nuevamente al marinero Chuck Kingsley.

Isidro creía que el cónsul le recordaría que la policía española no tenía jurisdicción sobre los marineros norteamericanos, también podía haberle caído una recriminación de su jefe por su intrusión. Lo que no esperaba era la respuesta que le llegó, en la que el intérprete incluso reprodujo, le pareció, cierto tono burlón:

—Me temo que eso será del todo imposible, la flota zarpó esta mañana del puerto de Barcelona.

—¿Cómo? —La pregunta de Goyanes era una interrogación para el cónsul y un reproche para Isidro, que tuvo que aceptarlo.

Se le había olvidado la duración de la estancia. ¡Qué estúpido!

—Esta mañana los barcos abandonaron Barcelona —repitió el cónsul echado hacia atrás en el sillón y con las manos unidas sobre el vientre—. El *USS Saratoga* se encamina hacia Trípoli y después a la base en Charleston para que los muchachos pasen la Navidad en casa.

—Pero... pero ¿no quieren ustedes resolver el caso? —preguntó el comisario.

—Por supuesto, el asunto tiene absoluta prioridad.

—También para nosotros. Asesinato, tráfico de drogas e intento de asesinato de una ciudadana española —insistió Isidro.

El cónsul abandonó su actitud plácida y volvió a sentarse muy firme.

—Tenga por seguro que nuestra Policía Militar se encargará de interrogar a Kingsley de inmediato.

Isidro no estaba dispuesto a darse por vencido.

—A nosotros nos gustaría también tener la oportunidad de volver a hablar con el marinero, como le dije.

El cónsul conversó un momento con el intérprete. Quizá dudaba de que le hubiera transmitido bien las palabras de Isidro, porque después le dijo:

—El marinero Chuck Kingsley se encuentra a bordo del portaviones *USS Saratoga* que ha salido del puerto esta mañana, concretamente a las seis, con destino a Trípoli.

—Dígale al señor cónsul que eso ya lo entendí la primera vez, me estoy refiriendo a hablar con él por radio.

La respuesta del cónsul llegó demasiado rápida.

—Eso no es posible.

—¿Por qué no? —preguntó Isidro.

—Cuestiones técnicas.

—¿Qué tipo de cuestiones?

—Técnicas.

—¿Qué tipo de cuestiones técnicas? —repitió Isidro.

—Es muy complicado de explicar, pero no es posible...

Isidro se disponía a insistir, pero lo arrolló la voz de su jefe.

—¿No es posible? ¿Me quieren hacer creer que no les es posible comunicarse con un barco de su propia Marina? —El enfado le había enrojecido el rostro a Goyanes—. ¿Por tan tontos nos toman? ¿Me tengo que creer que en el que se proclama el mejor ejército del mundo no es posible comunicarse con un barco para interrogar a un sospechoso de asesinato? ¿Cómo es posible, entonces, que ganaran ustedes una guerra?

El murmullo de la traducción del intérprete quedó cortado de golpe cuando Goyanes dio un puñetazo en la mesa.

—¡Basta! ¡Basta! Nos han estado tomando el pelo todo este tiempo.

—Comisario... jefe... —empezó Isidro, y le tocó el brazo.

Goyanes salió como de un trance. Se levantó, murmuró algo que debió de ser una disculpa y salió turbado y aturdido. Antes de cerrar la puerta se oyó la voz del cónsul, pero no entendieron lo que decía.

Como si hubieran estirado las calles mientras estaban en el consulado, la vuelta a la Jefatura se le hizo aún más larga. Goyanes a su lado rumiaba las posibles consecuencias de su salida de tono.

Isidro captaba las frases de su superior con intermitencias.

—Hemos hecho el ridículo, Isidro... ¿Cómo no sabías que los barcos zarpaban hoy?

Le hubiera explicado que otros temas más urgentes ocupaban su mente, pero prefirió guardarlo para sí. No quería que Goyanes se acordara de Cristóbal, que en ese momento ya habría abandonado el calabozo. Pero por si algo lo había retrasado, prefería dejarlo fuera del punto de mira de su superior.

—Habrá una queja formal del consulado... Esto va a traer cola... No va a quedar así...

¿Cómo pueden ser tan prepotentes, tan bocazas?

Si Goyanes no hubiera perdido los papeles, todo habría salido perfecto. Porque él le había entregado el resultado que quería. Había obtenido el resultado que le pedía. De eso se trataba. Su hijo a cambio de un culpable a su gusto. ¡Qué poco le había costado sacar a su hijo de las garras de Creix!

Podía haberlo hecho en cuanto él se lo pidió. Pero no había querido.

—Nos van a pedir explicaciones y no voy a poder ocultar que en realidad has sido tú el responsable último, con tu desconocimiento, quien...

El rencor le hizo contemplar con satisfacción el rostro congestionado de Goyanes.

Solo quería llegar a Jefatura. Coger sus cosas y marcharse a casa. ¿Y Kingsley? Esperaba que, por lo menos, les informaran de las razones y de la pena que recibiría el asesino. Pena de muerte debería ser. Chuck Kingsley era un asesino que había matado a un compañero. El castigo lejano e incierto le dejaba cierta insatisfacción. Además, había muchos cabos sueltos, sobre todo la sospecha de que Kingsley no podría haberse dedicado a vender drogas sin tener cómplices españoles. Pero en ese momento no le importaban.

Las últimas palabras de Goyanes le llegaron en sordina; después, los pasos, la figura y la voz de su jefe se alejaron por el pasillo.

Isidro entró en su despacho. Cerró la puerta y llamó a Ana Martí para decirle que el peligro ya había pasado.

Y se marchó a su casa.

24

Era una ardua tarea ser un buen padre.

Las mujeres lo tenían más fácil. No tenían que pensar, les bastaba con obedecer al instinto. Pero los padres tienen que tomar decisiones. Él había tomado la suya. Lo mejor para Cristóbal.

Su hijo, un rojo.

Había pasado muchas horas de calabozo.

Unas horas en lejía que tal vez le habrían quitado algo de color.

Pero por si no había sido así, le había pedido al comisario Creix algo que este no le pudo denegar.

—Ya sé que ha sido usted muy generoso —dijo con la cabeza gacha para que no se le notara el desprecio—, pero quería pedirle un último favor. —Levantó la cabeza y dijo—: Que los otros sepan que él recibe un trato diferente y, por si no estuvieran al tanto, que su padre es policía.

Como hacía con sus propios detenidos, jugó la carta del recelo. Cristóbal recibía un trato de favor, lo dejaban marchar, por lo tanto era un traidor, el traidor. Lo peor que se le podía hacer a un hombre era deshonrarlo, aunque fuera por su bien.

A las seis de la tarde habían sacado a su hijo de la celda y se lo habían llevado a casa. Allí lo habían esperado Araceli y Daniel.

A él parecían no esperarlo. Cuando llegó a casa, nadie salió a recibirlo. Se orientó hacia el lugar de donde venían voces y sonido de agua. Entró en el cuarto de baño y vio a Cristóbal metido en la bañera. Su madre, de rodillas, le pasaba una esponja jabonosa por la espalda. Las rodillas huesudas de su hijo asomaban como picachos del borde de la bañera, demasiado pequeña para él. En el suelo, los pantalones y la camisa sucios y desgarrados.

Las miradas de ambos lo expulsaron del cuarto de baño.

Se sentó en el comedor. Tranquilo por tener a Cristóbal de vuelta. Rabioso de golpe al pensar en lo que había hecho, con ganas de sacarlo a bofetadas del agua. La puerta del cuarto de baño se abrió. Se levantó de un salto, con los puños prietos.

Pero no podía hacer nada. Araceli se alzaba como un muro protector entre él y su hijo, le pasaba el brazo por la cintura y lo ayudaba a caminar. Cristóbal cojeaba. Lo llevó al dormitorio, donde, por los arrullos que llegaban hasta el comedor, lo estaba acostando como cuando era pequeño.

Daniel asomó la cabeza por la puerta del pasillo. A pesar de tener solo quince años, a esa hora de la tarde ya mostraba una sombra leve de barba incipiente. Había salido a él. La expresión de temor en los ojos de Daniel le dolió. Le hizo un gesto para que se acercara; él lo hizo vacilante. Con una mano le señaló la silla al otro lado de la mesa, con la otra cogió una de las manzanas rojas del frutero y se la ofreció.

La furia lo acompañó toda la noche en la cama. Araceli había entrado cuando lo supuso dormido. No dormía, la rabia le endurecía los músculos y tiraba de los tendones; pero el cuerpo finalmente claudicó y arrastró al sueño a su mente, que no cesaba de dar vueltas como una noria cuyos arcaduces giraban llenos de preguntas: ¿Por qué ha hecho esto? ¿Cómo no lo hemos visto? ¿Qué hacer con este hijo ahora?...

Por la mañana se levantó como si la noria hubiera aumentado su perímetro en el sueño y las aspas se hubieran dedicado a golpearle el interior del cráneo. La luz del día era todavía débil, pero ya habían apagado las farolas de la calle. Un ruido en el comedor le reveló que uno de sus hijos ya estaba despierto. Se levantó.

Cristóbal, en pijama, estaba de pie mirando la calle por la ventana. Se volvió al oír sus pasos. Isidro no le podía ver la cara.

—¿Tienes una explicación? —le preguntó.

—¿Qué explicación quiere que tenga?

—No me...

Cristóbal lo interrumpió. Isidro quedó completamente anonadado ante el aluvión de palabras de su hijo, en el que rodaban los cantos afilados de palabras como «dictadura», «revolución», «cambio», «huelga».

Araceli se había despertado con las voces y había aparecido descalza, en camisón. Isidro ignoró su presencia, dio un paso hacia Cristóbal y le gritó:

—Así nos lo pagas. Todos nuestros sacrificios para darte una educación y tú desperdiciándola por juntarte con todos estos subversivos. ¿Te imaginas qué te hubieran hecho los de la Social si no llego a sacarte? Lo mínimo que te llevabas era la nariz o la mandíbula quebradas. ¿Es eso lo que quieres? ¿Quieres que te den picana? ¿Que te quemen las manos y los pies con cigarrillos?

—¡Cuánto sabe usted de esto, padre! Se nota que domina el tema —le respondió Cristóbal, ignorando el gesto de su madre, que lo conminaba a callar.

La bofetada de Isidro lo hizo tambalearse. Cristóbal recuperó el equilibrio y se frotó la mejilla derecha mientras hablaba:

—Deme más, si quiere, así voy practicando.

Isidro reaccionó arremangándose el pijama antes de empezar a golpear a su hijo alternativamente con cada mano.

Cristóbal no devolvió los golpes, se limitó a defender la cara con los brazos mientras retrocedía empujado por los constantes impactos, como los que le propinaba su padre, semejantes a los golpes de los remos en el agua. Araceli trató de frenar a Isidro cogiéndole el brazo derecho, el que pegaba más fuerte, pero él se desprendió con un gesto brusco de la mano de su mujer.

—¡Déjalo, Isidro, que me lo vas a matar!

Él no respondió. Siguió golpeando hasta que el movimiento de retroceso de Cristóbal lo llevó a su habitación. Lo metió dentro de un empellón y después cerró la puerta con brusquedad.

Seguía furioso. Se encaró a Araceli con el puño cerrado dispuesto a golpear.

—Estas hostias debería habértelas dado a ti en su momento. Mira lo que has hecho.

Ella lo desafió con la mirada y la barbilla alta. Isidro bajó la mano. Nunca en todos sus años de matrimonio le había puesto la mano encima. Tal vez porque ella nunca le tuvo miedo. Araceli se volvió y se dirigió a la habitación de Cristóbal. Mientras Isidro todavía resoplaba por el esfuerzo, ella salió acompañada de su hijo y entró en el lavabo contiguo. Después le llegó el sonido del agua del grifo interrumpido por las manos de su mujer humedeciendo una toalla.

Isidro quiso regresar al comedor. No lo logró. Una agudísima punzada en la zona lumbar lo hizo aullar de dolor.

25

Ana acompañó a su familia al cementerio. Era el Día de Todos los Santos y fueron a visitar las tumbas de sus abuelos. Su madre estaba empeñada en que sus nietos fueran conscientes de que venían de buena familia. El panteón familiar de los Noguer le pareció un argumento contundente. El pequeño miraba entre asustado y curioso la marea de gente enlutada que recorría las calles laberínticas del cementerio de Montjuïc. El mayor había caído en un mutismo que Ana creía entender bien. Su padre no estaba enterrado allí, sino en alguna fosa común cerca del penal donde lo habían fusilado. Aun así, escuchó cortés las historias de esos bisabuelos sepultados en un panteón más amplio y más sólido que las barracas que jalonaban la otra ladera de la montaña.

A pesar del gentío, o tal vez a causa del runrún de voces y pasos que llenaban ese lugar casi siempre tan silencioso, en varias ocasiones no pudo evitar volverse para mirar a su alrededor. Era absurdo, lo sabía. La vista del mar que se extendía frente a ellos debería haberla tranquilizado. La Sexta Flota estaría ya en alta mar. Lejos. Con Chuck Kingsley y todos los demás en su interior. Y, sin embargo, se sentía extrañamente inquieta, alerta.

—¿Te pasa algo, nena? —le preguntó en una ocasión su padre al ver que miraba con desconfianza a su alrededor.

—Nada. Ya sabes que me entristece visitar cementerios cuando no es por trabajo —bromeó, y cambió a continuación de tema—: ¿Al final cómo se titulará la novela de Verónica Fontán?

—*Idilio azul marino*.

Se le escapó una carcajada que cosechó la mirada reprobadora no solo de su madre. Su padre se llevó la mano al bolsillo del abrigo, sacó un cucurucho de papel y se lo tendió.

—Toma. Como ya me imaginaba que esto iba para largo, he traído unos cuantos *panellets*. Pero que no nos vea tu madre, que son para después.

Cogió uno de piñones. El dulce alivió en buena parte su desazón.

Al volver a casa por la tarde, mientras colgaba el abrigo en el perchero del recibidor, percibió algo extraño, diferente. Se quedó quieta hasta saber de qué se trataba. Una voz desconocida que no provenía, como era habitual, de la radio en la cocina, sino de la izquierda, del estudio de Beatriz. Se dirigió hacia allí y la encontró sentada en un sillón atenta al viejo tocadiscos que había puesto en una mesita baja a su lado. Sobre las rodillas, la funda del disco, Poliglophone CCC. Una voz masculina llenaba la biblioteca de nasales francesas. Beatriz se sobresaltó al verla y levantó de inmediato la aguja del disco:

—¿Es un curso de francés?

Beatriz asintió.

—Hace mucho que solo lo leo y quiero afinar el oído.

—¿Por algún motivo especial?

—Las lenguas extranjeras necesitan un constante mantenimiento —respondió su prima, sentenciosa.

—No es eso lo que te he preguntado, pero es bueno saberlo.

Beatriz cogió el disco con delicadeza y lo metió en la funda. Ana se disponía a sentarse en el silloncito frente al de su prima, pero ella la frenó.

—¿Te llevaste el diccionario de sinónimos a tu estudio?
—No que yo recuerde.
—Pues no lo encuentro. ¿Podrías ir y mirar?
¿Quería echarla de la habitación?
Salió del estudio, pero no se dirigió a su cuarto, sino a la cocina. Luisa estaba pelando guisantes. Las vainas caían en el cubo metálico con quejas de ranas exhaustas.
—¿Me ha llamado alguien?
—No, señorita. Siempre se lo apunto. Creo que la señora Beatriz está buscando algo...
—Sí, sí.
Volvió al recibidor. Desde la biblioteca le llegó la voz de Beatriz.
—¿Has mirado en tu cuarto? ¿Está ahí?
—Ahora.
Se dirigió a su cuarto para por lo menos poder decirle que no tenía el maldito diccionario.
En cuanto abrió la puerta, entendió las razones de su prima. Un intenso olor le hizo cerrar los ojos con placer. Los abrió enseguida para contemplar un gran ramo de rosas blancas encima de su escritorio. Tres docenas de rosas y un sobrecito cerrado.
Los pasitos a su espalda delataron a Beatriz.
—¿Lawrence?
No. Habrían tenido que ser rojas.
Ana abrió el sobre y sonrió con ternura al leer la nota.
—Muñárriz.
—Entonces, ¿no es una carta de amor del inglés?
Ana descubrió a Luisa detrás de su prima. Ambas sonrieron para confortarla porque no se hubieran cumplido unas expectativas que solo habían tenido ellas.
Ana, en cambio, sintió un gran alivio al releer la nota. Muñárriz le pedía disculpas, que volviera y le ofrecía, «solo si quieres y te apetece, reina», que escribiera el texto sobre

la Congregación. «Ese con seudónimo, te lo pagaré doble». Después podía volver a su trabajo habitual. «Somos muchos los que no solo te apreciamos como periodista, sino que te queremos». En cierto modo, también había recibido una carta de amor.

Buscó en una libreta en la que anotaba direcciones y teléfonos y encontró un número que supuestamente no tenía nadie en España.

—Beatriz, ¿podrías traducirme un texto al francés?

Luisa se marchó. La historia no era tan interesante como parecía.

Ana y Beatriz volvieron a la biblioteca. La voz de una mujer lloraba alguna pena en la radio. Beatriz la apagó.

Ana le dictó el texto con el que le daba a Muñárriz las gracias por las flores y le decía que aceptaba más que gustosa su ofrecimiento. Beatriz iba traduciendo.

—Pon alguna declaración de amor bien francesa también. Otra cosa te quería pedir —le dijo al terminar—: ¿podrías decírselo tú al teléfono a Muñárriz?

Un minuto después, excitadas como dos colegialas a punto de hacer una broma telefónica, marcaban el número del teléfono blanco de la redacción de *Mujer Actual*.

—*Allô, Monsieur Muñárriz? Bonsoir, je vous appelle de la part d'Ana Martí. Elle a insisté à ce que je vous assure de sa plus profonde gratitude...*

Ana a duras penas podía contener la risa al escuchar a su prima.

26

El lunes por la mañana, cuando sonó el teléfono, Isidro se imaginó que sería alguien de arriba, de muy arriba, a quien ya le habría llegado la voz de lo sucedido en el consulado el viernes y llamaría para pedirle explicaciones. Goyanes dominaba el arte de hacer caer la culpa de sus errores en los demás. Más ahora, que veía peligrar su cabeza. Tal vez al final la que rodaría sería la suya. ¿Qué podría pasarle? Según quién llamase, gritos, insultos, amenazas de traslado. Conocía bien el repertorio. Eso era lo que tenía ser de la misma escuela, costaba sorprenderse.

Pero la voz al otro lado lo logró.

—Inspector, he perdido a Sevilla. —Era el agente Ruipérez.

—¿Qué significa que has perdido a Sevilla?

—Que no está en el lugar donde se quedó vigilando a la señorita.

—¿A qué señorita?

—A la periodista.

—Ruipérez, di la contraorden... —Mientras empezaba a hablar cayó en la cuenta de que debería haberla dado el viernes, pero que, entre lo de Cristóbal y el ataque de lumbago que lo había tenido postrado todo el fin de semana, lo había olvidado por completo. No lo reconocería nunca, aunque les hubiera costado dos días de horas extras a sus hombres.

—Pues a nosotros nadie nos avisó y hoy la seguimos desde que salió de casa y se metió en un edificio en la Vía Augusta, una revista que se llama *Mujer Actual*. Como me entró hambre...

—¡Qué raro que te entrara hambre, Ruipérez! —dijo Isidro.

A Ruipérez los compañeros lo llamaban el Solitario, porque parecía víctima de la tenia. Él justificaba su voracidad insaciable y el poco lustre que la comida le daba a su cuerpo al hambre padecida en su infancia, durante la guerra.

—Pues fui a comer algo rapidito a un bar que sé que hay cerca —siguió Ruipérez, otra de cuyas cualidades era su absoluta falta de sentido de la ironía—. Y al volver, Sevilla había abandonado el puesto de vigilancia.

—¿Lo has buscado?

—Pues claro, si no, no llamaría. Porque también he perdido a la señorita, aunque por suerte eso no es grave, si hay contraorden. Y por Sevilla creo que no tendremos que preocuparnos. Igual al final se enteró del aviso y aprovechó que estábamos cerca del *meublé* y... ya sabe usted cómo es.

Demasiado lo sabía, a su pesar. Que se aprovechaba de su posición como policía para lograr servicios gratis de las mujeres. Y que lo que les pedía no les gustaba. No sabía de qué se trataba, pero era algo que hacía estallar las risotadas sucias de otros compañeros cuando lo contaba. Una risa como la de Ruipérez en ese momento, que lo incluía en el círculo de los enterados de las andanzas de su subordinado por los barrios bajos. Antes de que le describiera algo, despachó rápido a Ruipérez.

No, no quería saberlo. En una ocasión trató de contárselo una muchacha a la que él estaba interrogando. Había visto a Sevilla al entrar en la Jefatura. Isidro la hizo callar de una bofetada. No quería ni saber ni permitir que se le faltara al respeto a su subordinado delante de él. Fue una bofetada feroz. La única que recordaba con mala conciencia.

Sevilla había vuelto a las andadas, encima durante el trabajo. Esta vez no le quedaría más remedio que sancionarlo. O volver a hacer la vista gorda. Porque era su mejor aliado; se corrigió: su único aliado. Se sintió cobarde y mezquino al tener que reconocer que su tolerancia hacia algo que él reprobaba se debía al temor a perderlo.

¿Y él? ¿Cómo había podido dejar que sus problemas familiares lo llevaran a cometer tales errores? Esperaba que sus hombres no lo comentaran demasiado y que esto no llegara a oídos de sus superiores o del comisario Montesdeoca. Al final sí que iba a rodar su cabeza.

El teléfono sonó otra vez. Inspiró profundamente, preparado para plantar cara. Pero de nuevo le llegó una voz inesperada.

—¡Jefe! Tengo novedades.

—¡Sevilla! ¿Dónde estás? ¿Novedades de qué?

—Estoy en la comisaría de la calle Mallorca.

—¿Qué haces allí?

—Estaba siguiendo a la señorita Martí, como ordenó...

—Sevilla, ya se dio la contraorden —repitió, pero recurriendo a la imprecisión.

—Pues vaya. No me enteré. Nadie nos avisó. Menos mal.

—¿Por qué?

—Porque seguimos a la señorita hasta un piso en la Vía Augusta y...

Le contó lo mismo que Ruipérez. Isidro se impacientaba.

—Poco después de que Ruipérez se marchara porque...

—Porque le entró hambre. Eso no es novedad. A ver si llegas al punto.

—Sí, jefe. Pues poco después la señorita salió, muy contenta. Esperé a que se pusiera en movimiento de nuevo y entonces fue cuando me di cuenta.

—¿De qué?

—De que no la estoy siguiendo solo yo. Resulta que hay otra persona detrás de ella.

—¡Sevilla! —Le pareció que al otro lado de la línea su subordinado incluso se cuadraba—. ¿Quieres decirme de una vez quién la está siguiendo?

—José Vendrell.

—¡José Vendrell! ¿Te ha visto?

—¡Jefe!

—¿Te ha visto? ¿Sí o no?

—No, jefe.

—¿Cuánto hace que los has visto?

—Nada. Ni cinco minutos. El tiempo de meterme en la comisaría y llamar. Pero la encontraré otra vez, jefe. Por la dirección que tomó, la señorita Martí parecía querer volver a su casa.

Más le valía a Sevilla no equivocarse.

—¿Qué hago cuando la encuentre? ¿Qué hago si Vendrell todavía la sigue? ¿Lo detengo?

—No.

—¿No?

—No hasta que yo te lo diga.

—O hasta que parezca que va a hacer algo, ¿no?

—No seas agorero. Ponte en movimiento.

Colgó.

¿Dónde la había dejado Sevilla? En la calle Mallorca.

Calculó que por lo menos necesitaría un cuarto de hora para llegar desde allí hasta su casa. A no ser que tuviera pensado ir a otro lugar. Si no se entretenía por el camino. Si no le pasaba nada. De todos modos lo comprobó.

Todo eso ya lo había hecho antes.

Llamar a casa de Ana Martí.

Hablar con la criada que le dijo que «la señorita no está en casa».

Insistir.

La diferencia era que esta vez la criada sí que fue a mirar y esta vez la creyó cuando dijo que la señorita no estaba en casa.

En cuanto colgó, salió del despacho. Si sus superiores llamaban, no lo encontrarían. No importaba. Esperaba no cruzarse con ninguno de ellos. Tenía prisa.

Su buena fama, si bien empañada por el asunto de su hijo, tenía sus ventajas. Los compañeros no hacían preguntas. Su presencia en el depósito de pruebas no se cuestionaba; no hacía falta que firmara al entrar o al salir; si lo perdían de vista durante unos minutos, no se preguntaban qué estaría haciendo, porque sería algo correcto, como siempre. Y si un día alguien hacía inventario y descubría que faltaba algo, la última persona de quien se llegaría a sospechar sería del inspector de primera Isidro Castro, el mejor hombre de la BIC.

Isidro sabía lo que buscaba, pero no dónde lo habrían guardado.

Sanz, el encargado de custodiar el almacén, estaba doblemente entretenido; los ojos clavados en el *Mundo Deportivo*, los oídos taponados por la radio. Un pasodoble cubría los ruidos de Isidro. Se movía con cuidado y rapidez, porque si se demoraba demasiado, Sanz podría tener la idea de ayudarlo. Había pensado una excusa para su presencia, la revisión de un viejo caso. Tener un caso antiguo sin resolver que se retomaba de vez en cuando era una carga y a la vez un privilegio de los veteranos. El problema era que Sanz, que pasaba horas en soledad dentro de una especie de garita, querría hablar con él del caso pendiente. A Sanz lo tenían allí desde que una herida de bala que había recibido estando de servicio le había inutilizado el brazo izquierdo. Lo logró después de insistir y rogar durante semanas, porque no quería jubilarse.

Tenía treinta años. Ahora había superado los cuarenta y se había dejado arrastrar por su mujer al Pilar, a Torreciudad, a Lourdes, a Fátima, a Montserrat, como si Dios jugara con ellos al tesoro escondido.

El volumen de la radio descendió y después el sonido cesó por completo. Sanz la había apagado. Corría la silla para levantarse. Pasos. En ese momento, Isidro encontró lo que buscaba y se lo metió en el bolsillo de la americana. Salió de detrás de la estantería.

—¿Cómo va todo, Castro? —Sanz se le acercó con el periódico debajo del brazo inútil, un peso muerto, un pisapapeles.

—Ya ves, trabajando —dijo mientras pasaba de largo.

—Siempre corriendo.

—Así son las cosas.

—Oye, siento lo de tu chico. Me enteré por...

A despecho de su afán de discreción, Isidro no se pudo reprimir. Dio un portazo.

No estaba lejos. Un paseíto en otras circunstancias, bajar un trozo de la Vía Layetana, cruzarla y ya estaría en la calle de la Princesa, donde vivía Vendrell.

Saludó a varios compañeros al abandonar la Jefatura y caminó rápido mientras recopilaba las piezas y las iba encajando. José Vendrell estaba siguiendo a Ana Martí. José Vendrell podría ser, por lo tanto, quien había tratado de matarla en el metro. ¿Por qué? Porque Vendrell estaría asociado con Chuck Kingsley en el negocio de drogas. Ya lo había pensado antes, que era muy difícil que el americano pudiera haberlo hecho solo. Necesitaba cómplices en la ciudad. ¿Por qué no había seguido esa idea? Sabía bien por qué.

La periodista era un peligro para ellos, ya que Kingsley probablemente no recordaba qué es lo que había dicho mientras se encontraba embriagado y drogado en la Jefatura. Pero ¿qué tenía que ver Antonio Vázquez con eso?

¡Un momento! Una idea recién llegada ralentizó su paso. Se detuvo en medio de la acera, miró a derecha y a izquierda, como si buscara un interlocutor para poder explicarle lo que acababa de venirle a la mente; separó varias veces los brazos del cuerpo para ensanchar la caja torácica, respiró hondo y, finalmente, se puso a sí mismo en marcha de nuevo golpeándose los muslos con las manos. ¡Antonio Vázquez ya estaba muerto cuando empezó la pelea! Vendrell la había provocado con la ayuda de sus mujeres. ¿No era eso mismo lo que le habían contado los marineros? Que la pelea la habían empezado los españoles. Él no había acabado de darle crédito porque esas declaraciones coincidentes convenían demasiado al objetivo evidente de Wilson de encontrar un culpable español. Regresó al bar Metropolitano y entendió que, mientras él creía haberle ofrecido una especie de teatro a Thomas Wilson, Vendrell se había encargado de escribir la obra y dirigirla. Vendrell era el único que afirmaba haber visto a Antonio Vázquez durante la pelea. Nadie más. Uno de los marineros a los que habían interrogado en el portaviones creía haberlo atisbado en la zona de los reservados. En realidad, solo había dicho que le parecía haberlo visto, no lo aseguró. En la pelea no había participado, alguien lo hubiera recordado. Nadie, únicamente Vendrell, afirmaba haberlo visto. Paca lo había afirmado al principio, pero se había contradicho pronto. Además, ¿qué valor podía tener el testimonio de la prostituta que compartía cama con Vendrell? Ninguno. Así que quedaba él, quien no solo supuestamente lo había visto, sino que afirmaba que Antonio Vázquez había estado involucrado en el tumulto. Nadie más, únicamente él. Porque no había participado, porque no había siquiera entrado por la puerta del bar con sus compañeros, sino que, pensó Isidro, seguramente lo habría hecho por la puerta de atrás con Vendrell. El Metropolitano era suyo, tendría llaves también de la puerta trasera. Y se habría quedado todo el tiempo en el reservado. Ahora lo veía todo claro. Vendrell lo había orquestado todo para camuflar que había asesinado a Vázquez.

¿Por qué? Isidro barajó dos posibilidades: que fuera parte de la trama o que la hubiera descubierto. Por lo que habían contado sus propios compañeros, vendía tabaco americano. Si Vázquez también comerciaba con drogas, podía haberse vuelto codicioso y haber tratado de engañar a los otros dos. Si lo había descubierto, tal vez intentó chantajearlos. Haciendo un gran esfuerzo para doblegar su natural visión negativa de las personas, se dijo que incluso cabía la posibilidad de que los hubiera descubierto y hubiera querido denunciar sus negocios sucios. Varios de sus compañeros lo habían descrito como una persona muy correcta, si bien ese testimonio, por lo que recordaba, también había venido de Kingsley.

Fuera lo que fuera, en ese momento era prioritario retirar a Vendrell de la circulación. Eso era lo que se disponía a hacer. Después ya vería cómo averiguar el resto.

Se puso unos guantes. Entró en el portal y subió hasta el piso en el que había una puerta con cerradura nueva. Le dio poco trabajo, aunque no se tenía por el más hábil con la ganzúa. Siempre le había llamado la atención que los delincuentes tomaran tan pocas precauciones, que no temieran que otro de su calaña les robara.

No perdió mucho tiempo en el piso de Vendrell. Sacó el paquete de droga, que había cambiado de envoltorio, y lo colocó debajo del colchón, un escondite relativamente fácil, no fuera a ser que los hombres que iba a enviar a registrar ese piso en cuanto regresara a la Jefatura no lo encontraran.

27

—¡Tendría que haber visto cómo se resistía!
Se lo imaginaba. Como cuando lo sacaron de la cama hacía algunos días.
—Una anguila eléctrica, jefe. Parecía que daba hasta calambres.
Sevilla se deleitaba en el relato de la detención de José Vendrell.
Lo había seguido desde la redacción de la revista hasta la confitería Mauri. En ningún momento había llamado la atención de nadie. Sevilla no tenía aspecto de policía; con una mezcla de dos cualidades en principio incompatibles, la transparencia y la grisura, era difícil decir de qué tenía aspecto. Isidro tenía cara de policía. Incluso en las pocas fotos de la infancia y la juventud que conservaba mostraba ya la mirada escéptica y la línea de la boca recta del Isidro policía. Sevilla, en cambio, parecía un transeúnte, una persona que pasaba por ahí. Solo si Vendrell se hubiera olido el peligro podía haberlo descubierto y recordar que Sevilla estuvo en el Metropolitano. Pero Vendrell, por lo visto, ni siquiera se lo había imaginado.
Sevilla lo había seguido calle a calle, esquina a esquina, mientras Vendrell iba tras los pasos de Ana Martí. Casi una hora después de su primera llamada, su subordinado lo había vuelto a llamar desde el teléfono de la pastelería.

—La señorita Martí ha ido a hacer unas compras en una mercería y ahora está merendando con un hombre. Vendrell se ha apostado fuera fumando y leyendo un periódico.

—¿Quién es el hombre?

—No lo sé. Supongo que el novio de ella, porque están cogiditos de la mano —dijo Sevilla con un burlón tonillo cursi—. ¿Qué hacemos?

Isidro aplastó como una colilla la imagen de Ana Martí con ese desconocido.

—No lo pierdas de vista. Voy a llamar a la comisaría de la calle Mallorca para que te envíen refuerzos. En cuanto estén ahí, lo detienes. Lo quiero en Jefatura en menos de una hora.

Así había sido.

Los agentes que ayudaron a Sevilla recibieron también golpes y patadas, pero tardaron pocos minutos en reducir a Vendrell. El ir y venir de la gente por la rambla de Cataluña quedó interrumpido. Algunos se quedaron mirando a cierta distancia, otros se alejaron de la pelea a paso rápido. Una vez Vendrell desapareció en el interior de un vehículo de la policía, los viandantes volvieron a cubrir el hueco. Varios corrillos comentaron lo sucedido, como las ondas que se forman cuando una piedra es tragada por el agua.

—¿Se dio cuenta ella de lo que sucedía?

—Algo les llegaría a los que estaban en la confitería. A ella creo que no, porque no se había sentado en ninguna de las mesas de los ventanales. Pero no se preocupe, cuando ya lo teníamos a buen recaudo, entré otra vez y se lo dije.

—¿Qué le dijiste?

—Le dije: «quédese tranquila, su perseguidor está detenido».

—¿Y ella qué dijo?

—Se quedó muy sorprendida y me preguntó que quién iba detrás de ella y por qué. Le dije que eso ya se lo contaría usted mañana.

—Bien hecho.
—¿Por qué iba Vendrell detrás de Ana Martí?
—Eso te lo contaré más tarde. Ahora, tráemelo.

A pesar de que en esta ocasión no ofrecía resistencia, José Vendrell entró en su despacho atrapado en la pinza de los brazos de dos agentes y empujado suave pero regularmente por la mano de Sevilla. Entre las diferentes marcas de golpes que llevaba en la cara, Isidro distinguió la señal ya descolorida del puñetazo que le había dado en la detención anterior. A un gesto de Isidro, lo sentaron en la silla frente a su escritorio. También sin palabras les dijo que abandonaran la estancia. Salieron.

—Tú también, Sevilla.

En cuanto se quedó a solas con el inspector, Vendrell apoyó los codos sobre los muslos y la cabeza en las manos.

—Siéntate bien —le ordenó Isidro en tono seco mientras encendía un cigarrillo.

El otro obedeció, pero con parsimonia. Pegó con exagerada rigidez la espalda contra la silla.

—¿Qué? ¿No se cansa de verme, inspector?

Como si realmente tuviera interés en contemplarlo, Isidro se quedó mirándolo en silencio, dando pausadas caladas al cigarrillo.

No era eso algo que pudiera impresionar a un gato viejo como Vendrell, pero Isidro tenía sus rituales. Aplastó la colilla en el cenicero, también con calma, como si hacerlo bien fuera lo más importante en ese momento, y sin cambiar el tono de voz le preguntó:

—¿Qué hacías siguiendo a la señorita Ana Martí?
—¿Y esa quién es?
—La persona a la que has seguido desde la Vía Augusta hasta la esquina de la calle Provenza con la rambla de Cataluña.
—¿Por qué tengo que seguir a alguien que no conozco?

—José, no te quieras pasar de listo conmigo. Si te digo que estabas siguiendo a Ana Martí es porque he visto que lo estabas haciendo. ¿Quieres que te dibuje un plano del recorrido? ¿Quieres que te diga en qué esquina has fumado, en la acera de qué calle has escupido y delante de qué tienda te has rascado el culo?

Vendrell no dijo nada. El último comentario de Isidro pareció despertarle un súbito picor en la nuca y empezó a rascarse, hasta que apreció la mirada burlona de Isidro.

—Lo que sea que se te pasea por el cuero cabelludo pronto va a encontrar compañía. Dicen que en la Modelo hay una fauna interesante.

Vendrell dejó de rascarse con las manos, si bien no pudo evitar frotar la espalda contra el respaldo.

—¿Por qué me amenaza con la cárcel, inspector? ¿Qué se supone que he hecho? Usted dice que me han visto siguiendo a una señorita. En el caso de que fuera verdad, ¿qué hay de malo en ello? ¿Por qué no puede un hombre caminar mirando a una mujer?

Dejó de removerse en la silla y observó a Isidro con expresión chulesca, a la vez que reclamaba de él cierta complicidad masculina.

—Por mí puedes seguir a todas las mujeres que quieras, cada uno pasa el tiempo como quiere o puede. Lo que no me gusta es que alguien siga a una mujer hasta una estación de metro y allí trate de empujarla para tirarla delante del tren que está entrando.

La expresión de estupor en la cara de Vendrell fue breve, muy breve, pero perceptible. Isidro, en cambio, podía estar seguro de que nada en su propio rostro mostraba al otro cuánto le había complacido apreciar en los ojos abiertos por el asombro que había acertado en su hipótesis. Tampoco nada, ni un mínimo temblor de la voz, delataba que la siguiente frase iba de farol:

—Si quieres, puedes empezar ya a negarlo. No cambiará nada, porque tenemos dos testigos que te vieron y te han identificado.

Vendrell, por supuesto, lo negó. Varias veces, remachando las palabras o buscando otras formas de decirlo, mientras que Isidro, inmutable, se limitaba a responder siempre lo mismo:

—No un testigo, dos. —Levantaba el índice y después el corazón cada vez.

Hasta que Vendrell se cansó de esa repetición infructuosa y cambió de registro:

—¿Y por qué tendría yo que matar a esa Ana Martí?

—Esa es mi pregunta.

Vendrell tendió una mano hacia la mesa.

—¿Me podría dar un cigarrillo?

—¿Te va a ayudar a darme la respuesta?

Vendrell se cruzó de brazos. Permanecieron frente a frente en silencio durante varios minutos. Confiaba en que a Vendrell le parecieran aún más largos que a él. Isidro lo veía sentado en la incómoda silla de madera cambiando con frecuencia de postura mientras que él apenas se movía. Lo imaginaba sopesando qué beneficios le podía aportar continuar en silencio, y confiaba en que alguna voz interior le recordara el dicho de «Quien calla, otorga».

Si fue la bendita sabiduría popular o la dureza de la madera del asiento no lo sabría nunca, lo importante era que por fin rompió su silencio y le preguntó con agresividad:

—¿De dónde ha sacado esos dos testigos? Seguro que son chivatos comprados.

Isidro constató satisfecho que la estrategia del detenido había pasado de la negación de los hechos de los que lo acusaban a poner en duda el modo en que lo habían descubierto.

—¿Quién te crees que eres para afirmar semejante cosa? ¿Todavía quieres que te caiga un cargo más por faltarme al respeto?

Lejos de intimidarlo, como había esperado, esa última amenaza envalentonó a Vendrell.

—A eso no llegaremos.

No le gustó en absoluto esa forma del plural.

—Inspector, ya me tuvo aquí una vez sin justificación alguna y me sacaron. No pierda el tiempo, me sacarán otra vez. Tengo buenas amistades, amistades poderosas.

—Sean quienes sean esos amiguitos tuyos tan importantes pueden intentarlo si quieren. Pero en esta ocasión estás acusado de intento de asesinato.

—¿Y qué tiene usted en las manos? Dice que tiene dos testigos que me vieron empujar a esa mujer en la plaza de España.

—¿Cómo sabías que era en la plaza de España?

Vendrell no pudo evitar dar un respingo. Pero enseguida se controló, chasqueó la lengua y le dirigió una sonrisa burlona.

—Bueno, inspector, no me venga con trucos de novelas de guardias y serenos. Lo ha dicho uno de sus hombres.

—Lo dudo.

—Tontos hay en todas partes.

Estaba seguro de que ninguno de sus hombres se había ido de la lengua, pero el aplomo de Vendrell le demostraba la endeblez de su acusación, basada en indicios: que lo hubieran detenido acechando a Ana Martí, su expresión al escuchar la acusación, el desliz al mencionar la estación de metro concreta. Y dos testigos inexistentes. Al abogado que probablemente volverían a enviar esos anónimos amigos poderosos le costaría bien poco desbaratarlo todo. Vendrell se sentía seguro. Ni moliéndolo a palos le iban a arrancar una confesión. De modo que, en esa partida tramposa desde el inicio, Isidro se sacó el as de la manga.

—Sí, tontos hay en todas partes. Lo que no hay en todas partes son paquetitos tan interesantes como el que nuestros hombres, tontos o no, han encontrado al hacer el registro de tu casa. A ver, ¿dónde lo habré metido? —Fingió buscar algo en los cajones de su escritorio—. ¡Aquí está!

Le mostró el paquete con la droga.

—¿Qué es eso? Sea lo que sea, no es mío.

—Para no ser tuyo lo tenías muy bien guardado. No sé tú, pero yo por lo menos no suelo guardar cosas ajenas debajo del colchón de mi cama.

—A otro perro con ese hueso. No me vais a enjaular con una acusación falsa. Eso lo habéis colocado vosotros.

—Ahora sí que te la estás ganando. Estás tratando de manchar el historial intachable de los tres policías que realizaron el registro.

Vendrell movía sus piernas y brazos flacos en todas las direcciones.

—¡Intachables! ¡Que no me ría! —Se levantó—. No sabes cómo pillarme y me colocas pruebas falsas.

—¿Quién te ha dicho que puedes tutearme, desgraciado? Siéntate.

—¡Esto no va a quedar así!

—¡Siéntate!

—No tiene ni idea de con quién se está metiendo.

Isidro se levantó. Sin salir de detrás del escritorio, volvió a decir:

—Y tú no tienes ni idea de dónde te has metido. Tráfico de drogas con tu cómplice, el marinero norteamericano Chuck Kingsley. Te he dicho que te sientes.

—¿Quién es ese? —Vendrell dejó caer los brazos a los costados y se le encaró.

Isidro echó el cuerpo unos centímetros hacia delante y, antes de que Vendrell tuviera tiempo de mover una mano, le dio una bofetada que lo hizo tambalearse.

—¡Qué mala memoria tienes para los nombres! Chuck Kingsley, principal sospechoso del asesinato de Antonio Vázquez. Y ese seguro que sí te suena.

Vendrell asintió mientras se frotaba la cara.

—¿Qué? ¿Te vas a sentar de una vez?

Se sentó.

—Así que ya ves, tu fantástico abogado no lo va a tener fácil. Tráfico de drogas, cómplice de un asesino, intento de asesinato... ¿Sigo?

El otro lo miró con resentimiento.

—No hace falta que siga. Yo tampoco voy a hacerlo.

A partir de ese momento Vendrell no volvió a abrir la boca. Cuando Isidro se cansó de presionarlo, ordenó que lo devolvieran a la celda. Estaba tranquilo porque se lo había quitado de en medio. ¿Satisfecho? No, no estaba satisfecho. Era un parche, no una solución.

28

Pasó varias veces por el recibidor, como si con ello quisiera animar al teléfono a sonar. Dos veces levantó el auricular para comprobar que hubiera línea. Al notar su inquietud, Luisa, gran aficionada a las radionovelas, suspiró enternecida creyendo que esperaba una llamada de Lawrence. Beatriz, que estaba al tanto de la situación, sabía que la persona cuya voz esperaba oír Ana representaba el antónimo del romanticismo.

Por fin se oyó el timbre del teléfono.

Las tres mujeres salieron raudas. Luisa de la cocina, Beatriz de la biblioteca, Ana de su despacho. Luisa, que tenía la distancia más corta, se lo pasó con expresión desencantada a Ana, la que venía de más lejos. Cubrió el micrófono con la mano mientras le decía:

—Es el inspector ese tan serio, Castro.

Se volvió a la cocina y puso la radio en marcha. Luisa era muy discreta.

Beatriz se quedó a su lado. Ana agradeció su presencia.

Castro le contó que habían detenido a José Vendrell, que la había estado siguiendo el día anterior.

—¿Por qué?

—Tengo la sospecha de que Vendrell era cómplice de Kingsley en lo de las drogas. Y que temía que usted supiera algo que podía delatarlo.

Ana guardó silencio.

—¿Fue él quien trató de matarme?

—Eso creo.

—¿Él no lo ha confesado?

—No. Lo niega todo.

—Pero ¿usted tiene pruebas de que fue él?

—No la veo a usted muy convencida.

—Es que no sé qué pensar.

—Mire, de entrada quédese tranquila. A Vendrell lo tenemos a buen recaudo y le puedo asegurar que tardará en salir a la calle. De que confiese me encargaré yo en persona.

Sabía muy bien cuáles eran los métodos de Castro para lograr que los detenidos acabaran diciendo lo que él quería.

—Entonces, ¿qué es lo que ha pasado?

—A ciencia cierta no lo sé. Le cuento lo que creo que sucedió. Como usted ya averiguó, Kingsley se dedicaba al comercio de drogas. Si lo hacía con otros marineros, descubrirlo es ya tarea de los americanos. Para el negocio local, tenía a Vendrell como socio.

—¿Y Antonio Vázquez? ¿Por qué lo mataron?

—Aquí solo tengo especulaciones.

Ella misma, con lo que sabía del caso, podía imaginárselas. En el breve silencio que precedió a las teorías de Castro, se colaron en el recibidor las voces acarameladas de la radionovela de Luisa y en el ánimo de Ana nació el deseo irracional y ferviente de que Antonio Vázquez no fuera la víctima inocente de la codicia de su compañero de camarote. Que no lo hubieran matado porque era demasiado honrado para seguir callando lo que sabía de los negocios sucios de Kingsley, que tampoco hubiera muerto porque se metió en ellos para poder casarse. Esperaba que Castro le dijera que Vázquez era uno más de la trama de traficantes de drogas, que su muerte había sido a causa de una reyerta entre maleantes, que si no hubiera muerto él, Vázquez tal vez habría matado a Kingsley. Quería una historia fea y sórdida, no un melodrama como los de las novelitas de su padre.

Castro no le falló. Entre todas las posibles combinaciones de causas y efectos, escogió la más mísera, aquella que, en opinión de Ana, mejor encajaba con el bajo concepto que tenía el inspector de la condición humana.

—Sabemos que Vázquez necesitaba dinero porque quería casarse. Ya se ganaba algunas pesetas vendiendo tabaco, pero no debió de bastarle y seguro que estaba al tanto de las actividades de su amigo. Ya nos dijo uno de los marineros negros que durante la formación en Puerto Rico había renegado de su mejor amigo porque era negro y él quería que lo consideraran blanco. Así que podemos partir de que tenía un carácter más bien débil. No me extrañaría que decidiera chantajear a Kingsley. Y que Vendrell, alarmado por este, decidiera quitárselo de encima.

Sí, Castro le ofrecía una teoría fea, cargada de desprecio, de gente despreciable, con motivos despreciables.

—Le estoy muy agradecido, señorita, por todo lo que me ha ayudado en este asunto. —Hizo una pausa, tal vez, quiso creer Ana, para no mezclar lo que acababa de decir con la orden que seguía—. Ya se imaginará que de todo esto no podrá escribir ni una línea, ¿no?

—Sí, claro.

—Ya se lo advertí al principio.

—No hace falta que lo repita, inspector. Estaba avisada. Sabía dónde me metía —respondió en tono resuelto. No quería dejarle la menor duda de que nunca se había hecho ninguna ilusión, de que conocía las reglas del juego y las respetaba.

Beatriz, a su lado, seguía la conversación. Ana separaba un poco el auricular para que su prima captara también lo que le decía Castro, de quien poco después se despidió.

—¿No te van a pagar las horas de traducción?

—No con dinero, Beatriz. Supongo que con alguna exclusiva. Castro está en deuda conmigo.

Octubre había sido un mal mes económicamente, pocos trabajos remunerados, el artículo sobre el taxista asesino para *El Caso* y algunas notitas de sociedad para *Mujer Actual*. Ni siquiera la oferta de Muñárriz de escribir el artículo sobre el internado con seudónimo lograba que le salieran las cuentas. La breve nota sobre el suicidio de la costurera había caído. Rubio no le había dicho si a causa de la censura o de la presión de Engracia Gómez de Urquiza, pero ella suponía lo segundo. La censura era habitual, no había motivo para avergonzarse cuando un texto era amputado o eliminado. Su jefe conocía muy bien el modo de pensar de los censores, tanto los civiles como los eclesiásticos, y, aun así, a veces había sorpresas; dejaban pasar un texto que ella o Rubio daban casi por imposible o eliminaban uno absolutamente inocente. Era su privilegio. Rubio trataba de entender el porqué, como un teólogo intentando comprender los designios caprichosos de un dios adolescente.

Cuando se trataba una vez más de una decisión inexplicable de algún censor, Rubio lanzaba teorías que trataran de explicarla: ¿habrá sido la palabra x? ¿Tal vez el adjetivo «rojo»? ¿Les habrá molestado algo en el tono? Buscaba qué se escondía entre líneas, como si con los años hubiera olvidado que muchas veces el problema no se encontraba en el texto, sino en la mente enferma de quien lo había leído. Pero esta vez no había habido ni protestas ni elucubraciones ante la prohibición del texto sobre la costurera, por lo tanto, había sido otra voz la que se había impuesto.

Y se imaginaba que esa misma voz que había hecho silenciar su texto en *El Caso*, que le había quitado también el artículo en *Mujer Actual*, no había tenido ningún empacho en cambiar de opinión.

—Las señoras de la Congregación se lo han pensado mejor —le había contado Muñárriz—. Están deseosas de que publiquemos el artículo. Sin tu nombre. Y les encantaría que en el artículo aparecieran las fotos que hizo el fotógrafo inglés que te acompañó —le dijo mientras tomaban café en la redacción de la revista.

Las flores que le había enviado, la llamada de Beatriz en francés y después una larga charla en la redacción los habían reconciliado. A Ana y a Muñárriz, no a Ana y su trabajo en la revista. Su jefe vivía ese momento con la contenida alegría del reencuentro de los protagonistas de una novela decimonónica. Muñárriz le había ofrecido no solo la opción de escribir algunos artículos con seudónimo hasta que la situación se calmase, sino también de continuar con sus crónicas de sociedad abiertamente.

Mientras tomaban café no había querido decirle que ese incidente desagradable con la Gómez de Urquiza le había puesto en evidencia su cansancio, que ya no quería más, que ese no era el periodismo que ella quería hacer, por el que tanto había tenido que luchar. En ese momento le había dicho que sí, que todo le parecía bien. Necesitaba tiempo para encontrar una alternativa.

—Le preguntaré al señor Roberts —había añadido para darle un carácter más profesional a su relación con Lawrence—. Son sus fotos. Él es quien tiene que decidir. Piensa que lo trataron muy mal.

—Inténtalo. Parece ser que la señora Gómez de Urquiza se enteró después de que ha publicado en revistas muy prestigiosas, y ahora se ha encaprichado.

—¡Esa mala pécora vanidosa!

—¡Aneta! —Muñárriz reía a carcajadas.

—Las hice para ti, para tu reportaje. Si las quieres, son tuyas —fue la respuesta de Lawrence.

—¿Ya las has revelado?

—Claro. Esta tarde te las puedo traer.

29

—¿Y fue cuando estabas tomando esta foto cuando te abordó la monja?

—Furiosa. Yo no entendía nada.

—¿Qué te dijo?

Lawrence trató de recordar. Miró a un lado, a una de las ventanas de la biblioteca. Ana y Beatriz, sentadas frente a él, esperaban en silencio.

—Que qué hacía allí, que quién me había dado permiso, y yo le respondí que no sabía que se necesitara un permiso especial para fotografiar la fachada y ella me dijo que era un maleducado. Pero os aseguro que fui muy amable.

—¿Y la chica? —preguntó Beatriz.

—Cuando volví a mirar, había desaparecido. Menos mal que yo ya tenía la imagen. Creo que la monja pensó lo mismo, porque miraba la cámara con ojos fieros y se le pusieron las manos así —Lawrence imitó el gesto de unas garras—, por un momento pensé que me la arrancaría.

Volvió la vista a la imagen.

Un mosaico de baldosas rotas enmarcaba la ventana, un *trencadís* abigarrado en medio de una fachada más que sobria, sombría. Como si el arquitecto hubiera tenido un ataque breve pero intenso de modernismo antes de volver a la estricta geometría. Seguramente por eso la había fotografiado

Lawrence. Y por la mujer que miraba por la ventana desde el interior del edificio. Había hecho dos tomas. En la primera, la mujer, ligeramente de perfil, no había captado la presencia del fotógrafo; en la segunda, sí. Miraba de frente, la cabeza rodeada por una melena suelta que le llegaba hasta los hombros.

—Es Jacinta.

—¿Quién es Jacinta? —preguntó Beatriz.

—Una de las costureras del taller Aurora Boreal. Una de las compañeras de la chica que se suicidó.

—Pero este edificio es el colegio en Esplugas al que fuiste el otro día, ¿no? —dijo Beatriz sin apartar la vista de la foto.

—Así es. ¿Qué estaría haciendo allí?

—Allí tienen recogidos a los niños.

—Sí, claro. Pero solo pueden visitarlos el fin de semana. Y Aurora Peiró me contó que Jacinta estaba en casa de unos parientes porque, por lo visto, había quedado muy afectada tras la muerte de Elena.

—Puede que su niño enfermara... —añadió Beatriz algo distraída. Era evidente que no entendía por qué esa foto le llamaba tanto la atención.

—¡Eso es! Los niños. Algo pasa con los niños. Cuando estuve la primera vez en el taller, Jacinta quiso decirme algo de los niños, pero Aurora no la dejó seguir.

La expresión de Beatriz era de escepticismo.

—Uno de los niños que fotografiaste, Lawrence, dijo que Jacinta había sido mala y que por eso su hijo estaba enfermo.

Cogió la imagen en la que aparecían los hijos de las modistas entre otros niños.

—Estos cuatro niños son los hijos de las muchachas del taller de costura. —Los fue señalando con el dedo—. La hija de María Jesús, la de Mila, la de Juana. Está incluso el niño de Elena. —Las dos miraron la cara sonriente del niño—. El que falta es el de Jacinta. Y después está la reacción extraña de la directora del internado.

—Tal vez te metiste en una zona prohibida, Lawrence, los dormitorios de las monjas, por ejemplo.

—No, yo estaba fuera fotografiando la parte posterior de la fachada del edificio cuando me sorprendió. Y se puso furiosa. ¿Por qué les tendría que preocupar que se viera a esta muchacha en la foto? —preguntó.

—Solo se me ocurre que porque no debería haber estado ahí —aventuró Beatriz.

—Eso es. Porque se suponía que Jacinta estaba con unos familiares.

Ana fue pasando una foto tras otra. El edificio, las monjas, el patio con los niños haciendo gimnasia, los hijos de las costureras, las aulas con los pupitres de madera alineados, el comedor, la pizarra en el comedor con la inscripción en tiza «Come y calla».

—Es todo muy difuso, no sabría decir de qué se trata, demasiadas pequeñas mentiras cuya necesidad no acabo de entender.

Todo ello junto le decía que algo no estaba claro, algo no estaba limpio en el internado, en el taller de costura.

Ana recordaba el griterío que las había hecho salir del despacho de sor Marta, también el comportamiento de la monja. Y una mirada, la de sor Marta a Aurora, en la que había furia, era cierto, pero también miedo.

—¿De qué tienen miedo?

—Por lo visto —dijo Lawrence—, de que hayamos visto que esa muchacha está en el internado y no con su familia, como te dijeron.

—Pero ¿por qué? Está bien, es una mentira, pero no deja de ser una mentira trivial. Bastaba con que dijeran que estaba allí cuidando a su hijo enfermo.

—Trivial para nosotros —comentó Beatriz—, porque solo podemos ver eso, pero la monja y esas señoras ven más allá, y tal vez creen que otros pueden también descubrir algo que prefieren mantener oculto.

Ana trataba de recordar algún detalle que pudiera darles una pista sobre los motivos por los que esa foto era peligrosa. Siempre acababa en el mismo punto: Jacinta había querido decirle algo sobre los niños, sobre algo que tal vez les pasaba a los niños en el internado.

—Allí no creo que puedas volver sin más —replicó Lawrence cuando ella les comentó su hipótesis.

—Y me temo que en el taller ni siquiera me van a abrir la puerta.

—A mí me conocen también —dijo Lawrence—, la dueña del taller estaba en el colegio y seguro que se acuerda de mí.

—A mí no me conocen.

Ana se volvió a Beatriz. En sus ojos vio una expresión vivaz que hacía mucho tiempo que echaba de menos.

Beatriz se levantó y contempló con exagerado disgusto la ropa que llevaba puesta, la falda gris hasta las rodillas, la blusa oscura, la rebeca de color azul marino.

—Tal vez sea hora de renovar mi vestuario.

—Pero Beatriz...

—Lo digo en serio. Necesito ropa nueva para... para... bueno, eso no importa. El caso es que necesito ropa nueva.

Ana no estaba del todo convencida. Lawrence, en cambio, asentía con vehemencia.

—Es perfecto.

Tenía razón. Beatriz, con su prestancia, con su forma de hablar, incluso con su afrancesamiento, era la clienta perfecta para Aurora Boreal. Pero antes tenía que prepararla. Su prima no era precisamente una experta en moda.

—Vamos a pensarlo bien. ¿Qué es lo que quieres que te cosan?

—Un traje chaqueta, una blusa y un vestido para un viaje a París.

—Mejor solo una cosa.

—Pues el vestido. Para París.

Ana empezó a darle instrucciones. Con su ayuda, escogieron buena ropa entre las piezas que guardaba en su armario algo avejentado.

—Aurora tiene buen ojo, enseguida verá que estas piezas son de primera calidad, pasadas de moda pero caras y... —le dijo con admiración— te caen muy bien.

—A ver si me quedan demasiado bien —bromeó Beatriz— y resulta que es una de esas tiendas donde hay una trampilla que se abre bajo tus pies y acabas en un harén en Turquía.

Ana rio de buena gana, sobre todo por ver a Beatriz de tan excelente humor y dispuesta a, como había dicho, «meterse en líos».

—No es ahí, dicen que eso pasa en la mercería de la calle Pelayo.

Lawrence las escuchaba inquieto. Tanto por lo que iban a hacer, aunque de entrada no pareciera nada arriesgado, como porque no acababa de entender de qué estaban hablando. Bien sabía Ana que hablar un idioma, incluso tan bien como lo hacía Lawrence, no garantizaba entender todo lo que se decía en él.

Poco después, Beatriz, ante las miradas admirativas no solo de Ana y Lawrence, sino también de Luisa, se puso unos guantes finos, cogió un bolsito y salió de casa.

Desde el umbral de la puerta se escuchó su taconeo firme y rítmico mientras bajaba las escaleras.

—Doña Beatriz, ¡qué elegante la veo! ¿Adónde va?

—Buenas tardes, Jesús. Deje de barrer todo el rato esa baldosa, que ya le está sacando brillo.

La puerta estaba cerrada con llave. Ana le había contado que en sus dos primeras visitas al taller de costura había entrado sin tocar el timbre, que se había encontrado con la puerta cerrada por primera vez después de lo sucedido en el internado. Ahora, después de tocar al timbre, Beatriz repasaba su aspecto en el reflejo del cristal de la puerta. Una mano apartó uno de los visillos. Vio asomar la cara de una mujer madura que la observó y, al instante, abrió la puerta sonriendo obsequiosa. Se presentó como Aurora Peiró.

La descripción de Ana había sido tan precisa que, al entrar en el taller, Beatriz tuvo la sensación de haber estado antes allí. El mostradorcito y detrás las cinco máquinas de coser. Solo tres chicas. Pero no tenía que precipitarse ni hacer preguntas antes de hora. De modo que explicó de forma muy circunstanciada lo que quería.

«Con muchos detalles, algunos de ellos contradictorios», le había insistido Ana, porque sabía cuánto detestaba la imprecisión.

Aurora la hizo pasar a la zona donde estaban los silloncitos y durante unos minutos mantuvieron una charla insustancial en la cual dejó caer los nombres de dos «amigas» que le habían recomendado el taller; ambas eran, por supuesto, miembros de la Congregación.

Después Aurora le mostró fotos y modelos. Beatriz siguió la consigna de Ana: «Tómate mucho tiempo, así puedes observar».

De modo que se convirtió en la personificación de la duda.

—¡Ay! No sé, no sé. Es que me gustan todos.

Un teléfono sonó mientras miraban ya el segundo muestrario que había sacado Aurora. La dueña del taller se disculpó y se dirigió a lo que, según la descripción de Ana, era el almacén de tejidos.

Ella también se levantó. Beatriz sabía que era una bobada, sin embargo, lo primero que hizo fue mirar el suelo de los dos probadores. Con la punta del zapato levantó las alfombrillas persas que los cubrían y que, constató, no ocultaban ninguna trampilla secreta. Se asomó al almacén. Oía la voz de Aurora concertando una cita para unas segundas pruebas, pero no podía verla. El aparato debía de estar en un hueco al lado de la escalera que subía a la vivienda. Beatriz se acercó sin prisas, curioseando, a la parte delantera. Dos de las chicas seguían sentadas en las máquinas de coser. La tercera planchaba y la saludó con la cabeza al verla entrar. Beatriz se acercó a contemplar la pieza.

—¡Qué bonita! Muy sofisticada.

—Gracias, señora.

—¿Cuál de vosotras es Jacinta? —preguntó entonces en tono algo aniñado.

Las dos máquinas de coser se detuvieron a la vez. Solo una retomó el trabajo, si bien vacilante. Desde la que seguía parada le llegó una voz:

—Jacinta no está.

Debía de ser la que se llamaba Mila.

Beatriz compuso un gesto de desilusión digno de una niña mimada de diez años.

—¡Qué pena! Tita Pons me habló maravillas de ella. ¿Cuándo volverá?

—Tardará un poco, está mala —dijo la de la plancha sin mirarla, concentrada en la manga de la blusa.

Ella compuso un mohín de ligera contrariedad y después dio una palmadita blandengue en el aire.

—Bueno, no pasa nada. Seguro que vosotras también lo hacéis de maravilla. Y el vestido no puede esperar. París no puede esperar.

Empezaba a disfrutar de su propia actuación, pero no debía exagerar. Regresó a la zona de los probadores. Allí la encontró Aurora hojeando una revista francesa de moda.

—Ya lo tengo —dijo, y señaló uno de los modelos.

—Excelente elección.

El siguiente paso, escoger la tela, les tomó todavía más tiempo. Beatriz no tuvo que fingirse indecisa, Aurora parecía empeñada en mostrarle la riqueza de su almacén. Sentía un genuino placer desplegando ante ella telas, tocándolas, mostrándoselas a la luz del pequeño patio interior con cinco sillas de enea arrimadas a la pared. El alma de filóloga de Beatriz también disfrutaba con la precisión de las denominaciones de las telas, de los colores, de los estampados, de las texturas, de modo que era sincera cuando le dijo a Aurora:

—Estoy anonadada. No sé qué escoger. Aconséjeme usted.

—Déjeme pensar y, mientras tanto, pase al probador para que una de las muchachas le tome las medidas.

Aurora pidió a Juana que dejara la plancha y se encargase de la clienta. Al poco, la muchacha llegó con una libreta, un lápiz y una cinta métrica. Mientras le tomaba las medidas, Beatriz se movía obedeciendo las indicaciones de la chica atenta a los sonidos y voces del taller. Máquinas y cuchicheos de las otras dos muchachas. Y el teléfono que sonó de nuevo. La voz de Aurora al responder sonaba muy diferente. Beatriz le preguntó si podía pasar al servicio.

—¿Sabe dónde está?

—Sí. No hace falta que me acompañe.

La muchacha se quedó repasando sus anotaciones.

Beatriz se acercó de puntillas. Desde el nicho donde quedaba el teléfono, Aurora no podía verla. Si la descubría, siempre podía decir que buscaba el lavabo. Aurora hablaba en voz baja pero dura.

—No, ya le he dicho que la pelirroja no está, irá la rubia. Sí, a las nueve.

Beatriz volvió rápida al probador.

30

Por la tarde Beatriz entró en el edificio con un sobre de dinero en el bolso, la mirada dolida de Jesús, el portero, y un presentimiento que se confirmó en cuanto abrió la puerta y vio que las llaves de Ana no estaban en el cuenco donde las solía dejar. Mientras se dirigía a su estudio para guardar el sobre con lo que le habían pagado los herederos de Palau por ordenar y tasar su legado, llamó de todos modos a su prima. Luisa salió de la cocina para confirmarle lo que se temía:

—La señorita Ana salió hace una hora.

—¿Te dijo adónde iba?

—No, pero se llevó las llaves de su coche.

Entonces, Ana había salido a rodar el viejo Hispano-Suiza. Eso la tranquilizó. Aunque no del todo. Conocía bien a Ana y sabía que lo que le había revelado después de su visita al taller de costura no la iba a dejar en paz hasta que supiera a ciencia cierta qué estaba pasando allí.

Se sentó a su escritorio y trató de continuar el texto en el que estaba trabajando. Ponerle punto final era algo que deseaba y a la vez demoraba, ya que en cuanto concluyera ese libro llegaría el momento en que tendría que hablar con Ana y explicarle sus planes, decirle que era verdad que necesitaba ropa nueva y que, si bien se podía imaginar que no sería una pieza cosida en el taller Aurora Boreal, se iba a hacer un vestido para llevarlo en París. Logró escribir dos párrafos. «Dos párrafos más cerca», se dijo. Dos párrafos que seguramente tendría que borrar, escritos sin concentración, dispersos como su mente, que no dejaba de dar vueltas a la ausencia de Ana. ¿Por qué precisamente hoy le había dado por sacar el coche? Más de una vez había sido el cuidador del garaje el que les había avisado de que «ya convenía darle una vueltita» e incluso se había ofrecido a moverlo él mismo. Por eso no se acababa de creer que Ana hubiera salido solo para eso, sino que más bien se trataba de que necesitaba el coche para otra cosa.

El sonido del timbre la distrajo de sus cavilaciones. Luisa abrió y apareció en la biblioteca acompañando a Lawrence.

—¿Dónde está Ana?

—A duras penas podía contenerme —les había explicado Beatriz al volver del taller—. Era difícil seguir con mi papel y no salir corriendo para contároslo.

Se había tomado todo el tiempo necesario para valorar la tela que le mostraba Aurora, aguantó tener que decidir sobre detalles que, por lo visto, eran importantes.

—Mientras que a mí las hormigas se me comían los pies, escogía botoncitos para el cierre del cuello.

Durante todo su relato Beatriz había hablado deprisa, resarciéndose por la escena de exasperante lentitud que le había tocado representar. Ana la había escuchado porque esa victoria contra la impaciencia era también parte de la «hazaña» de Beatriz, pero su cabeza no había dejado de darle vueltas al «la pelirroja no está, irá la rubia».

Las conclusiones estaban al alcance de la mano. Eran tan monstruosas que una parte de ella se negaba a aceptarlas recordándole la imagen de una Aurora bondadosa y maternal con las muchachas, consolándolas de la tristeza por la muerte de Elena, explicándole a ella que «les damos una formación, una nueva oportunidad en la vida». Una parte de Ana había buscado desesperadamente, con estúpida obcecación, un contexto en el que «la pelirroja no está, irá la rubia» no significara lo que Beatriz había supuesto al instante, lo que Lawrence había entendido al momento. «No, la pelirroja no está, irá la rubia».

—Tal vez es una clienta habitual que no se acuerda del nombre de las muchachas y las distingue por el color del pelo —aventuró sin dejarse intimidar por las miradas escépticas de los otros dos—. Y la muchacha tiene que ir a entregarle algo.

—Te gustaría que fuera así, ¿verdad? —le preguntó Beatriz.

—Ojalá lo fuera. —Lawrence le cogió la mano.

—No me des la razón por pena —respondió, soltándose con brusquedad. Y dejó salir su rabia por lo que significaba el descubrimiento de Beatriz.

Lawrence volvió a cogerle la mano.

—Está bien.

Después él y Beatriz se habían quedado en silencio. Sus miradas confluían en la mano de Lawrence apretando la de Ana. Esperaron a que se calmara. Mientras relajaba el ceño, les había dicho:

—Me temo que tenéis razón.

—Avisarás a la policía, ¿no? —preguntó Beatriz.

Les había dicho que sí, que hablaría con Castro. Y lo había afirmado con tal contundencia que los otros dos la creyeron. Pero ella no pensaba presentarse ante el inspector contándole que, mientras le tomaban las medidas para un vestido, su prima Beatriz había escuchado casualmente una conversación sospechosa en el taller de Aurora Peiró. No podía hacerlo ni aun diciéndole que la casualidad la habían buscado, porque había algo extraño en ese lugar, en sus actividades.

Sabía que lo primero que Castro le diría era que había vuelto a extralimitarse. Tenía razón. De modo que, puestos a extralimitarse, mejor a fondo. Mejor aparecer con algo más sólido que una azarosa frase cazada al vuelo. Aire, solo tenía aire.

Ahora, sentada en el Hispano-Suiza de Beatriz, espiaba la puerta del taller desde la acera de enfrente. No se le había ocurrido otro modo de poder apostarse allí sin ser vista. Como era un coche algo llamativo, se había sentado detrás, donde quedaba más a cubierto de miradas. Lo había aparcado de modo que la luz de las farolas solo tocaba el morro del coche y la dejaba a ella en la oscuridad. Desde allí seguía los movimientos en el taller. Observó que ya se había vuelto habitual cerrar la puerta con llave. Las clientas que vio entrar y salir tenían que tocar el timbre. A las ocho se apagaron las luces en el interior y se iluminaron las ventanas del piso en el que vivían las costureras.

Aurora había concertado una cita para María Jesús. La rubia, a las nueve. No sabía dónde, de modo que ya se había apostado allí a las siete. Llevaba una hora y media metida en el coche. Tenía los pies helados, el cuerpo frío. Carente del prestigio de la niebla londinense o de la melancolía de la grisura atlántica de Lisboa, la humedad barcelonesa tenía la astucia malvada de un monstruo de segunda clase y había encontrado resquicios para aterirla, un hueco entre el cuello de la chaqueta y la nuca, una manga algo suelta, incluso los ojales de los botones le servían.

Hacia las ocho y media se abrió la puerta del taller y vio salir a María Jesús. La costurera no llevaba ningún paquete en las manos. No salía, pues, a hacer una entrega. La pequeña parte de ella que todavía creía en otra explicación a la llamada se retiró vencida. Quedó, con todo, un minúsculo y terco rescoldo de esperanza. Tal vez iba a recoger algo.

Con el cuerpo entumecido, empezó a seguirla a cierta distancia. La muchacha caminaba en dirección al paseo de

Gracia todo lo rápido que le permitían los zapatos de tacón que calzaba. Pasó rauda de largo ante el mercado de la Concepción, ya cerrado, donde los últimos trabajadores apilaban cajas y limpiaban el suelo de restos de verduras casi licuados por los pisotones. Al ver a la muchacha, uno de los hombres le lanzó un comentario obsceno; ella ni volvió la cabeza. Repitió el comentario cuando pasó Ana. Ella tampoco lo miró; seguía con la vista clavada en la costurera. María Jesús giró a la izquierda al llegar al Conservatorio. Ana aceleró el paso por miedo a perderla. Dobló la esquina y la vio detenida delante del portal de una casa señorial a pocos metros de una ventana abierta en el Conservatorio, desde la que llegaba el sonido de un piano practicando obsesivos ejercicios de escalas. Antes de que la muchacha tocara el timbre, Ana la llamó y aprovechó su desconcierto para darle alcance.

María Jesús, con la espalda pegada a la verja metálica de la puerta, parpadeaba como si quisiera borrarla de un golpe de ojos. En cuanto se acercó, la muchacha le espetó:

—No estoy haciendo nada malo.

—Yo no he dicho que... —empezó a decir Ana tendiéndole una mano.

María Jesús rehuyó el contacto escurriéndose hacia un lado sin despegar la espalda de la puerta. Ana se apartó un poco para no darle la impresión de querer acorralarla. El abrigo de María Jesús se había abierto y Ana vio que iba vestida con un ajustado vestido negro muy escotado. La muchacha se dio cuenta y se cubrió.

—Tengo que hacerlo... Me obligan... Si me ven con usted...

—No pienso irme hasta que me cuentes qué está pasando.

—Me esperan.

—¿Quién? ¿Es alguien que quería una pelirroja pero se conforma con una rubia?

Los ojos de María Jesús no podían expresar más asombro. Tampoco más miedo. Apoyó la espalda con fuerza contra la reja y se impulsó para darle un enérgico empujón a Ana antes de echar a correr de nuevo en dirección al taller de costura. Ana trastabilló un poco y empezó a correr detrás de ella. María Jesús cruzó la calle Bruch esquivando los coches. Al llegar a la otra acera, se quitó los zapatos de tacón para poder correr mejor.

—¡María Jesús! ¡Habla conmigo! ¡Cuéntame qué está pasando!

La costurera se volvió para mirarla y aceleró la carrera a pesar de sus pies solo cubiertos por unas medias que seguramente ya se habían roto. Como una Cenicienta aterrorizada, dejó caer uno de los zapatos mientras apretaba el otro con fuerza. Ana dejó atrás el zapato abandonado en el suelo y siguió corriendo.

Al pasar el callejón lateral del mercado de la Concepción, un camión que salía cargado de cajas de madera tambaleantes le cortó el paso a Ana. Lo sobrepasó por detrás justo en el momento en que el conductor se quería incorporar al tráfico y un movimiento de retroceso del vehículo, que tenía que superar la pronunciada inclinación de la acera, la golpeó en el hombro. Uno de los trabajadores del mercado dejó de apilar cajas y se acercó.

—¿Se ha hecho daño?

El golpe había sido fuerte, pero no quería detenerse. La figura de María Jesús se oscurecía y se aclaraba a la luz de las farolas. Se deshizo del hombre, que por la voz era el mismo que antes les había gritado procacidades, y continuó su carrera empujada por sus palabras nuevamente poco amables. Ya no veía a María Jesús, no importaba, no le cabía la menor duda de que se había metido en el taller.

Llegó hasta la puerta. Estaba cerrada con llave. Todavía con la respiración entrecortada, empezó a golpear los cristales con fuerza, haciendo mucho ruido, mientras gritaba:

—¡María Jesús, ábreme!

El taller seguía a oscuras. Le parecía sentir la proximidad de alguien en la hoja de la puerta.

—¡Abre o me pongo a gritar!

Tocó el timbre varias veces. Algo como un gemido se escuchó al otro lado.

—¡Abre o llamo a la policía!

Intensificó los golpes con patadas. Algunos vecinos ya se estaban asomando a las ventanas y balcones.

Finalmente, María Jesús, abrazando el zapato contra su pecho, abrió.

31

No más de un palmo, el espacio justo para que asomara un ojo asustado y pudiera salir su voz.

—Márchese. Por su culpa el señor Morera se quejará.

Ana metió el pie en el espacio que dejaba la puerta abierta. Cuando notó que María Jesús empujaba para cerrarla otra vez, empujó a su vez y logró abrirla lo suficiente para meterse en el taller. La campanilla sonó con incongruente alegría. María Jesús retrocedió y se refugió detrás del mostradorcito.

—Se quejará, se quejará. Será la primera vez. Nunca se había quejado nadie. Siempre hago lo que me dicen. Ahora por su culpa me castigarán.

El taller estaba a oscuras, pero la luz de la calle que entraba a través de la cristalera le permitía ver la expresión atemorizada de la muchacha. Ana dio un paso al frente. María Jesús retrocedió y se refugió detrás de la primera máquina de coser en la hilera de la izquierda.

—¿Quién?

María Jesús movía la cabeza negando. Apretaba el zapato negro con tanta fuerza que Ana temió que pudiera herirse con el tacón.

—¿Quién te va a castigar?

La cabeza de la muchacha se agitaba en la negación. Todo su cuerpo se balanceaba.

—Siempre hago lo que me dicen. No como otras. Siempre, siempre, siempre. Por eso mi niño come bien. Por eso mi niño nunca está enfermo. Me van a castigar. Lo van a castigar.

—¿Por qué? ¿Quién lo castiga?

—Las monjas. —Dejó de mover la cabeza. Su voz adquirió una lúgubre gravedad—. Esas monjas son peores que las del correccional. Son malas. Si te portas mal, doña Aurora se lo dice a sor Marta y entonces los niños se ponen enfermos, muy enfermos.

—¿Qué...?

Ana trató de acercarse. María Jesús se escurrió a un lado y se quedó detrás de la siguiente máquina de coser.

—Muy malitos. Entonces te meten en un coche y te llevan al colegio de Esplugas para que los veas en la cama, haciéndoselo todo encima.

En ese momento levantó la mano derecha, cerró el puño y extendió el índice en un gesto reprobatorio, mientras imitaba el acento recio de la directora del internado:

—¿Ves? Dios castiga a tu hijo porque no obedeces.

Con la misma mano dio un golpe a la tabla de la máquina de coser y dejó caer el zapato al suelo.

—Son ellas. ¿Dónde se ha visto que Dios nos castigue por no querer hacer de putas? Son ellas, les dan algo. Y te obligan a que mires cómo sufren y tiemblan de frío. Y los pobres, como los tienen enseñados, te miran y te preguntan «¿por qué has sido mala, mamá?».

Ana señaló la primera máquina, la que solía ocupar Jacinta, y le preguntó:

—¿Jacinta se portó mal también?

—Sí, porque quiso hablar con usted de los niños. Y al día siguiente se la llevaron al colegio para que viera a su hijo. Y doña Aurora nos dijo que igual el niño se moría. Para que comprendiéramos lo que les pasaba a las que hablaban con quien no debían.

Ana señaló la máquina que quedaba a su izquierda.

—¿Y Elena?

María Jesús chistó.

—Está prohibido hablar de ella desde que vino usted.

Ana estaba en el pasillo entre las dos hileras de máquinas de coser con una mano apoyada en la máquina de Jacinta y otra tocando la de Elena.

—¿Por qué?

María Jesús necesitó refugiarse detrás de su propia máquina de coser, la última de la fila de la izquierda, antes de poder hablar:

—Está muerta y enterrada, como dice doña Aurora. Pronto vendrá otra chica y ocupará su cuarto. No podemos ni nombrarla. Elena, Elena. ¡Elena! —acabó gritando en el taller vacío. Prosiguió después arrastrando la voz, súbitamente fatigada—. ¿Qué más da? Me van a castigar igual. El señor Morera se va a quejar. Es muy exigente. Doña Aurora me dijo que tenía que obedecer y hacer todo lo que me pidiera y ser muy dócil y muy puntual. A él le gustaba Jacinta. A veces pedía a Elena, porque ella también era muy dócil. Como una muñequita.

—El niño de Elena también estuvo enfermo... —le dijo Ana.

—Claro, lo castigaron. Pero eso fue antes de que Elena se muriera. —Parecía exhausta al hablar.

—Por el embarazo.

—Igual querían obligarla a perder el bebé. —María Jesús empezó a mirar a todos lados, como si temiera que alguien pudiera oír esas palabras.

—¿Ella lo quería?

La vista se le había acostumbrado a la falta de luz y, a pesar de la distancia, podía distinguir bien la expresión del rostro de la muchacha. Del miedo y la ira había pasado a la tristeza.

—Sí, estaba muy ilusionada.

—¿De verdad?

—Muchísimo. Mila, que era su mejor amiga, me contó que ella le dijo dónde podía ir para que se lo sacaran, pero que Elena le contestó que ni hablar, que iba a tener esa criatura y a darle un hermanito a Félix. Y un padre.

Ana ya se imaginaba quién era ese padre; quería, sin embargo, la confirmación.

—¿Quién era?

—No lo sé. A mí no me lo contó. Mila era su amiga.

—¿No dijo nada...? —se interrumpió al ver la expresión de terror de María Jesús.

—Yo no he contado nada. De verdad. Me sonsacó, no quería. Yo soy obediente.

Ana entendió entonces que María Jesús ya no estaba hablando con ella, sino con alguien que estaba a su espalda.

—¿Por qué no estás en casa del señor Morera? —preguntó la voz de Aurora.

32

—Esta mujer tiene un don especial para meterse en complicaciones.

—Es verdad —respondió Lawrence.

—Espero que tú no seas una más. Si no, me vas a oír —le dijo Beatriz en un tono bromista combinado con una mirada que confiaba en que no dejara ninguna duda de que lo decía muy en serio.

Aunque, a juzgar por la expresión de preocupación que ambos compartían, intuyó en él un profundo interés por Ana.

—¿Y dices que se ha llevado tu coche? Entonces tal vez haya ido al internado.

—Es demasiado tarde. No creo que cometa la imprudencia de ir de noche por esa carretera.

En realidad Beatriz esperaba que no fuera así. Ana era a veces temeraria, pero también pragmática. Un viaje hasta Esplugas a esa hora solo significaba quedarse delante de un portón cerrado. No, no había ido al internado.

—Con el coche, con un coche así —reflexionaba él en voz alta—, tampoco tiene sentido pensar que haya ido al Barrio Chino.

A Beatriz la imagen de su viejo y enorme Hispano-Suiza metiéndose por esas calles angostas le resultaba casi cómica.

—Solo se me ocurre que haya ido a echar un vistazo al taller. Por la hora que es, tal vez se le haya ocurrido investigar adónde va la muchacha rubia a las nueve.

—¿Para qué necesitaría entonces el coche? El taller está relativamente cerca y seguir a alguien con ese monstruo no es precisamente discreto —argumentó Beatriz.

Lawrence vio entonces las fotografías del internado sobre la mesita baja en la que Ana y Beatriz solían tomar café. Cogió la que estaba encima. Se la mostró a Beatriz.

—Ha estado revisando las fotos. Estos de la primera fila son los niños de las costureras.

Lawrence señaló al niño más pequeño de la fila, que sonreía abiertamente. Era el único niño que sonreía de verdad en toda la foto.

—Este es el hijo de la muchacha que se suicidó. Estaba muy emocionado. Quizá era la primera vez que le hacían una foto y no paraba de hablar, aunque era muy pequeño y a veces no se le entendía mucho. Y cada vez que me miraba decía: «Bendición, señor fotógrafo, bendición».

A Beatriz el corazón le dio un vuelco.

—¿Eso decía? ¿Estás seguro?

—Sí. ¿Por qué?

Antes de confiarle a Lawrence su conjetura quería asegurarse. Por eso le preguntó:

—Es un niño español, ¿verdad?

—Bueno, yo soy inglés y a veces no distingo bien los acentos, pero Elena Sánchez era española. Su niño, por lo tanto, también. ¿Por qué lo preguntas?

—Porque esta forma de saludo no es propia de aquí, sino de Puerto Rico.

—¿Cómo es que sabes estas cosas?

—De esto me he acordado por Juan Ramón. —Ante la mirada interrogante de Lawrence, Beatriz añadió—: Juan Ramón Jiménez, el poeta. Estuvo exiliado mucho tiempo en

Puerto Rico y allí adoptó algunos giros de la lengua de la isla, como el saludo «bendición».

—¿Lo conoces personalmente?

—No. ¿Por qué lo preguntas?

—Porque has hablado de él llamándolo por su nombre. Como si fuera un amigo.

—Eso se hace mucho aquí. Pero eso no es lo que importa. Lo que importa es que el marinero norteamericano que asesinaron era de Puerto Rico...

—... y tenía una novia española, con la que se quería casar.

—... y en los días de salida con el niño, el marinero seguramente los acompañó.

—... y el niño aprendió la fórmula de saludo.

Ambos se miraron conteniendo la respiración.

Lawrence se levantó de un salto para salir corriendo hacia el taller. Beatriz fue al teléfono y llamó a la Jefatura.

—Agente, ya sé que es muy tarde y que el inspector Castro está en su casa, pero es urgentísimo.

33

En los dos segundos que necesitó para darse la vuelta, la mente de Ana tuvo tiempo de prepararse para muchas imágenes amenazadoras, pero no para la que había hecho huir a María Jesús despavorida hacia la trastienda. Aurora Peiró, la silueta de la amable y maternal Aurora Peiró, se dibujaba a contraluz en el marco de la puerta de entrada del taller. No le podía ver la cara, pero sí que empuñaba un cuchillo. Instintivamente empezó a retroceder. Las manos separadas del tronco, en la misma posición que tenía mientras hablaba con María Jesús y con las que ahora parecía remar hacia atrás, rozando las máquinas de coser, que, si no habían protegido a la muchacha ante sus preguntas, menos podían protegerla a ella de un arma.

Por suerte, unas voces en la calle distrajeron por un momento la atención de Aurora y la obligaron a cerrar la puerta de una patada. La campanilla sonó como una alarma, pero solo a los oídos de Ana. Nadie iba a venir a socorrerla. Aprovechó ese instante de ventaja para correr a la trastienda también. No había una salida trasera, el patio era ciego. Chocó con objetos que no reconocía, tiró al suelo algunas balas de ropa en el almacén y llegó a la puerta que conducía a la escalera del piso de las costureras. María Jesús la había dejado abierta. Subió los escalones de dos en dos sin encender la luz para que su perseguidora no pudiera verla. Oía sus pasos. Aurora se movía con mucha más agilidad por ese espacio tan conocido; tropezó, aun así, con las piezas de tela que ella había hecho caer, lo que le concedió una pequeña ventaja. Tampoco conocía el piso, no sabía si se podían abrir fácilmente las ventanas para pedir ayuda y si podría alcanzarlas antes de que Aurora la alcanzara ella. Por eso se metió en la única habitación que conocía, la primera habitación, la que había sido de Elena. Cerró la puerta con llave justo en el momento en que Aurora entraba en el piso. Demasiado tarde, ante la negrura total del cuarto recordó que esa estancia no tenía ventanas.

Ana dejó el cuarto a oscuras para no delatarse. Aurora por lo visto tampoco quería ser vista y no había encendido ninguna luz. En el silencio absoluto de la vivienda, Ana oyó los pasos de Aurora pasando de largo ante la puerta muy despacio. Ella tensó los músculos, agarró con la mano izquierda el picaporte y cogió entre el índice y el pulgar de la derecha la llave para girarla velozmente, abrir y huir otra vez escaleras abajo en cuanto Aurora se hubiera alejado lo suficiente. Inspiró, levantó los codos y justo cuando se disponía para la escapada, oyó un ruido sordo, un golpe que parecía provenir de otra habitación del piso. Después, la voz de Aurora:

—¿Qué estás haciendo aquí?

La respuesta de María Jesús resultaba incomprensible, envuelta como estaba en un llanto histérico.

—Ve ahora mismo. El señor Morera llamó para quejarse de que no habías aparecido. Por eso he venido.

—No... quiero... ir. Por favor... doña... Aurora. —La voz de la muchacha, más cercana, quedaba entrecortada por los sollozos.

—Lávate la cara y vete. Mañana hablaremos. ¿Dónde se ha metido esa?

—No... lo... sé.

—No lo sé, no lo sé —la remedó burlona—. ¡Largo! Lávate la cara y vete aunque sea en pantuflas.

Unos pasos precipitados bajando la escalera. Después, otra vez silencio.

Una súbita línea amarillenta enmarcó la puerta. Aurora había encendido la luz en el pasillo. Los pasos que oía Ana se acercaban y alejaban. Finalmente, se aproximaron a la puerta. El picaporte fue sacudido dos veces.

—¿Así que ha escogido la habitación de Elena? ¡Qué apropiado!

Ana no dijo nada. Caminando de puntillas, cogió la silla, la misma silla que había usado Elena para colgarse de la viga, y apuntaló la puerta.

—Esta va a ser una habitación con dos fantasmas —dijo Aurora muy cerca de la madera.

—Señora Peiró, no es lo mismo ir a la cárcel por proxenetismo que por asesinato.

—Desde luego que no. Mucho mejor es no ir a la cárcel por culpa de reporterillas chafarderas que no pueden estarse quietas. Como diría la tarada de doña Engracia, tan dada a los dichos, «la curiosidad mató al gato».

Tanto por curiosidad como por la necesidad de hacerla hablar y ganar tiempo, Ana le preguntó:

—Entonces, ¿doña Engracia no sabe nada de su «negocio»?

—¿Esa? ¡Qué va a saber! Ella y sus amigas son las que nos dan respetabilidad. Tiene gracia que entre nuestros clientes se encuentre el marido de una de ellas. Un cerdo al que le gustaba mucho vestir a Elena, que tenía un aspecto muy infantil, de niña de primera comunión.

—Pero él no era el padre de la criatura que ella esperaba, ¿verdad?

—A saber quién lo sería. Ella estaba convencida de que era de un novio que se había buscado.

—¿El marinero Antonio Vázquez?

—¡Vaya! Veo que ha hecho los deberes. Mal asunto para usted, porque ahora ya de ningún modo puedo dejarla salir de aquí con vida.

—¿Porque sé demasiado?

No obtuvo respuesta. ¿Qué esperaba? Tenerla pegada a la puerta dándole cháchara hasta que tal vez llegara ayuda. ¿De quién? Ojalá María Jesús por una vez no fuera obediente y en lugar de haber ido a casa de ese cliente hubiera ido a pedir auxilio.

Los pasos de Aurora se acercaban y alejaban de la puerta. Ana se preguntó si estaba buscando algo con lo que abrirla. La respuesta le llegó pronto. Un intenso olor a queroseno se expandió por el cuarto. El hilo de luz en el suelo empezó a desaparecer. Aurora estaba amontonando telas delante de la puerta.

—Elena quería casarse con Antonio y dejar todo esto, ¿no? —dijo Ana mientras veía entrar el líquido por debajo del hueco de la puerta. Los roces le indicaban que Aurora estaba justo al otro lado. Repitió la pregunta—: Quería dejar esto, ¿verdad?

—Sí, pero todavía le quedaban dos años de servicio.

—¿Dos años?

—No se haga ilusiones, no va a entretenerme dándome conversación. Soy modista, sé hablar y mover las manos a la vez —le respondió Aurora en un tono socarrón—. Pero ya que le interesa, cada una de las muchachas que recogemos se compromete a trabajar cinco años. Con ello pagan su formación y la de sus hijos. Yo les guardo algo del dinero de los clientes para que después puedan empezar una nueva vida si quieren.

—Muy generoso de su parte.

La madera de la puerta engulló el sarcasmo.

—No es tanto pedir, ¿verdad? Las sacamos del arroyo, de los correccionales más infectos del país. Trabajan de putas.

Sí. ¿Y qué? Si no lo eran antes, habrían acabado en ello y en condiciones mucho peores, como las del Chino. Pero Elena se creyó eso del americano salvador que se la iba a llevar a su islita.

—Por lo que sé, el americano iba en serio.

—Demasiado. Pero Elena era muy valiosa. Por desgracia, también muy cabezota, aunque no lo pareciera. Y cuando le apretamos un poco las tuercas con el niño, no solo no cedió, sino que se nos presentó un día con el americano amenazando con denunciarnos.

Ana empezaba a entender. También notaba que se le estaba acabando el tiempo. Ya no entraba luz por debajo de la puerta. Esperaba en cualquier momento escuchar el sonido del raspado de una cerilla.

—¿Y por eso mataron a Antonio Vázquez?

—De eso se encargó mi socio.

Ana arrancó la sábana que cubría el colchón y cubrió con ella parte de la almohada. Si Aurora prendía fuego a los trapos para llenar la habitación de humo y obligarla a salir, su única oportunidad radicaba en abrir la puerta con rapidez, lanzarle la almohada cubierta con la sábana para que creyera que era ella y, en la confusión, arrebatarle el cuchillo o huir. Mientras hacía todo esto, una parte de su cabeza no podía dejar de juntar piezas.

—¿José Vendrell?

—¡Otra vez acierto! Si esto fuera una tómbola, se llevaba el peluche.

—¿Por qué...?

—Señorita, me temo que se va a ir al otro mundo con algunas lagunas.

En ese momento llegó el temido chasquido de la cerilla. La tela empezó a arder y un humo negro entró en la habitación.

—Así sacamos a las alimañas de sus escondrijos.

Tenía que prepararse. Se cubrió la nariz y la boca con un pañuelo y dispuso su «muñeco», que empezaba a parecer un fantasma entre el humo.

—¿Qué tal el aire por ahí dentro?

Ella no pensaba responder. Al otro lado, silencio. No podía saber si seguía ahí o había ido a buscar más material para el fuego. Golpeó la puerta, en pánico, sin poder contener la tos; la garganta y los ojos le ardían.

—¿Cómo puede quedarse ahí oyendo cómo me asfixio? ¡Déjeme salir!

Aurora se rio burlona.

—Más feo es ver patalear a alguien a quien estás ahorcando. Y, sinceramente, no me causa pesadillas.

Ana dirigió la mirada hacia la viga donde habían encontrado a Elena. El pequeño cuarto empezaba a llenarse de humo.

Un ruido fuera se impuso al crepitar de la tela ardiendo. Pasos. Una voz de mujer. ¿María Jesús? La voz se hizo más clara y más fuerte. Era Mila.

—¿Qué está haciendo, doña Aurora? ¿Quién está ahí adentro?

—¡Lárgate!

—No pienso hacerlo. He escuchado lo último que ha dicho. Usted mató a Elena, ¿verdad?

—No te metas en esto. ¡Fuera!

—¿Por qué tuvo que morir?

—¿Quieres saberlo? ¿De verdad? Mira cómo va a acabar esta por querer saber.

—¿Por qué, doña Aurora?

Parecía que Mila estaba dando patadas a las telas para apartarlas.

—¡Estate quieta o vas a acabar mal! Elena se lo buscó. Con su americanito y el anillo de compromiso carísimo.

—¿Por qué no la dejó marchar? El país está lleno de desgraciadas como nosotras, ¿qué más da una que otra?

Un golpe.

—¡Te he dicho que no toques las telas! ¡Quieta!

Ana gritó:

—¡Vete Mila! Vete. Pide ayuda.

Pero Mila quería saber. No era curiosidad, era ansia por saber, un ansia que pasaba por encima del peligro, de las amenazas, porque, entendió Ana, era la confirmación de una sospecha que la muchacha había albergado todo ese tiempo.

—Así que no se ahorcó. Fue usted. Usted la hizo beber, la dejó sin voluntad para poder colgarla.

—¿Cómo? —Tal vez porque Mila estaba al otro lado de la puerta, esta vez Aurora no celebró con ironía su acierto.

—Elena olía a alcohol cuando la descolgué. Pero Elena no bebía. Había hecho un voto. Elena olía a alcohol, doña Aurora, a alcohol y a meados. No se merecía esto. Nadie se merece lo que nos están haciendo.

Algo golpeó contra la puerta. Después, gritos y el roce de dos cuerpos enzarzados en una pelea. No podía dejar a Mila sola. Ana abrió la puerta y salió. Ciega por el humo, se echó sobre las dos mujeres. Instintivamente agarró la mano que sostenía el cuchillo. Ana era más alta y más fuerte, se metió como una cuña entre las dos mujeres y apartó a Mila. Aurora la miraba con ojos enloquecidos, tratando de liberar la mano del cuchillo. Forcejearon mientras detrás de ellas Mila luchaba por apagar el fuego. Aurora, como una perra rabiosa, trató de morder a Ana en el cuello. Ella se apartó y le dio después un golpe con la cabeza en la barbilla que la lanzó hacia atrás. Hubiera caído, pero Ana sujetaba con fuerza la mano derecha de Aurora aferrada al arma, cuya energía se concentró en dirigirla hacia Ana. Los zapatos de Aurora resbalaban al pisar trozos de tela esparcidos por el suelo. Ana utilizó todas sus fuerzas para torcer el brazo de Aurora y girar el cuchillo, apartándolo de ella. La punta se dirigía lentamente hacia Aurora. Plantó el pie derecho en el suelo y con el izquierdo le puso una zancadilla que la hizo tambalearse y caer sin control hacia delante, hacia el lugar en el que la esperaba el cuchillo que ella misma sujetaba en la mano y que su propio peso en la caída le clavó en el pecho. Ana sintió que Aurora se convertía en un peso sin fuerzas que se desplomó en el suelo. Se incorporó y se volvió hacia donde estaba Mila. Se miraron.

—¿Muerta? —preguntó la muchacha.

Los ojos sin vida de Aurora parecían extasiados en el anular de su mano izquierda, en un solitario de oro blanco con una esmeralda.

—Mejor será que te vayas, Mila.

34

Isidro tuvo una visión: la cabeza del comisario Goyanes se le apareció por un pasillo de la Jefatura. Debajo, una bandeja. No de plata, de alpaca.

Se decía que estaba al caer. Por el tema de los americanos.

—La peor solución posible. Un asesino español y una historia que no solo salpica a los americanos, sino a gente de muy arriba.

Eso le había comentado el comisario Montesdeoca. Había llamado a Isidro para felicitarlo por la resolución del asunto del marinero. Cuando un caso se llamaba con frecuencia «asunto» era porque traía cola. Como ese.

Aún no era oficial, pero ya se sabía que Montesdeoca iba a dirigir la BIC. Y que lo quería a él en su equipo.

—Tú siempre acabas saliendo a flote, como un corcho. Hecho de alcornoque gallego —le había dicho Goyanes al enterarse.

Quería insultarlo, pero a Isidro le había gustado. En el fondo eso era él, un pedazo de alcornoque gallego. Flotando.

A plomo, en cambio, iba a caer Vendrell. Cuando lo había interrogado, la partida ya estaba ganada, solo quedaba saber por cuántos puntos. Tenía las declaraciones de tres de las costureras. Las tres que estaban en el taller: María Jesús, Juana y Milagros. Habían encontrado a Jacinta recluida en el internado.

Isidro le había ocultado a Vendrell la muerte de Aurora Peiró y le hizo creer que ella había testificado en su contra. No se le escapaba que toda esa información la tenía de Ana Martí, que, bien pensado, había matado a Aurora Peiró. Que lo había hecho en defensa propia era indudable. Lo demostraba el escenario del crimen, a pesar de que él llegó el último y demasiadas manos y pies habían pasado por ahí. Había llegado más tarde que los agentes enviados desde Jefatura tras recibir la llamada de alarma de la prima de la periodista; había llegado más tarde también que ese extranjero, un tal Roberts, que debía de ser el novio de Ana Martí. Pero aunque había sido el último, no se le pasó por alto que en la pelea que había llevado a la muerte de la dueña del taller había participado otra persona. Al principio Ana Martí lo había negado.

—Esa persona no ha sido la que le ha clavado el cuchillo, ¿verdad? —Habló con ella en la trastienda, sentados frente a frente en los silloncitos bajos—. ¿Usted le quiere dar tiempo? No se preocupe. Por mí tiene todo el tiempo del mundo. Aunque a usted no le vendría mal un testigo.

—Deje que se marche.

Tenía que reconocer que llegó a conmoverlo. Y más todavía el hecho de que esa muchacha, Milagros, en lugar de huir hubiera regresado poco después para declarar que la muerte de Aurora había sido accidental. «Soy un corcho poroso. Mal asunto».

De modo que Isidro llegó ante Vendrell absolutamente imperturbable.

—José, te van a dar garrote. Son dos muertos y un intento de asesinato. Aurora Peiró nos lo ha contado todo. A la muchacha la mató ella. La emborrachó y la colgó. Sin más.

Vendrell no pudo ocultar su sorpresa, tampoco cuando Isidro prosiguió presentando sus conjeturas como hechos comprobados.

—Fuiste tú quien trató de empujar a Ana Martí en la estación de metro. Porque se acercaba demasiado al taller de costura, porque Aurora Peiró temía que se estuviera oliendo algo.

—¿Me da un cigarrillo, inspector?

Isidro abrió un cajón de su escritorio y sacó una cajetilla de tabaco americano. El cónsul le había hecho llegar dos cajas enteras. Se la pasó a Vendrell.

—Quédatela.

En esta ocasión Isidro no le ordenó que se sentara bien. Vendrell dio una larga calada:

—Lo que no me explico es por qué Aurora Peiró se asoció contigo. La señora no se movía, digamos, en los mismos círculos que tú. Pero supongo que también los macarrones queréis ir a más.

Isidro pensó que su «ascenso» correspondería más bien a convertirse en el que limpiaba los aseos en un hotel de lujo. Pero no se lo dijo. Humillarlo no le aportaría nada. Ni siquiera placer.

Vendrell fumaba despacio. Atento a lo que decía Isidro, como si le estuviese contando una historia para pasar el rato.

—Claro, en todos los negocios se necesita alguien que haga el trabajo sucio. Y el negocio de Aurora Peiró era, sin duda, de más postín que los que sueles hacer por el Chino, con putas arrastradas para menestrales, tenderos y marineros. Ni punto de comparación. Solo para gente bien. Visitas a domicilio o en hoteles buenos, nos lo ha contado una de las muchachas del taller. También que se vestían de lo que quisiera el cliente, como eran costureras... De pastoras, de enfermeras, de Caperucita... Elena Sánchez, tan aniñada, tenía algunos clientes bastante caprichosos, nos han contado. Hasta que llegó el americano.

Vendrell había caído en un estado de resignación que Isidro conocía bien de otros interrogatorios, y que debía de ser similar al de los jugadores que perdían grandes fortunas en los casinos. No le quedaba más que echarse hacia atrás en la silla, fumar y escuchar cómo Isidro analizaba la jugada:

—El americano empezó a amenazar, como suelen hacer esos bocazas prepotentes: que a él no se le podía hacer lo mismo que a uno de aquí, que él era soldado norteamericano, que os iba a denunciar, que ibais a acabar en la cárcel, que pagaríais lo que le habíais hecho a su novia, que era la novia de un marinero americano...

Isidro observaba a Vendrell detrás del humo del cigarrillo. Todo lo que estaba diciendo eran meras especulaciones, creadas a partir de piezas sueltas y de las declaraciones de las costureras.

—Te lo cargaste y dejaste el cuerpo en el reservado...

Un ligero temblor en los labios de Vendrell le indicó que se equivocaba.

—No, muy difícil arrastrar un muerto por esas calles sin que te vean. Más aún uno de esos grandullones, ¿verdad? Me imagino que Aurora Peiró le haría creer que transigía y le hizo una oferta: comprar la libertad de Elena y su hijo. Y lo citaste en el Metropolitano. Entraríais por la puerta de atrás, para que nadie os viera. Allí lo llevaste al reservado y lo mataste. Más tarde provocaste la pelea, ¿verdad?

No esperaba respuesta. No la obtuvo.

—Seguro que no fue difícil: un par de chicas y marineros blancos y negros borrachos. ¿Qué fue primero, el cuello o el abdomen? No hace falta que respondas. Todo buen boxeador sabe que el primer golpe siempre tiene que dejar al contrario fuera de combate. El abdomen, por supuesto.

Vendrell sonrió.

—Te van a dar garrote, José.

Vendrell había encendido otro cigarrillo cuando se lo dijo.

Al final, probablemente no le darían garrote, pensó Isidro mientras doblaba una esquina en la Jefatura y dejaba abandonada en el pasillo la visión de la cabeza de Goyanes en bandeja de alpaca. Recordó que cuando dio por terminado el interrogatorio, Vendrell se había sentado muy firme en la silla y le había dicho:

—¿Sabe usted, inspector? Hay uno que las quería siempre vestidas de santas.

—¿Es ese el que te sacó la otra vez de la celda?

Vendrell había sonreído echando una bocanada de humo.

A Isidro se le pasó por la cabeza que ese gesto burlón se debía a que al fiscal también le gustaba que le mandaran a casa muchachas vestidas de santas o de pastorcitas. Borró de inmediato ese pensamiento.

Entró en su despacho y abrió el cajón donde guardaba las cajetillas de tabaco americano. Sacó una y encendió un pitillo. Miró por la ventana. Estaba empezando a llover, otra vez una lluvia indecisa y pusilánime. Echó una bocanada de humo sobre la ciudad.

—Hay que joderse.

Epílogo

Nunca la había visto llorar así. Y había tenido muchas veces buenos motivos para hacerlo. Pero tal vez en esas otras ocasiones su prima no se había encontrado en una situación y en un estado de ánimo tan frágiles. Incluso Luisa, que todavía no sabía de qué se trataba, quedó conmovida por el llanto de Ana al verla salir de la biblioteca para meterse en su cuarto. Dejó el plumero tirado sobre una cómoda, corrió a la cocina y le preparó una tisana.

Beatriz había salido detrás de Ana y se sentó a su lado sin saber qué hacer al verla sollozar de esa manera. Solo lograba musitarle cuánto lo sentía.

Ana, que muchas veces reaccionaba con rechazo cuando trataban de consolarla, aceptó con mansedumbre la taza que le sirvió Luisa y con ella entre las manos se acurrucó bajo el brazo de Beatriz.

Tantas semanas queriendo decírselo y había ido a hacerlo en el peor momento, justo cuando Ana había decidido dejar definitivamente *Mujer Actual*, justo el mismo día en que Lawrence le había contado que tenía una oferta para hacer un reportaje sobre la ruta Panamericana para *National Geographic*.

—Y ahora me abandonas tú también.

La noticia había pillado a Ana por sorpresa. Beatriz estaba convencida de que por lo menos se lo imaginaba. Se había equivocado. La reacción de Ana fue de genuino asombro. No iba a caer en el error de reprocharle su ceguera y mostrarle que las señales estaban ahí: las visitas de Salvador, las cartas que llegaban desde Francia, las alusiones a la necesidad de renovar el vestuario, incluso ese falso vestido para París que nunca le coserían en el taller de Aurora Peiró. No había sido falta de perspicacia por parte de Ana, sino un no querer ver, una resistencia pasiva como la de los niños que son capaces de ignorar todos los indicios y siguen creyendo en los Reyes Magos, a pesar de que otro, por mayor o por malvado, les repita una y otra vez «¿sabes que los Reyes son los padres?».

—¿Cuándo? —le preguntó después de tomar un par de sorbos.

—En poco más de un mes. Ya tengo el billete de avión.

La cabeza de Luisa asomó por el marco de la puerta. Aferraba el mango del plumero con las dos manos. Beatriz permitía que escuchara, así ya se enteraba de sus planes.

—¿Y lo has estado preparando todo este tiempo sin decirme nada?

—No sabía cómo hacerlo. Quería darte una sorpresa.

—Pues lo has conseguido. —Ana sonrió por primera vez—. Vaya si lo has conseguido.

Beatriz la apretó con fuerza contra sí.

—Estos meses contigo en casa han sido de los mejores que he vivido en los últimos años. Hasta me has permitido participar en una pequeña aventura. ¡No sabes qué buenos recuerdos me ha traído! De cuando nos conocimos y me metiste en ese embrollo terrible de Mariona Sobrerroca.

La sonrisa de Ana se hizo más ancha.

—Pero ahora necesito empezar algo nuevo, una nueva vida.

—¿Por qué no aquí?

—Porque me asfixio, Ana. Porque no creo que nada vaya a cambiar en los próximos años. Esto va para largo. Tengo cuarenta y nueve años. Todavía tengo la energía para empezar de nuevo.

Había preparado ese discurso tantas veces en su cabeza, lo había formulado y reformulado, lo había apuntalado con citas que le quitaban a ella el peso del difícil mensaje, y ahora todo lo que lograba articular era esa especie de telegrama. Un telegrama de millonaria, frases simples pero completas.

—Es una oportunidad. Tal vez la última. En Lyon. No es París, pero es Francia.

Ana asentía. Beatriz estaba segura de que ella la comprendía, aunque le doliera.

—Me dejas sola.

—Solo por un tiempo. Estoy segura de que Lawrence volverá.

Ana la miró muy seria, pero con un brillo adolescente en los ojos.

—¿Por qué?

—Porque aquí estás tú, Aneta.

No supo qué lo motivó, tal vez el diminutivo cariñoso, quizá las dudas, pero se echó a llorar de nuevo.

Oyó que Luisa suspiraba con tristeza en el pasillo. Ese mueble no había sido sacudido nunca con tanta dedicación.

—¿Por qué ahora?

—Ya te lo he dicho.

—Pero lo llevas preparando, por lo que veo, desde antes de que me mudara aquí hace seis meses. ¿Qué pasó entonces?

—Veo que ya se ha puesto en marcha tu cabeza de periodista —dijo Beatriz sonriendo.

Ana se incorporó. La miró fijamente. La curiosidad había cortado el llanto.

—¿Qué? ¿No me lo vas a contar?

—Bueno, pero porque has dejado *Mujer Actual*. —Notó enseguida que su comentario resultaba demasiado críptico—. Se trata de algo que no sabe nadie.

Su segunda frase tampoco lo mejoró demasiado. No sabía por dónde empezar. Ana aprovechó la pausa para secarse los ojos y acabarse la infusión.

—Luisa, ¿por qué no le preparas otra taza a Ana?

—No, si no es neces... —empezó Ana.

—Sí, señora Beatriz —dijo Luisa, sin ocultar su contrariedad.

En cuanto se hubo alejado, Beatriz se levantó, fue a la biblioteca y cogió cinco libros encuadernados en piel granate. Volvió con ellos al cuarto de Ana y esta vez cerró la puerta. Los colocó apilados encima de la mesita delante de Ana.

—¿Y eso?

—¿Sabes quién era? —El tiempo pasado volvió a encogerle el ánimo.

—Trabajó en la universidad contigo antes de que te tuvieras que exiliar a Argentina, ¿no?

—Así es. Nos conocíamos desde hacía muchos años. Un gran medievalista.

—También un fascista, por lo que sé. ¿No tuvo una época en la que vistió incluso el uniforme de la Falange?

La excelente memoria de su prima no se lo estaba poniendo precisamente fácil. Decidió no dar más rodeos.

—Nos reencontramos poco después de que él hubiera enviudado. Tuvimos una relación durante cinco años. Hasta que murió.

Bajó la vista. Temía cuál pudiera ser la reacción de Ana: asombro, disgusto, perplejidad, rechazo, tal vez asco. Pero fue compasión, compasión por su pérdida. Y gracias a ello, Beatriz por fin pudo contarle a alguien el secreto que había guardado durante todos esos años. El conflicto que había supuesto para ella mantener esa relación que había nacido de la extraña mezcla de atracción, admiración intelectual y el más profundo rechazo ideológico.

Como Luisa no entraba con la tisana, estaba segura de que

la muchacha estaba con la oreja pegada la puerta. Ya le daba igual.

—Él fue una de las principales razones por las que no abandoné antes el país. Además de tu compañía.

—Lo dices para consolarme.

—¡No! La he disfrutado mucho. Me has honrado con ella. Y ahora que te veo más tranquila, pasemos a algo mucho más mundano y material. Con la conformidad y la ayuda de Salvador, que ya renunció a la casa o parte de su herencia, he preparado todos los papeles para cederte el piso. —Como vio que Ana iba a replicar, añadió—: Acéptalo, por favor. Nada me haría más feliz que saber que tú estás en esta casa que tanto significa para la familia. Hazla tuya. Yo solo me quiero llevar mis objetos personales. Y mi biblioteca, claro. —Imaginarse las estanterías vacías le hizo sentir por primera vez la inminencia de su marcha—. Tu tarea será llenar las baldas de nuevo.

Lyon, 15 de febrero de 1960

Querida Ana:

¡No sabes cuánto me alegra lo que cuentas! Ya te dije que volvería. Que se quedaría no quise aventurarlo, ya sabes que lo mío es el optimismo moderado.

Gracias por enviarme el paquete de libros. He disfrutado mucho con *Primera memoria* de Ana María Matute. El de Cela no me entusiasmó. Tal vez soy injusta y proyecto en sus libros mi antipatía por su persona. A veces soy una mala lectora.

Voy a ir a visitar a mi admirado Jaume Vicens Vives a la clínica, aquí en Lyon, donde está ingresado. Me temo que se le acaba el tiempo, con solo cincuenta años. No desperdicies el tuyo, Aneta. Me parece, por eso, que haces bien en no aceptar la oferta de Enrique Rubio para participar en su nueva revista ahora que deja *El Caso*. Tienes razón, ya has visto suficientes muertos. ¿De verdad no les recordaste a los del *Noticiero Universal* que te rechazaron hace unos años? Yo lo hubiera hecho.

(...)

Niza, 24 de junio de 1962

Querida Ana:

¡Qué sorpresa! ¡No lo podía creer! En todo este tiempo no me dijiste ni una palabra, ni cuando estuvisteis de visita en Navidad, y, sin esperarlo, ese paquete en la forma que más me gusta, rectangular. El manuscrito de tu novela. Por suerte lo recibí antes de mi viaje a Niza y me acompañó durante todo el trayecto en tren. No me preguntes cómo es el paisaje francés, no vi nada.

(...)

Lyon, 15 de octubre de 1962

Querida Ana:

¡Cuánto siento que la novela no haya pasado la censura! Yo tampoco hubiera aceptado publicarla mutilada, pero antes que dejarla en el cajón, podrías intentar editarla en Argentina o México. Igual puedo ayudarte, tengo todavía algunos buenos contactos allí.

(...)

Lyon, 28 de abril de 1963

Querida Ana:

Recibí la foto de la pequeña Beatriz. ¡Cómo ha crecido! Lawrence escogió muy bien el fondo, veo que las estanterías se van llenando. Te enviaré en un paquetito aparte mi pequeña colaboración, mi estudio sobre la poesía trovadoresca que ha editado Gredos. Ahora que vivo en Francia se me han abierto todas las puertas de las editoriales españolas.

Me apena que os hayan vuelto a secuestrar un número de *Triunfo*. A veces me pregunto cómo lo aguantas, cómo los aguantáis tú y Lawrence. Otras veces soy yo la que se siente como una especie de desertora por haber abandonado el país, de lo que, por otra parte, no me arrepiento.

¿Cómo va la segunda novela?

(...)

París, 30 de junio de 196...

Querida Ana...

Agradecimientos

Se cierra con esta novela una trilogía en la que hemos seguido los pasos de Ana Martí durante los oscuros años cincuenta. A su lado, personajes que, como ella, ya son parte inseparable de nuestras vidas.

Una vez más llega el gratísimo momento de dar las gracias a los amigos que han acompañado y alentado la escritura de *Azul marino*. Así, el manuscrito ha tenido el privilegio de ser leído por Társila Reyes Sicilia y Ana Ramírez, que lo han enriquecido con sus siempre sagaces preguntas y comentarios. El cariño, la generosidad y la inteligencia de Klaus Reichenberger han guiado este proyecto desde sus primeras líneas. También desde el principio ha estado nuestra agente Ella Sher brindándonos su aliento, empujando y tirando siempre que ha hecho falta.

Queralt Vives, de la pastelería Mauri, nos ayudó con imágenes e informaciones muy valiosas.

Esta novela está en deuda con el inmenso trabajo de investigación de Xavier Theros. Su obra *La sisena flota a Barcelona* ha sido no solo fuente de documentación, sino también de inspiración.

Muchas gracias a los lectores de las dos novelas anteriores. Gracias por compartir vuestras impresiones, críticas y recuerdos; gracias por pedirnos más y esperar con impaciencia a la siguiente novela. Gracias por protestar porque «solo» sean tres.

Finalmente, todo nuestro agradecimiento a Ediciones Siruela, por cuidar esta serie con tanto entusiasmo, cariño y profesionalidad. Ana Martí no podría haber tenido mejores compañeros de viaje.

Papel certificado por el Forest Stewardship Council®

Azul marino, última novela de la serie policíaca de Rosa Ribas y Sabine Hofmann, cierra magistralmente la trilogía protagonizada por la joven periodista Ana Martí.

Barcelona, 1959.
Mientras la Sexta Flota estadounidense permanece fondeada en el puerto, alterando la rutina de una ciudad en plena dictadura, un marinero es asesinado en el Barrio Chino en lo que parece una simple reyerta arrabalera.

Pero, una vez más, las perspicacia y curiosidad de la periodista Ana Martí buscarán llegar al fondo del suceso. Ya sea ejerciendo como intérprete del inspector Isidro Castro o bien desarrollando sus propias investigaciones para *El Caso* y *Mujer Actual*, la intrépida reportera irá desenmarañando una historia plagada de medias verdades e intereses encontrados: los de quienes buscan un culpable español y los de aquellos que preferirían que el asesino fuera un extranjero.

Poco a poco, la prostitución, el contrabando y la degradación moral de las altas esferas de la burguesía irán enturbiando un caso que recrea el fresco de una ciudad y un tiempo de forma magistral.

«Si alguna vez me dejo asesinar, será con la condición de que lo investigue Ana Martí». Carlos Zanón